DAGMAR HANSEN

Mord ist erst der Anfang

Buch

Roman Berghäuser hat das, was man das »gewisse Etwas« nennt. Der Anblick des jungen Lehrers zaubert Farbe in die Wangen der Schülerinnen und Glanz in die Augen seiner weiblichen Kollegen. Auch Miriam, die an derselben Schule unterrichtet wie Roman, ist ihm hoffnungslos verfallen, seit sie ihn zum ersten Mal sah. Doch muss sie ihre Liebe schon seit langem geheim halten, denn Roman ist glücklich verheiratet – und das ausgerechnet mit Miriams bester Freundin Anna. Verfahrener könnte die Situation nicht sein, und Miriam hat sich im Laufe der Jahre damit abgefunden, Single zu bleiben und das Objekt ihrer Begierde nur von ferne anzuhimmeln. Aber eines Tages soll Miriam doch noch ihre Chance bekommen: Anna verlässt Roman wegen eines anderen Mannes. Miriam zaudert nicht lange und kümmert sich rührend um den völlig am Boden zerstörten Verlassenen. Der nimmt zwar ihre Hilfe an, und Miriam meint auch zu spüren, dass sich Roman zu ihr hingezogen fühlt. Aber egal, wie sie sich bemüht, er hofft immer noch darauf, dass seine geliebte Anna zur Besinnung kommt und reumütig zu ihm zurückkehrt. Miriam ist geduldig. Sie weiß, sie muss nur lange genug warten. Doch irgendwann reißt Miriam der Geduldsfaden. Und als sich ihr eine günstige Gelegenheit bietet, greift sie zu drastischen Mitteln …

Autorin

Dagmar Hansen, 1957 geboren, studierte Sprachen und ist Diplom-Dolmetscherin. Seit 1993 arbeitet sie als freie Autorin und lebt mit ihrer Familie in Herborn.

Von Dagmar Hansen außerdem bei Goldmann erschienen:

Zucker auf der Fensterbank. Roman (42876)
Der Vamp im Schlafrock. Roman (43607)
Pommes mit Ketchup. Roman (44156)
Spinat und Spiegelei. Roman (44788)
Ein Hauch von Mord. Roman (44733)

Dagmar Hansen

Mord ist erst der Anfang

Roman

GOLDMANN

Umwelthinweis:
Alle bedruckten Materialien dieses Taschenbuches
sind chlorfrei und umweltschonend.

Originalausgabe Mai 2001

Umschlaggestaltung: Design Team München
Umschlagfoto: Wolf Huber
Satz: DTP-Service Apel, Hannover
Druck: Elsnerdruck, Berlin
Verlagsnummer: 44966
JE · Herstellung: Sebastian Strohmaier
Made in Germany
ISBN 3-442-44966-9
www.goldmann-verlag.de

1 3 5 7 9 10 8 6 4 2

Für Kerstin

Für alle lieben Faxe
von leuchtend gelb
nach dunkelrot

I

Miriam

1

Mein Mann recht auf dem kleinen Rasen Laub zusammen. Es stammt in der Hauptsache von dem Ahornbäumchen neben der Gartentreppe, das jetzt, Anfang Oktober, schon beinahe kahl ist. Irgendwann in den nächsten Wochen werden sich auch die beiden Apfelbäume entblättern, und mein Mann wird das Laub mit denselben bedächtigen Bewegungen zusammentragen, in die Schubkarre laden und zum Komposthaufen verfrachten. Er ist ein Mensch mit festen Gewohnheiten. Man kann sich immer darauf verlassen, dass er tut, was getan werden muss, und das ist mehr, als man von den meisten anderen Leuten sagen kann.

Ich stehe am Küchenfenster und sehe ihm zu. Sein Anblick ist mir vertraut, schließlich unterrichten wir seit Jahren am selben Gymnasium. Er Biologie und Physik, ich Englisch und Deutsch. Jetzt stützt er sich auf seinen Rechen und betrachtet nachdenklich das Rosenbeet. Mein Mann hat ein gutmütiges Gesicht, blassblaue, immer leicht erstaunt blickende Augen, und trägt eine dicke Hornbrille. Seine schütteren mausgrauen Haare hat der Wind durcheinander gepustet. Nachher wird er lange vor dem Spiegel stehen, um seinen akkuraten Seitenscheitel nachzuziehen, der sehr tief über dem linken Ohr ansetzen wird. Er legt größten Wert darauf, dass die wenigen ihm noch verbleibenden Haarsträhnen auf eine ganz bestimmte Weise liegen. Bis auf diese kleine Marotte ist er frei von Eitelkeit. Er trägt ausgebeulte Cordhosen und karierte Hemden. Wenn es kühl ist, eine Strickjoppe drüber in Beige, Braun oder Grau.

Wir haben vor zwei Wochen geheiratet. Ganz unspektakulär mitten im Schuljahr. Nächste Woche, wenn Herbstferien sind, werden wir in die Flitterwochen aufbrechen, nach Kaysersberg im Elsaß. Dort wurde 1875 der große Albert Schweitzer geboren, und dort verbrachte mein Mann die Flitterwochen mit seiner ersten Frau. Fortan fuhren sie jedes Jahr im Herbst eine Woche ins Elsaß, immer in dieselbe kleine Pension. Sie gingen Wandern in den Weinbergen, verkosteten Riesling und Pinot, aßen Choucroute garnie, Elsässer Flammkuchen und Coq au Riesling. Mein Mann freut sich wie ein Kind auf unsere Reise, seine erste, seit seine Frau vor drei Jahren an Leukämie starb. Ich weiß, dass er in Erinnerungen an Bettina schwelgen will. Es macht mir nichts aus. Warum sollte es? Was ich für ihn empfinde, lässt sich am besten mit »wohlwollender Gleichgültigkeit« beschreiben. Und genau deswegen habe ich ihn ja auch geheiratet.

Er hat sich vom Anblick des Rosenbeets losgerissen und schaut zum Küchenfenster. Sieht mich dort stehen. Ich winke. Er sieht erstaunt aus, ein bisschen erschrocken. Er war weit weg mit seinen Gedanken, wie so oft, und meine Gegenwart in seinem und Bettinas Haus ist ihm immer noch fremd. Ich kann ihm die Gedanken an der gerunzelten Stirn ablesen. Miriam? Was macht sie in seiner Küche? Ah, jetzt ist's ihm wieder eingefallen. Kuchen wollte sie backen, gedeckten Apfelkuchen, den isst er besonders gern. Er lächelt, winkt zurück; beruhigt, dass es eine Erklärung für meine Anwesenheit gibt: Aus Kollege und Kollegin ist – überraschend für alle, die uns kennen, und am meisten für ihn – ein

Paar geworden. Sogar ein Ehepaar, und bei einem Ehepaar ist es üblich, dass es zusammenwohnt. Er war so dankbar gewesen, als ich ihm zu verstehen gab, dass ich mehr in ihm sehen wollte als den Kollegen, mit dem man ab und zu einen kleinen Plausch hält. Ich hätte wieder Licht in sein Leben gebracht, gestand er mir schüchtern, nachdem wir uns zum ersten Mal geküsst hatten …

Er hat es gut getroffen mit mir. Neue Tapeten und Vorhänge im ganzen Haus, alles wirkt hell und freundlich. Meine Bilder, meine Bücher, mein Schnickschnack auf den Regalen, alles fügt sich ein, als sei es immer schon da gewesen. Ich glaube nicht, dass mein Mann die Veränderung überhaupt wahrnimmt. Was er wahrnimmt und zu schätzen weiß, sind die Mahlzeiten, die ich auf den Tisch bringe. Er isst gern, und es stört ihn nicht im Geringsten, dass man sieht, wo's bleibt. Und es ist wie ein Wunder für ihn, dass nach Jahren der Stille und Leere wieder jemand da ist, der mit ihm spricht; der zuhört, wenn er erzählt, der nachts neben ihm im Bett liegt. Er wird sich schon noch daran gewöhnen, dass es nicht Bettina ist. So wie ich mich daran gewöhnt habe, dass ich seit jenem Tag, an dem die Lawine ins Rollen kam, nicht mehr die bin, die ich einmal war.

»Misses Bigsby liffs in London«, leierte Jan-Erik. »She's a teacher. She hass two cats and four docks. She laffs animals …« Jan-Eriks Vortrag wurde unterbrochen, als die Tür zum Klassenzimmer aufgerissen wurde. Herein stürzte eine der drei Janinas aus der 5a nebenan. Janina A., wie ich sie nannte, wenn ich sie im Englischunterricht drannahm, damit sich Janina Z. und Janina V. nicht ebenfalls angesprochen fühlten.

»Was ist denn das für eine Art, hier mitten in den Unterricht zu platzen? Ohne anzuklopfen?« Ich sagte es streng, aber nicht zu streng. Ich mochte Janina A. Sie konnte das »th« aussprechen und das »a-rrr«, sie lernte ihre Vokabeln, und sie passte auf, wenn ich etwas erklärte. Ein aufgewecktes Kind, lebhaft und selbstbewusst, ohne frech zu sein. Jetzt aber sah sie ängstlich aus. Sie war sehr blass, und in ihren Augen standen Tränen. Sie baute sich vor meinem Pult auf, holte tief Luft und sagte: »Frau Neunzerling! Sie müssen mal mitkommen! Schnell!«

Ich fragte nicht »Wohin« oder »Warum« oder »Ich denke, ihr habt Deutsch bei Herrn Berghäuser?«. Janina A.s Stimme hatte so nach Katastrophe geklungen, dass ich automatisch von meinem Stuhl hochschoss. Stumm schob Janina A. ihre klebrige Hand in meine und zog mich zur Tür. »Ich bin gleich wieder da«, sagte ich zu meiner Klasse, die uns interessiert beobachtete. »Bitte verhaltet euch ruhig und lest den Text noch mal durch.«

Kaum war ich auf dem Flur, hörte ich schon Flüstern, Kichern und Stühlescharren. Innerhalb weniger Minuten würde sich meine halbwegs gesittete 5b in eine kreischende Affenhorde verwandelt haben. In der 5a nebenan war es dagegen still. Beängstigend still, wenn man bedachte, wie laut es dort normalerweise zuging. Maßgeblich dazu beitrug ein Junge namens Samuel, der ständig dazwischenredete, gern mit Radiergummis und Spitzern um sich warf und es liebte, seinen Banknachbarn mit dem Lineal auf dem Kopf herumzuhämmern, wogegen diese sich begreiflicherweise zur Wehr setzten. Nachdem Extra-Hausaufgaben und Unterredungen mit den Eltern Samuels Temperament nur wenig zu zügeln vermocht hatten, hatte Roman, sein Klassenlehrer, ihn an einen Einzeltisch direkt vor dem Lehrerpult platziert. Dort saß er nun – stumm – und verfolgte zum ersten Mal, seit ich ihn kannte, fasziniert das Geschehen, das sich vor ihm abspielte. Sämtliche Mädchen der Klasse drängten sich um das Lehrerpult. Von Roman war nichts zu sehen.

»Wo ist Herr Berghäuser?«, fragte ich laut.

»Der flennt«, sagte Samuel.

»Er … was?«

Janina A. befreite ihre Hand aus meinem plötzlich klammernden Griff.

»Er weint«, dolmetschte sie. »Deshalb hab ich sie doch geholt. Wir wussten nicht, was wir machen sollten.«

Die Mädchentraube teilte sich vor mir wie das Rote Meer vor Moses. Roman saß da, kerzengerade, mit versteinertem Gesicht. Tränen liefen ihm über die Wangen. Er machte nicht den geringsten Versuch, sie zu verbergen. Ein Mädchen namens Annika strich ihm übers Haar, immer und immer wieder. Er schien es nicht einmal zu bemerken. Mein Herzschlag geriet ins Stolpern, als ich ihn so sah. Ein neues, erschreckendes Bild gesellte sich zu all den Bildern, die ich in meinem Kopf aufbewahrte: Roman lächelnd, Roman ernst, konzentriert, geistesabwesend, melancholisch. Vor allem melancholisch, umweht von einem Hauch leisen Weltschmerzes. Seine Garderobe war mir so vertraut wie meine eigene, ich registrierte sofort, wenn er etwas Neues trug. Ich sah, wenn er beim Friseur gewesen war; erschnupperte sofort ein neues Rasierwasser. Er war groß und schlank, eine elegante, meist in schwarz gekleidete Erscheinung. Blasse Haut, dunkles, dicht gelocktes Haar, das er immer ein bisschen zu lang trug. Dunkle, schwermütige Augen, ein sensibler, schmallippiger Mund, dessen Winkel sich nach unten bogen. Schülerinnen legten ihm Liebesbriefe ins Fach, die Wagemutigeren sogar auf Französisch, denn Roman unterrichtete nicht nur Französisch (und Deutsch), seine Mutter war Französin, und er hatte die ersten sechs Lebensjahre in Frankreich verbracht. Weiblichen Wesen jeder Altersklasse – selbst der Schulleiterin, die kurz vor der Pensionierung stand – zauberte sein Anblick Farbe in die Wangen und Glanz in die Augen. Mir auch. Das war normal, das war erlaubt. Dass ich ihn liebte, seit Jahren, wusste niemand, auch er nicht. Er war verheiratet. Wunschlos glücklich verheiratet, wie er gern betonte, mit der Frau seiner Träume. Ich kannte sie gut, Romans Frau. Anna und ich waren einmal Freundinnen gewesen.

Aller Augen blickten erwartungsvoll auf mich. Nur Romans nicht, sie starrten ins Leere. Er war totenblass, sah aus, als würde er jeden Moment zusammenklappen. Was sollte ich tun? Ihn in die Arme nehmen, seine Tränen wegküssen? Nicht vor der Klasse. Ich legte eine Hand auf seine Schulter und fragte: »Roman? Kann ich dir helfen?«

Keine Reaktion.

»Was ist passiert?«, fragte ich in die Runde.

»Er kam rein, setzte sich hin«, erklärte Janina A., »und fing an zu weinen. Einfach so.«

»Wir haben versucht, ihn zu trösten«, meldete sich Annika zu Wort. »Aber es hat nicht geklappt.«

Die anderen Mädchen nickten. Die Jungs saßen mucksmäuschenstill auf ihren Plätzen und beäugten das Drama aus sicherer Entfernung.

»Wir haben Angst gekriegt«, ergänzte Janina A.

Ich berührte Romans Stirn. Sie war kühl und feucht vor Schweiß. Ich musste die Kinder irgendwie beruhigen, also zauberte ich eine Erklärung herbei.

»Herr Berghäuser ist krank«, sagte ich. »Er hat hohes Fieber. Ich bringe ihn schnell ins Krankenzimmer und rufe seine Frau an, damit sie ihn abholt.«

»Anna ist weg«, sagte Roman tonlos. Dann sank sein Kopf auf die Tischplatte, und er fing an zu schluchzen wie ein Kind.

Ich war wie gelähmt. Anna weg? Sie hatte ihn verlassen? Während ich noch versuchte, diese Neuigkeit in ihrer ganzen Tragweite zu erfassen, fingen ein paar der Mädchen ebenfalls an zu weinen. Von nebenan, aus meiner unbeaufsichtigten Klasse, drang ein Höllenlärm herüber.

»Boah, Mann ey, iss ja voll peinlich«, stöhnte Samuel, schob seinen Stuhl nach hinten und verschwand. Kurz darauf eilten die Kollegen Brettschneider und Schuster herbei, warfen einen Blick auf den schluchzenden Roman, fassten ihn kurz entschlossen unter und hievten ihn vom Stuhl. »So, Roman«, dröhnte Brettschneider, der Sport und Biologie unterrichtete. »Jetzt kommst du mal mit.«

Roman setzte sich willig in Bewegung.

»Kümmern *Sie* sich mal wieder um Ihre Klasse, Frau Kollegin«, sagte Brettschneider. »Sonst bringen die noch die Schule zum Einsturz. *Ihn* bringen wir zu Mechthild, die macht das schon.«

Mechthild Pfannenschmidt war die Schulsekretärin, eine überaus patente Person um die dreißig. Ihr konnte man unbesorgt alles anvertrauen – auch einen schluchzenden Lehrer. Sie würde wissen, was zu tun war.

Nach der Stunde – Romans Klasse hatte ich unter Samuels Aufsicht gestellt (ein Geniestreich, er hielt strenge Disziplin) – hastete ich ins Sekretariat, kurz Secki genannt. Roman war nicht da. Mechthild trug einen blauen Trachtenrock, unter dem ein spitzenbesetzter weißer Unterrock hervorlugte, und eine Bluse, die mit bunten Entchen bestickt war. Ihr weizenblondes Haar hatte sie zu einem Bauernzopf geflochten. Wie üblich sah sie aus wie ein Gänseliesel von der Alm und hatte alles im Griff.

»Erst mal hab ich ihm einen dreifachen Cognac verpasst«, berichtete sie. »Danach war er in Ordnung. Rémy Martin wirkt Wunder, in allen Lebenslagen.«

»Meinst du wirklich?«, fragte ich zweifelnd.

»Mehr oder weniger. Seine Frau ist mit einem anderen auf und davon. So etwas will natürlich verarbeitet werden.«

»Und wo ist er jetzt? Hast du einen Arzt gerufen?« Mechthild riss ihre enzianblauen Augen auf. »Das war nun wirklich nicht nötig! Auch Männer dürfen mal heulen, das ist doch ganz normal!«

»Er war aber sehr durcheinander.«

Mechthild nickte seelenruhig. »Deshalb ist er ja auch nach Hause gegangen.«

»Du hast ihn einfach nach Hause gehen lassen? Allein?«

Sie sah mich erstaunt an. »Ja, sicher. Ich wollte ihm ein Taxi rufen, aber er meinte, was er jetzt bräuchte, sei frische Luft.«

Ich nickte. Wahrscheinlich hätte ich in seiner Situation dasselbe gesagt.

Mechthild legte eine Hand auf meinen Arm. »Du wirkst ein bisschen aufgeregt, Miriam. Möchtest du auch einen Cognac?«

»Nein, danke.« Ich sah auf meine Armbanduhr. »Die Pflicht ruft. Deutsch in der 7c.«

»Na, denn viel Spaß«, meinte Mechthild und goss sich ein Glas Zitronenlimo aus der Flasche ein, die immer auf ihrem Schreibtisch stand.

Nach der Doppelstunde in der 7c hatte ich frei. Am Abend, das hatte ich mir vorgenommen, würde ich mit der Korrektur der Englischtests für die 5b anfangen. Es würde mir sogar Spaß machen. Im Gegensatz zu manch anderen Kollegen liebte ich meinen Beruf, jedenfalls meistens; und »meine« Kinder. Jedenfalls die meisten. Vorher, so gegen vier, würde ich zu meinen Eltern ins benachbarte Bad Hertzsprung fahren. Ich schaute fast jeden Tag kurz bei ihnen vorbei. Mein Vater gab nie zu erkennen, ob er meine Besuche schätzte, aber Mutter erwartete, dass ich nach ihr sah. Sie war nicht mehr die Jüngste, und um ihre Gesundheit stand es seit Jahren nicht zum Besten. Ich war die einzige Tochter und kümmerte mich gern um sie, zumal ich nicht durch eigene Familienpflichten eingespannt war. Kein Mann, keine Kinder, was meine Mutter, wie alle Frauen ihrer Generation, als Makel empfand. Ich nicht.

Sie hatte es nicht gern gesehen, dass ich mir nach Abschluss des Referendariats in Westernfelde eine eigene kleine Wohnung nahm. »Du kannst genauso gut bei uns wohnen bleiben«, sagte sie vorwurfsvoll. »Wir haben schließlich Platz genug.«

»Höchste Zeit, dass du auf eigenen Füßen stehst«, sagte Anna. »Ich fass es nicht, dass du immer noch zu Hause rumhängst. Während des Studiums – okay, das seh ich ja noch ein. Jeden Tag vierzig Kilometer bis zur Uni ist allemal billiger gewesen als ein Zimmer. Aber jetzt verdienst du dein eigenes Geld. Nichts wie raus ins pralle Leben!«

Pralles Leben, eine dicke Scheibe bitte, und gern darf's etwas mehr sein, dachte ich damals, denn ich hatte mich gerade von Horst getrennt, meinem ersten festen Freund, den ich an der Uni kennen gelernt hatte. Fünf Jahre waren wir zusammen gewesen. Jetzt gingen wir getrennte Wege, sehr zum Leidwesen meiner Eltern. Vater vermisste die Schachpartien mit Horst; Mutter war enttäuscht, dass sie nun doch nicht das Dachgeschoss für uns ausbauen lassen konnte. Sie war ganz verstört, als ich ihr erklärte, Horst und ich fühlten uns zu jung, um uns zu binden.

»Ich war zwanzig, als dein Vater und ich geheiratet haben«, sagte sie. »Sechs Jahre jünger als du!«

»Es war eben nicht das Richtige mit uns«, sagte ich. »Gottlob haben wir's jetzt gemerkt und nicht erst nach der Hochzeit.«

Mutter kniff die Lippen zusammen. »Es ist alles eine Frage der Einstellung. Dein Vater und ich, wir mussten uns auch erst aneinander gewöhnen. Und glaub mir, es war nicht leicht für mich, fünfzehn Jahre auf ein Baby warten zu müssen!«

Für Mutter war es ein Wunder gewesen, nach langen dürren Jahren der Kinderlosigkeit doch noch ein Baby – mich – in Empfang nehmen zu dürfen.

Anna lachte sich halb kaputt, als ich ihr von Horst erzählte. »Jeans mit Bügelfalte? Schachclub? Schmetterlingssammlung? Mensch, Miriam.«

»Ich hab ihn gern gehabt«, sagte ich beleidigt.

»Na toll«, sagte Anna und fing wieder an zu lachen. Ich hatte sie in einem Aerobic-Kurs an der Volkshochschule kennen gelernt. Sie lebte schon seit Jahren allein; an einer festen Beziehung war sie, genau wie ich, vorerst nicht interessiert. Annas Eltern waren tödlich mit dem Auto verunglückt, als sie zwanzig war; Geschwister oder sonstige Verwandte hatte sie nicht. Sie stammte aus Westernfelde, hatte dort Abitur gemacht und anschließend ein Volontariat beim

»Westernfelder Echo«. Als wir uns anfreundeten, war sie Lokalredakteurin und hatte große Pläne. Natürlich wollte sie nicht in der Kleinstadt versauern. Das Lokalblatt sollte nur ein Sprungbrett in die große weite Welt sein. Zur »FAZ« wollte sie, oder zum Feuilleton der »Zeit«. Oder lieber Korrespondentin für »Spiegel« oder »Stern«?

Die großen Pläne ließ sie sausen, als sie sich in Roman verliebte und ihn heiratete. Sie hatte ihn im Osterurlaub auf Korsika kennen gelernt. Er unterrichtete an einem Gymnasium in der Stadt, in der ich studiert hatte. Gar nicht weit von hier also. Anna verbrachte jede freie Minute mit ihm und schwärmte mir, wenn sie mal Zeit für ein Telefonat mit mir erübrigen konnte, von ihm vor. Zu Gesicht bekam ich Roman erst, als er sich zum neuen Schuljahr an unser Gymnasium in Westernfelde versetzen ließ. Anna schmiss eine rauschende Verlobungsparty und stellte ihn mir vor. Ihn zum ersten Mal zu sehen, seine Hand zu schütteln, seine Lippen (Küsschen rechts, Küsschen links) auf meiner Wange zu fühlen, war ein Schock. Ich erkannte ihn als den Mann, auf den ich mein ganzes Leben lang gewartet hatte. Ich war nach Horst mit mehreren Männern zusammen gewesen, war verliebt gewesen oder hatte mir zumindestens eingebildet, es zu sein. Mein Herz hatte ich nicht hergegeben. Roman schenkte ich es vorbehaltlos, von einer Sekunde zur anderen.

Nicht dass er es gemerkt hätte. Er hatte keine Augen für mich, er sah nur Anna. Anna in einem hautengen knallroten Kleid, das so tief ausgeschnitten war, dass ihre Brüste praktisch herausfielen ... Ich war sehr still an diesem Abend; sah Roman zu, wie er mit meinem Herz in der Hand herumspazierte, ohne es zu merken, und Anna küsste. Niemandem fiel auf, dass ich mehr trank als sonst und früh ging.

Ich weiß noch, wie ich in der kleinen Dorfkirche im Nachbarörtchen Rotting stand, in der Roman und Anna getraut wurden. Ich war Trauzeugin und heulte Rotz und Wasser. Man reichte mir Taschentücher und war gerührt, dass ich bei der Hochzeit meiner besten Freundin so gerührt war. In Wirklichkeit weinte ich, weil nicht ich es war, der Roman den breiten Goldreif an den Finger steckte und versprach, sie zu lieben, bis dass der Tod sie schied. Schräg fiel die Oktobersonne durch ein Buntglasfenster und tauchte das Brautpaar in ein geheimnisvolles Licht. Roman steckte in einem dunkelblauen Anzug und sah fremd und schön aus. Anna trug die Haare offen und einen Kranz aus rosa Röschen und Schleierkraut. Ihr Kleid war eine duftige Tüllkreation in blassestem Rosé. Zu verspielt und mädchenhaft für jede andere Frau mit ihrer Statur. Aber Anna, einunddreißig, genau wie ich damals – brachte es fertig, darin wie siebzehn und beinahe ätherisch zu wirken.

Während ich ein letztes Mal ins Taschentuch schnaubte, fasste ich einen Entschluss: Keine Träne würde ich mehr vergießen, weil ich den Mann, den ich liebte, nicht haben konnte. Ich wollte zufrieden mit meinem Leben sein, es gab weitaus schlechtere. Ich hatte einen Beruf, der mir Spaß machte, eine hübsche Wohnung, nette Bekannte, vielseitige Interessen. Dass ich den Mann, den ich liebte, nicht haben konnte, würde mich nicht daran hindern, mich mit einem Mann, der mir gefiel – so einer auftauchen würde –, einzulassen. Dachte ich damals; ich wusste noch nicht, dass ich das Interesse an ihnen verlor, sobald ich sie mit Roman verglich. Und das konnte ich nicht lassen …

Was ich unter allen Umständen vermeiden wollte: Romans und Annas Glück hautnah mitzuerleben. Als der Bräutigam die Braut küsste, nahm ich Abschied von Anna, mit der ich fünf Jahre lang eng befreundet gewesen war.

Es war ein schleichender Prozess. Unsere Beziehung schlief einfach ein. Anna, die frisch verheiratet, verliebt und im Umzugstrubel war, schien nichts zu bemerken. Oder sie akzeptierte den Status quo einfach, wie es ihre Art war. Vielleicht wäre unsere Freundschaft auch vorbei gewesen, wenn ich nicht in ihren Mann verliebt gewesen wäre, ich weiß es nicht.

Natürlich hatte Anna keine Ahnung, wie ich zu Roman stand; ich hatte mir nie etwas anmerken lassen. Sie hatte sowieso wenig Einfühlungsvermögen, aber dafür Schwung, Energie, einen sicheren Geschmack.

Die dichten dunklen Haare fielen ihr auf den Rücken herunter, sie war groß und kräftig, jemand, den man nicht übersah. Sie war nicht hübsch im landläufigen Sinn. Dafür war ihre Nase zu lang, der Mund zu breit, die Kieferpartie zu schwer und eckig. Faszinierend aber waren ihre Augen: groß, dicht bewimpert, von einem strahlenden Blaugrün. Ihr Auftreten und ihre Ausstrahlung machten, dass viele Leute sie schön fanden, obwohl sie es nicht war.

Mutter mochte Anna von Anfang an nicht. Ganz unten durch war sie, als ich von zu Hause auszog. »Das hat dir dieses Mädchen in den Kopf gesetzt«, sagte Mutter, für die alle unverheirateten Frauen unter vierzig »Mädchen« waren. »Die hat eine hohe Meinung von sich. Und dieses Mundwerk. Mit der wirst du noch dein blaues Wunder erleben!«

Mein Vater reagierte gelassen. »Wenn Miriam ausziehen will, lass sie ausziehen«, sagte er achselzuckend. »Sie ist alt genug.«

Dann zog er sich in sein Arbeitszimmer zurück, in dem er

seit seiner Frühpensionierung noch mehr Zeit verbrachte als früher. Auch er war Lehrer gewesen, Oberstudienrat. Latein und Mathematik.

Anna mochte meine Mutter nicht. Vater fand sie dagegen interessant. »Er ist so … würdig. Und total zugeknöpft. Wie aus einem anderen Jahrhundert. Irre.« Vater wäre aus einem seiner korrekten grauen Anzüge gehüpft, hätte er die Vokabel »irre« vernommen. Es gab kaum etwas, das er mehr verabscheute als Modewörter.

Mit meinem Schulrucksack auf dem Rücken radelte ich durch die verwinkelten Altstadtgassen von Westernfelde. Es war ein kalter, windiger Märztag. Der Frühling zeigte sich vorerst nur in der österlichen Schaufensterdekoration der Geschäfte, in den Blumenkübeln mit bunten Primeln. Ich trat kräftig in die Pedale und summte vor mich hin: »Komm doch, lieber Frühling, lieber Frühling, komm doch bald herbei … Jag den Winter, jag den Winter fort und mach das Leben neu …« Ich konnte es kaum erwarten, mein Ziel zu erreichen. Um vier würde ich zu meinen Eltern fahren. Und ja, heute Abend würde ich Arbeiten korrigieren. Aber jetzt würde ich nach Roman sehen. Er war am Boden zerstört, weil seine Frau ihn verlassen hatte. Als befreundete Kollegin durfte ich mich um ihn kümmern, es war sogar meine Pflicht!

In der Metzgerei kaufte ich ein paar Scheiben warmen Fleischkäse und Kartoffelsalat. Beim Bäcker gegenüber Brötchen und frische Streuselteilchen. Ich lud alles vorne in den Fahrradkorb. Ich hatte ein Hollandrad, ein blaues, es hatte schon ein paar Jahre auf dem Buckel, sah aber noch aus wie neu. Anna besaß das gleiche Modell, nur in Feuerwehrautorot. Die Räder hatten wir uns zusammen gekauft, in dem Jahr, bevor Anna Roman kennen lernte. Es war Annas Idee gewesen. Sie steckte immer voller Ideen, fing alles Mögliche an, verlor dann aber schnell die Lust. Obwohl ich zugeben muss, den Spaß am Radfahren behielt sie. An schönen Tagen sah ich Anna manchmal die malerische, kaum befahrene Nebenstraße entlangstrampeln, die von Westernfelde nach Bad Hertzsprung führt. Sie war in dem Sommer, in dem wir häufig Radtouren in die nähere Umgebung unternahmen, unsere Lieblingsstrecke gewesen.

Romans und Annas Vierzimmerwohnung lag in einer ruhigen Wohnstraße in Altstadtnähe. Ich war nur einmal da gewesen, ein paar Monate nach der Hochzeit. Anna hatte mich zu einer Besichtigungstour geladen. Ich war drauf und dran gewesen, eine Ausrede zu erfinden (Eltern krank, zu viel Arbeit, kämpfe mit einer Grippe, habe schon Verabredung), ging aber dann doch hin, aus Neugier. Das Wohnzimmer trug unverkennbar Annas Handschrift: weiße Wände, durch die die stuckverzierten Altbaudecken noch höher wirkten, moderne Drucke in schwarzen Rahmen, eine neue Sofagarnitur in leuchtendem Kobaltblau, auf der sich Kissen in Rot, Grün und Gelb türmten. Weiß gestrichener Holzfußboden, darauf Wollteppiche in kräftigen Farben. Kaum dass ich meine Gaben auf dem Glastisch abgeladen hatte – einen Blumenstrauß, einen Laib Krustenbrot und Salz in einem Deckeltöpfchen aus blauer Keramik –, führte sie mich durch alle Räume.

»Alles funkelnagelneu«, sagte sie stolz, als ob ich das nicht auf Anhieb gesehen hätte. »Die Möbel in meinem Apartment hab ich an meinen Nachmieter verkauft.«

Wir wanderten herum, und Anna erzählte mir, wo sie

welches Accessoire erstanden hatte, um diese oder jene Wirkung zu erzielen. Im Grunde, fand ich, hatte sich nicht viel verändert. Wie in der alten Wohnung hatte Anna auch hier ihrer Vorliebe für moderne Formen, viel Weiß, akzentuiert mit knalligen Farbklecksen, freien Lauf gelassen. Und zwar überall, selbst im Gästeklo: rote Brille und Klodeckel, roter Wasserhahn, ein Pflanzendschungel in weißen Übertöpfen. Ganz ähnlich hatte *meine* Wohnung ausgesehen, bis ich sie in den Herbstferien gänzlich auf den Kopf stellte.

»Und das ist das Kinderzimmer«, sagte Anna, als wir ein sonnendurchflutetes leeres Zimmerchen betraten.

Mein Herzschlag kam ins Stolpern. »Bist du … bist du …?«

Anna lachte. »Schwanger? Nee. Aber man muss ja an die Zukunft denken, oder?«

Dann hörte ich meine eigene Stimme, die plötzlich seltsam hoch und gepresst klang: »Ziemlich klein für ein Kinderzimmer, findest du nicht?«

Sie zuckte die Achseln. »Roman braucht ein großes Arbeitszimmer.«

Romans Zimmer. Seine Möbel, seine Bücher. Ein Hauch seines Rasierwassers lag in der Luft. Damals war es Aramis, das sich mit dem abgestandenen Geruch von Gitanes vermischte. Anna riss sofort das Fenster auf. »Wenn er sich die Qualmerei doch nur mal abgewöhnen könnte«, murmelte sie.

Ich machte mir im Geist Notizen, um Romans Zimmer später in meiner Erinnerung abrufen zu können: Beigefarbener, neuer Teppichboden. Große dunkle Bücherschrankwand. Viele Bilder an den cremefarben gestrichenen Wänden: Zarte Landschaftsaquarelle, Tuschezeichnungen von Burgen, Schlössern und malerischen Altstädten. Dunkler, massiver Schreibtisch mit Computer. Braunes Ledersofa, in einer Ecke eine zusammengefaltete karierte Wolldecke und ein Gobelinkissen. Hier legte er sich also mittags nach der Schule ein bisschen hin, oder dachte nach, bevor er arbeitete. Anna hatte mir stolz erzählt, dass er in seiner Freizeit Gedichte schrieb.

Viel zu schnell schob mich Anna wieder zur Tür hinaus. »Lass uns Kaffee trinken. Und mal wieder so richtig tratschen! Wir haben uns ja seit Ewigkeiten nicht mehr gesehen …« Sie dachte nach. »… Ja, Mensch! Seit der Hochzeit nicht mehr!«

Wir klagten ein wenig über Stress, Termine, Verpflichtungen. Anna erzählte, Roman besuche übers Wochenende seine Eltern in Oldenburg.

»Oh«, sagte ich. »Und da bist du nicht mitgefahren?«

Sie machte eine wegwerfende Handbewegung und grinste. »Ach, du kennst mich doch. Familienklüngel ist nicht mein Ding.«

Wir tranken Instant-Capuccino und aßen Nussecken. Das Gespräch plätscherte so dahin. Wir redeten über gemeinsame Bekannte, Urlaubspläne für den Sommer. Anna erwähnte Roman kein einziges Mal. Einerseits war ich froh darüber, andererseits plagte mich die Neugier. Worüber redeten sie, die Eheleute, was taten sie, was fühlten sie? Pervers. Ich hatte Anna innerlich die Freundschaft gekündigt, weil ich sie nicht mit Roman zusammen sehen konnte, weil ich nichts über ihr großes gemeinsames Glück hören wollte, und jetzt fragte ich sie allen Ernstes: »Und wie schmeckt das Eheleben? Seid ihr glücklich, du und Roman?«

Anna lachte und warf mit einer charakteristischen Bewegung die Haare zurück. »Ja, sicher! Irre glücklich!«

Ich gab die Imitation eines Lachens von mir – gelungen, wie ich fand. »Schön!«

Als ich ging, sagte Anna: »Du, wir müssen uns unbedingt wieder öfter sehen …«

Ich murmelte etwas, das wie Zustimmung klang. Anna hakte nicht weiter nach.

Erst hinterher fiel mir auf, dass wir uns zum ersten Mal seit Jahren weder bei der Begrüßung noch beim Abschied auf die Wange geküsst hatten.

Ich hatte kaum auf den Klingelknopf gedrückt, neben dem »Roman & Anna Berghäuser« stand, als Romans Stimme schon aus der Gegensprechanlage erklang: »Anna?«

»Ich bin's. Miriam.«

Ein kurzes Zögern. Dann ein Summen, ich drückte die Tür auf.

Er stand in der offenen Wohnungstür. Barfuß. Seine Haare wirr, das Gesicht blass. »Verhärmt« ist das richtige Wort, auch wenn es altmodisch klingt.

»Es geht mir nicht so gut«, sagte er zur Begrüßung.

»Ich weiß«, gab ich sanft zurück. »Deshalb bin ich ja hier.«

2

»Ich hab dir was zu Essen mitgebracht«, sagte ich zu Roman.

Keine Reaktion. Er stand mit gesenktem Kopf und hängenden Schultern da, die Hände in den Hosentaschen vergraben.

Ich nahm mir ein Beispiel an Brettschneiders energischem Vorgehen vom selben Morgen, packte ihn am Arm und zog ihn Richtung Küche. »Komm. Ich mache uns einen schönen Tee.«

Die Küche war noch so, wie ich sie von meinem ersten und einzigen Besuch in Erinnerung hatte: Zitronengelbe Einbaumöbel, türkisfarbener Küchentisch, auf dem noch das Frühstücksgeschirr stand; Stühle im Fünfzigerjahre-Stil, weißer Linoleumboden. Mit der Sauberkeit war es nicht weit her; anscheinend hatte Anna schon länger nicht mehr geputzt. Roman ließ sich schwer auf einen Stuhl fallen und schob zwei Schlüssel, die wie Hausschlüssel aussahen, auf der krümelübersäten Tischplatte hin und her. Schweigend räumte ich das schmutzige Geschirr in die Spülmaschine und durchwühlte die Schränke, bis ich gefunden hatte, was ich brauchte.

»Möchtest du den Fleischkäse kalt essen, oder soll ich ihn kurz in die Mikrowelle schieben?«

»Ich kann jetzt nichts essen«, flüsterte er.

»Auch keine Streuselteilchen?«, fragte ich enttäuscht.

»Miriam …« Es klang gequält.

»Na gut. Aber Tee trinkst du, ja?«

Er nickte.

Wir tranken den Tee. Ich knabberte an einem Streuselteilchen herum. Am liebsten hätte ich es in ein paar großen Bissen heruntergeschlungen, weil ich seit morgens um sieben nichts mehr gegessen hatte. Aber Romans angeekelter Blick, als ich zum ersten Mal genussvoll meine Zähne im Teig versenkte, hatte mich verlegen gemacht.

Roman verschwand wortlos, um kurz darauf mit einem Päckchen Gitanes und einem Feuerzeug zurückzukehren. Er steckte sich eine Zigarette an und blies blaue Rauchwolken zu mir hinüber. Ich verkniff mir das Hüsteln und wartete.

»Ich war beim Arzt«, sagte er schließlich. »Er hat mich krankgeschrieben. Reichst du morgen die Krankmeldung beim Secki ein?«

»Sicher.«

Er lachte kurz auf, es klang mehr wie ein Schluchzen. »Valium hat er mir verschrieben. Das gute, alte Valium.«

Und dann erzählte er mit leiser, ausdrucksloser Stimme, während er ununterbrochen mit den Schlüsseln spielte. Am Morgen um halb sieben hatten sie gemeinsam beim Frühstück gesessen, er und Anna. Anna hatte Brötchen beim Bäcker geholt, das tat sie sonst nie unter der Woche, es hätte ihn stutzig machen müssen. Tat es aber nicht. Er saß gemütlich da, verspeiste sein Honigbrötchen und überflog die Zeitung, als Anna sagte: »Ach, übrigens, Roman … ich ziehe aus. Gleich kommt Fabian mit dem Van. Aber keine Angst, ich nehm nicht viel mit. Bloß das Sofa, den Fernseher, die Stereoanlage, meine Klamotten und ein paar Kleinigkeiten.«

Roman starrte sie mit offenem Mund an. »Fabian?«, krächzte er. »Van?«

»Fabian ist ein Kollege. Du weißt doch, ich hab dir von ihm erzählt, als er in Bad Hertzsprung den Goldenen Apfel im Fun-Triathlon gewonnen hat. Er hat einen Renault Espace. Da geht ganz schön was rein.«

Roman nickte, es war ein Reflex. Sprechen konnte er nicht. Ihm war plötzlich eiskalt, er fing an zu zittern. Die Zeitung entglitt seinen Fingern und fiel zu Boden. Anna bückte sich und hob sie auf.

»Fabian und ich sind schon seit einiger Zeit zusammen«, fuhr sie fort. Sie sagte es so, wie man sagt: Heute gibt's Spaghetti zum Abendessen. »Ich ziehe zu ihm.«

»Anna«, flüsterte Roman. »Anna, Anna, Anna ...« Es war wie eine Beschwörung. Nichts von dem, was sie da eben von sich gegeben hatte, konnte wahr sein. So was tat man doch nicht: Seelenruhig am Frühstückstisch sitzen und sagen: »Ich ziehe zu Fabian. Wir sind schon seit einiger Zeit zusammen.« Nicht nach dreieinhalb Jahren Ehe. Sie liebte doch ihn, Roman! Und er liebte sie, nur sie! Sie waren rundum glücklich miteinander!

Anna zog einen Zettel aus der Hosentasche. Sie trug Jeans und einen blauen Baumwollrolli, darüber ein weites orangefarbenes Leinenhemd, das Roman noch nie an ihr gesehen hatte. Die langen glänzenden Haare waren zu einem dicken Zopf geflochten. Sie war sorgfältig geschminkt, so als ob sie in die Redaktion gehen wollte. »Meine neue Adresse«, sagte sie. »Die Wohnungsschlüssel findest du auf dem Küchentisch, wenn du aus der Schule kommst.«

Sie stand auf und sah auf ihn herunter. »Ich geh jetzt packen.«

Dann ging sie. Er saß da, atmete tief ein und aus, immer noch kam ihm das alles so unwirklich vor. Gleich würde er aufwachen aus diesem Albtraum. Anna in ihrer roten Lederjacke, die prall gefüllte schwarze Umhängetasche über der linken Schulter, würde in der Küchentür auftauchen und ihm einen Kuss zuwerfen. »Bis heute Abend, du! Muss los, bin spät dran!« Er musste lächeln, so erleichtert war er, dass er sich alles nur eingebildet hatte. Mitten im Lächeln fiel sein Blick auf den Zettel auf dem Tisch. In Annas großer, fahriger Schrift stand da zu lesen: Anna Berghäuser und Fabian Ehrlich. Bergstr. 23.

Und da begriff er die ganze schreckliche Wahrheit. Er rannte aus dem Haus, irrte umher, bis ihn schließlich sein Pflichtgefühl in die Schule trieb. Doch der Zusammenbruch kam, kaum dass er an seinem Tisch in der 5a saß.

Roman zündete sich am Stummel seiner Zigarette eine neue an. Seine Hände zitterten. Schöne Hände waren das, schmal, mit langen Fingern.

Ich war so wütend auf Anna, dass ich – hätte sie in diesem Moment neben mir gesessen – sie an den Schultern gepackt und angeschrien hätte. Biest, hätte ich gebrüllt, herzloses, kaltschnäuziges Biest! Wie kannst du Roman so etwas antun! Du hast ihn gar nicht verdient! Er ist so empfindsam, und er liebt dich so sehr, wie konntest du ihn nur so behandeln! Nur gut, dass ihr keine Kinder habt.

»Ich liebe sie so«, sagte Roman. »Was soll ich nur tun? Ich kann ohne sie nicht leben.«

Ewig die gleichen Worte, wenn man verlassen wird; in Büchern, Filmen und im wirklichen Leben. Und doch dreht sich das Rad des Lebens immer weiter, für jeden von uns. Selbstverständlich würde Roman ohne Anna leben können. Er hatte es verdient, ohne sie glücklich zu werden, mit einer Frau, die ihn niemals betrügen und verletzen würde. Ich hätte ihm eine wunderbare Zukunft prophezeien können, mit mir an seiner Seite. Aber das wollte er im Augenblick nicht hören, ich sah es ihm an.

»Ich muss mit ihr reden«, murmelte er. »Ganz in Ruhe. Sie wird einsehen, dass sie einen Fehler gemacht hat. Anna ist manchmal impulsiv, sie sagt und tut Dinge, die ihr hinterher Leid tun …«

Er ließ seine Zigarette in die halb leere Teetasse fallen. »Ich fahre jetzt zu ihr«, sagte er.

Ich legte eine Hand auf seinen Arm. »Tu's nicht. Nicht jetzt. Du bist innerlich zu aufgewühlt und kannst nicht klar denken. Leg dich ein bisschen hin, ruh dich aus. Hast du Schlaftabletten da?«

Er nickte widerwillig. »Aber …«

Ich wurde energisch. »Nichts aber. Du nimmst jetzt eine und gehst zu Bett. Ich schaue heute Abend noch mal nach dir. Am besten gibst du mir einen Schlüssel.«

Die Schlüssel – Annas Schlüssel – hatte er in der Hand gehalten, klappernd fielen sie auf den Tisch.

»Aber ich kann mich jetzt nicht ins Bett legen!«, fuhr er auf. »Ich muss sie zurückholen!«

Er zitterte am ganzen Körper.

Ich drückte sanft seine Hand. »Vertrau mir. Alles wird gut, ich versprech's dir.«

Seine Augen füllten sich mit Tränen. »Meinst du? Wirklich?«, fragte er vertrauensvoll wie ein Kind.

»Bestimmt.«

Ich hatte nicht einmal gelogen. Ich glaubte fest daran, dass alles gut werden würde für Roman. Und für mich.

Er wischte sich über die Augen und zündete eine weitere Zigarette an. Ich nahm ihm die Tasse mit der Kippe weg, holte eine neue, schenkte ihm frischen Tee ein und nahm einen Aschenbecher aus dem Schrank. »Wo sind die Schlaftabletten?«, fragte ich. »Im Bad?«

Er nickte.

Ich fand eine fast volle Packung in dem großen Spiegelschrank, der sonst nur noch Aspirin, Romans Kosmetikartikel und einen Stapel Handtücher enthielt. Entweder hatte Anna die Tabletten bei ihrem Auszug vergessen, oder Roman war derjenige, der unter Schlafstörungen litt.

Lammfromm schluckte er die Pille mit einem Glas Wasser hinunter. »Komm, leg dich hin«, sagte ich. Er sah so weiß und erschöpft aus, dass er wahrscheinlich auch ohne chemische Unterstützung jeden Moment am Tisch eingeschlafen wäre. Ich führte ihn ins Arbeitszimmer, nicht ins Schlafzimmer. Sicher wollte er jetzt nicht in dem Bett liegen, das er mit Anna geteilt hatte. Ich schob ihm das abgenutzte Gobelinkissen unter den Kopf und deckte ihn mit der karierten Wolldecke zu. Er schloss die Augen und drehte sich auf die Seite.

»Schlaf gut«, flüsterte ich.

Er gab keine Antwort. Leise machte ich die Tür hinter mir zu.

Natürlich ging ich nicht gleich. Ich schnüffelte in der Wohnung herum, ohne mich im Geringsten für meine Neugier zu schämen. Ich stellte eine deutliche Veränderung in der Atmosphäre fest, die weniger auf fehlende Gegenstände als auf die Abwesenheit einer dominierenden Persönlichkeit zurückzuführen war. Die Räume wirkten kalt, leblos und vernachlässigt, überall lag eine Staubschicht. Was mir schon in der Küche aufgefallen war, zeigte sich allenthalben: Anna hatte es nicht für nötig befunden, noch mal zu Putzlappen und Staubtuch zu greifen, bevor sie abgehauen war. Im Wohnzimmer fehlten Stereoanlage und Fernseher, das blaue Sofa mitsamt Kissen und der Glastisch. Die weiße Regalwand, ehemals voll gestopft mit Büchern, bunten Vasen und Glasschalen, war leer geräumt. Zu meiner Überraschung stand der Pflanzendschungel in den weißen Übertöpfen immer noch da. Die Blätter hingen traurig herab. Ich steckte prüfend einen Finger in die Blumenerde – staubtrocken. Der prächtige Ficus Benjamina, der Gummibaum, die Schefflera, die Efeutute, der Farn – alles musste dringend gegossen werden. Es sah Anna nicht ähnlich, ihre Lieblinge so zu vernachlässigen. Noch erstaunlicher war es, dass sie sie zurückgelassen hatte. Ich ignorierte die rote Gießkanne auf der Fensterbank und ging auf leisen Sohlen ins Schlafzimmer. Eine Hälfte des riesigen weißen Einbauschranks mit den Lamellentüren war bis auf einen Stapel mit Bettwäsche leer. Auf der anderen Seite Romans Sachen, bunt durcheinandergewürfelt und nachlässig zusammengefaltet: Ich berührte seine Pullover und Hemden, strich über seine Sakkos und Hosen, hob seinen Bademantel auf, der von einem Bügel heruntergefallen war. Ich schnupperte an dem dunkelblauen Frottee. Am liebsten hätte ich mich ausgezogen und in den Mantel gehüllt, der stark nach ihm roch. Es wäre fast so gewesen, als ob er mich berührt hätte. Aber ich traute mich nicht.

Das Bett war zerwühlt und ungemacht. Ich roch an den Kopfkissen. Aha. Anna hatte auf der rechten Seite am Fenster geschlafen, das erkannte ich an dem starken, süßen Parfüm. Sie hatte immer vier oder fünf verschiedene Düfte abwechselnd benutzt, die mir allesamt zu aufdringlich gewesen wären. Kurz entschlossen bezog ich die Betten frisch. Roman sollte sich nicht quälen müssen mit Erinnerungen, die von Annas Duft geweckt werden könnten. Ich lüftete und räumte Romans Schrank auf. Gern hätte ich auch noch gestaubsaugt, aber das Geräusch hätte Roman aufgescheucht. So begnügte ich mich mit Staubwischen. Dann machte ich mich über Bad, Küche und Gästeklo her, bis alles blitzte und blinkte. Die Spülmaschine brummte leise vor sich hin, die Nachmittagssonne fiel durchs Küchenfenster, als ich mich an den Küchentisch setzte und eine Nachricht für Roman hinterließ, falls er aufwachen sollte, bevor ich wieder da war:

Lieber Roman,
hoffentlich hast du gut geschlafen. Im Kühlschrank steht etwas zu Essen, Fleischkäse und Kartoffelsalat. Habe Schlüssel mitgenommen, schaue später noch mal nach dir.

Miriam

Ich trank eine letzte Tasse Tee. Er war kalt, aber das machte mir nichts aus. Ich fühlte mich angenehm müde, zufrieden mit mir und der Welt: Es kam mir vor, als hätte ich ein paar Geister – Schatten von Anna – einfach weggewischt. Bald würde die Wohnung Anna vergessen haben. Roman würde Anna vergessen haben. Warum sollten wir nicht endlich miteinander glücklich werden, er und ich?

Der Besuch bei meinen Eltern fiel kurz aus. Ich war spät dran, und ich hatte es eilig, zu Roman zurückzukommen.

Mutter schien meine Unruhe zu spüren, sie erzählte besonders umständlich von ihrem Arztbesuch am Morgen, es dauerte endlos lange, bis sie Kaffee gekocht und Kekse auf einem Teller arrangiert hatte, die ich aufessen musste, um ihren vorwurfsvollen Blick zu entschärfen.

»Du willst wirklich schon gehen?«, sagte sie, als ich mich mit einem Kuss verabschiedete. »Du bist doch gerade erst gekommen! Und du hast noch kein Wort mit deinem Vater geredet.«

Ich schluckte hinunter, dass mein Gehen Vater so wenig auffallen würde wie mein Kommen; als ich zum Haus gegangen war, hatte er im Garten herumgepusselt und kaum aufgesehen, als ich ihn begrüßte.

»Tut mir Leid, Mutter. Ich erwarte einen dringenden Anruf.«

Ihre Augen funkelten vor Neugier. Arme Mutter. Sie lebten so isoliert in ihrem hübschen Haus im zweitbesten Wohnviertel von Bad Hertzsprung, hatten keine Freunde oder Bekannte. Die Einzigen, die Neuigkeiten ins Haus brachten, waren die Zugehfrau, die zweimal die Woche kam, und ich. Ach, und die Nachbarin zwei Häuser weiter. Auf ihre Straßenbesen gelehnt unterhielten Mutter und sie sich manchmal. Als ich noch zu Hause wohnte, hatte ich Mutter oft vorgeschlagen, mehr unter Leute zu gehen, Kontakte zu knüpfen. Bad Hertzsprung war ein Kurort, es wurde viel geboten: Bastelkurse, Seniorengymnastik, Kurkonzerte, Lesungen, Diavorträge. Aber Mutter war nur selten aus dem Haus zu kriegen (es sei denn, ich ging mit), und die Gabe der Freundschaft war ihr, genau wie meinem Vater, nicht gegeben. Dazu fanden sie an anderen Menschen viel zu viel auszusetzen. Der Einzige, der in den letzten fünfzehn Jahren

Gnade vor ihren Augen gefunden hatte, war mein Freund Horst gewesen.

»Wer will denn anrufen?«, fragte Mutter gespannt. »Ein Mann?«

»Der Vater eines Schülers«, improvisierte ich. »Der Junge hat Probleme in Englisch.«

Und ehe sie mich nach Namen, Alter und den hervorstechendsten Merkmalen von Vater und Sohn fragen konnte, war ich zur Tür hinaus, winkte meinem Vater, der die Hecke schnitt, zu und stieg ins Auto.

Roman schlief noch immer, als ich auf Zehenspitzen ins Arbeitszimmer schlich. Selbst im Schlaf bogen sich seine Mundwinkel kummervoll nach unten. Ich hauchte ihm einen Kuss zu.

In der Küche warf ich die alte Nachricht weg und schrieb eine neue:

Hallo, Roman!

War kurz da. Du hast noch geschlafen, ich wollte dich nicht wecken. Ruf mich doch an, bin den ganzen Abend daheim.

Miriam

Er rief nicht an. Ich saß mit einem Glas Rotwein am Schreibtisch und korrigierte die Englischarbeiten, wie ich es mir vorgenommen hatte. Sie waren gut ausgefallen, besser als erwartet, ich war zufrieden. Das heißt, der eine winzige Teil von mir, der, der wie auf Autopilot geschaltet las und mit roter Tinte kritzelte, war zufrieden; der weitaus größere Teil lauerte auf das Klingeln des Telefons. Um zehn hielt ich es nicht mehr aus und rief an. Nur der Anrufbeantworter meldete sich, Annas volle, kräftige Stimme aus dem Geisterreich: »Hier ist der Anschluss von Roman und Anna Berghäuser. Wir sind im Moment nicht zu erreichen. Bitte hinterlassen sie Ihre Nachricht nach dem Signalton …«

Ich legte auf, schlüpfte in meinen Regenmantel und fuhr zu Roman. In der Wohnung im Erdgeschoss brannte kein Licht. Romans BMW, der am Mittag noch vor dem Haus geparkt hatte, war weg. Wo mochte er stecken? In einer Kneipe, um seinen Kummer zu ersäufen? Das sah ihm nicht ähnlich. Im Geiste sah ich ihn von der Autobahnbrücke springen. Dann hörte ich eine Stimme in meinem Kopf, laut und kristallklar: Er ist zu Anna gefahren, Dummkopf.

Ich fuhr zur Bergstraße. Sie lag außerhalb der Altstadt, in Krankenhausnähe. Eine breite, baumbestandene Straße mit älteren, gepflegten Mietshäusern. Ich kroch im Schneckentempo dahin, damit ich die Hausnummern entziffern konnte. Linkerhand tauchte die dreiundzwanzig auf, direkt davor, unter einer Straßenlaterne, parkte Romans weißer BMW, ich erkannte das Kennzeichen. Niemand saß im Wagen. Er musste im Haus sein, in der Wohnung von Anna Berghäuser und Fabian Ehrlich.

3

Ich schlief schlecht in dieser Nacht. Stundenlang lag ich in der Dunkelheit und sah das Bild vor mir, das ich am meisten fürchtete: Roman flehte Anna an, zu ihm zurückzukommen. Fabian Ehrlich, eine schattenhafte Gestalt im Hintergrund, hatte keine Chance: Anna, die ein paar Gläser Rotwein intus hatte und daher sofort zu Tränen gerührt war, konnte Roman nicht widerstehen. Sie packte den Koffer, den sie eben erst ausgepackt hatte, wieder ein und fuhr mit ihrem Mann nach Hause, wo sie hingehörte. Morgen würde Fabian mit dem Van vorfahren, und in schöner Eintracht würden alle drei Sofa, Fernseher, Stereoanlage und Glastisch wieder an ihren Platz räumen. Anna würde ihre Pflanzen wässern und mit Roman ins frisch bezogene Bett steigen. Happy End.

Das – es war mir klar, bevor der Morgen dämmerte und ich es nicht mehr im Bett aushielt – war natürlich kompletter Unsinn. Nichts an der schäbigen Art und Weise, wie Anna das Weite gesucht hatte, deutete darauf hin, dass sie sich noch am selben Tag von Roman zu einer Rückkehr bewegen lassen würde. Und trotzdem. Trotzdem. Der Gedanke, dass mein Traum vom Glück mit Roman, der jetzt endlich in greifbare Nähe gerückt war, sich doch nicht erfüllen könnte, war quälend.

Bei einer Tasse Kaffee korrigierte ich die restlichen Englischarbeiten. Janina A. hatte nicht einen einzigen Fehler gemacht, schwungvoll schrieb ich ein »sehr gut« unter den Test. Dann stieg ich unter die Dusche und zog mich an. Blaue Hose, blauer Pulli mit Schildkrötkragen. Schlicht und praktisch, dabei seriös, wie es einem Mitglied des Lehrkörpers am Gymnasium von Westernfelde anstand. Haare bürsten, ein Hauch Puder, blassrosa Lippenstift, ein Spritzer »Tosca«. Meine Mutter hatte es mir zum Geburtstag geschenkt und war stolz, sich erinnert zu haben, dass ich den Duft mit sechzehn sehr gemocht hatte.

Ich packte die Englischtests in eine Ledermappe und beschloss, heute statt des Fahrrads das Auto zu nehmen, denn ich wollte vor der Schule noch schnell einkaufen. Für Roman.

Ich kaufte Brötchen, Butter, Marmelade und Aufschnitt; Eier und Kaffee. Nach kurzem Überlegen auch einen Strauß Narzissen, um ihn ein bisschen aufzuheitern.

Sein Wagen parkte vor dem Haus. Keine Spur von Annas giftgrünem Lupo, mit dem ich sie manchmal in der Stadt herumkurven sah. Obwohl ich nicht wirklich damit gerechnet hatte, ihr Auto zu sehen, stieß ich einen Seufzer der Erleichterung aus. Einen zweiten, als ich die Wohnungstür aufschloss und spürte, dass sich an der Situation seit gestern nichts geändert hatte: Anna war nicht hier.

»Hallo?«, sagte ich im Flur. Nichts rührte sich, alle Türen waren zu. Ich ging in die Küche. Auf dem Tisch stand ein Teller mit einem Rest Fleischkäse, ein halb leeres Schälchen mit Kartoffelsalat. Roman hatte also doch noch etwas gegessen, gut. Ich räumte meine Einkäufe weg, die Spülmaschine aus, stellte die Blumen in einen blau-weißen Milchkrug, kochte Kaffee, deckte den Frühstückstisch. Ich war bei der zweiten Tasse Kaffee und dem Lokalteil des »Westernfelder

Echos« angelangt, das ich aus dem Briefkasten geholt hatte, als ich plötzlich Romans Stimme hörte: »Anna?«

So viel Hoffnung lag in diesem Wort. Und dann die bittere Enttäuschung in seinem Gesicht, als er blass und zerzaust, mit geschwollenen Augen, in seinem blauen Bademantel in der Tür stand.

»Du! Wie kommst du hierher?«

Bei allem Verständnis für seine Verfassung, anschreien ließ ich mich nicht.

»Ich habe Frühstück für dich gemacht«, sagte ich kühl. »Und wie ich hereingekommen bin, lässt sich leicht erklären. Du hast mir gestern den Schlüssel gegeben.«

Er rieb sich mit der Hand übers Gesicht. »Ja. Ja, natürlich. Tut mir Leid. Ich habe Kaffee gerochen, davon bin ich aufgewacht. Ich dachte … ich dachte …«

… Anna, nicht auf Instrumente zur Öffnung von Türen angewiesen wie normale Sterbliche, sei durch Wände gegangen, um ihrem Gatten das Frühstück zu richten, ergänzte ich im Stillen.

»Ich weiß«, sagte ich versöhnlich. »Komm, setz dich. Trink einen Kaffee, iss was. Ich habe eingekauft.«

Er setzte sich, sein Blick glitt über den liebevoll gedeckten Tisch, die Blumen. Das Gelb der Narzissen war so leuchtend, dass man sie gar nicht übersehen konnte. Aber er sagte nichts. Ob ihm wenigstens aufgefallen war, dass ich geputzt, Staub gewischt, die Betten frisch bezogen und seinen Schrank aufgeräumt hatte?

Ich schenkte Kaffee ein. »Ein Ei?«

Er verzog den Mund. »Miriam … bitte.«

»Entschuldige«, sagte ich ein bisschen spitz. »Ich mein's nur gut. Ich möchte dir gern helfen.«

Er senkte verlegen den Blick. »Ja, ich weiß. Und glaub nicht, dass ich dir nicht dankbar dafür bin.«

Immerhin, dachte ich. Immerhin.

»Wie geht's dir heute Morgen?«, erkundigte ich mich. Ich fand, dass er schon besser aussah als am Tag zuvor, nicht mehr ganz so hilflos und verloren.

Er löffelte Zucker in seinen Kaffee und goss Milch dazu. »Ich war gestern Abend noch bei ihr, weißt du …«

Ich nahm ein Brötchen aus dem Körbchen, schnitt es auf.

»Wir konnten nur ganz kurz miteinander sprechen«, fuhr Roman fort. »Dieser Typ stand die ganze Zeit daneben. So ein großer grober Klotz. Viel Muskeln, wenig Hirn. Natürlich ist sie ihm sexuell hörig.«

»Ach ja? Glaubst du?«

Er nickte finster. »Sie liebt ihn nicht, das hab ich genau gespürt. Sex ist das Einzige, was sie miteinander verbindet.«

»Hat sie das gesagt?«, erkundigte ich mich.

»Herrgott, natürlich nicht«, sagte er ungeduldig. »Ich weiß es einfach.« Er seufzte und rieb sich das stoppelige Kinn. »Ich muss ihr zeigen, wie sehr ich sie liebe. Dann wird sie zurückkommen.«

Mir blieb fast das Marmeladebrötchen im Hals stecken. Ich schluckte den Bissen mühsam herunter und fragte: »Bist du sicher?«

Miriam Neunzerling, im Nebenberuf Psychotherapeutin. Fehlte nur noch, dass ich fragte: Und wie fühlst du dich bei dem Gedanken? Worauf er mir um die Ohren knallen würde: Dumme Frage! Herrlich, fantastisch, überglücklich natürlich! Ich trank einen großen Schluck Kaffee, um den bitteren Geschmack in meinem Mund herunterzuspülen.

Plötzlich lächelte Roman und griff nach einem Hörnchen. »Ich hab viel nachgedacht heute Nacht. Und ich habe ein Gedicht geschrieben, das meine Gefühle für Anna sehr gut widerspiegelt. Ich werde es ihr schicken … und Blumen.«

Ich hätte ihn schütteln mögen. Warum akzeptierte er Annas Entscheidung nicht? Warum verschwendete er Zeit und Energie mit Versuchen, sie zurückzugewinnen, anstatt sein Leben neu in die Hand zu nehmen? *Mir* Blumen zu schenken, ein Gedicht, wäre ein guter Anfang. Ich würde den Strauß trocknen und in dem braunen Tonkrug auf meinen Schreibtisch stellen. Und Romans Gedicht, das würde ich immer bei mir tragen, ganz klein zusammengefaltet in meinem Portemonnaie.

Gedankenverloren knabberte Roman an seinem Hörnchen. »Kannst du mir ein Blumengeschäft empfehlen? Ich möchte etwas ganz Besonderes für Anna.«

»Blumenhaus Kuhlmann«, sagte ich ziemlich unfreundlich.

Roman überlegte. Dann sagte er: »Könntest du … würdest du das für mich erledigen, bevor du in die Schule fährst? Du weißt doch bestimmt, was ihr gefällt.«

»Mit einem großen bunten Frühlingsstrauß kannst du nichts falsch machen.«

»Danke!«, sagte er und sprang auf. »Ich hole nur schnell das Gedicht.«

Das Ende vom Lied war, dass *ich* zum Blumenladen fuhr, mit Geld von Roman und dem Umschlag, auf dem stand *Anna, mon amour*. Ich las das Gedicht im Auto sitzend, vor dem Geschäft. Ein schlechtes Gewissen hatte ich nicht. Der Umschlag war nicht zugeklebt, also hatte Roman bestimmt nichts dagegen, dass ich las, was er geschrieben hatte.

anna anna mein in ewigkeit
anna anna
dein irrer flug ins nichts – vorbei
ich wart auf dich in unsrem nest
heut noch kommst du
ich umarm dich
kein wort des vorwurfs auf den lippen
kein leben möglich ohne dich
viens vite
anna mon amour

Ein Aufschrei, dachte ich, da muss man Zugeständnisse an die literarische Qualität machen. Ich übertrug die Zeilen in mein Notizbuch. Eine künstlerische Freiheit nahm ich mir. Am Ende stand: *Miriam mon amour*. Es hörte sich viel besser an.

Das Ende der sechsten Stunde läutete das Wochenende ein. Am liebsten wäre ich zu Roman geflogen, vite, vite, hielt es aber für taktisch klüger, ihn nicht schon wieder zu überfallen, da er auf Annas Anruf wartete. Ich glaubte nicht daran, dass sie sich melden würde, noch weniger, dass seine Gaben sie zu ihm zurücklocken würden. Warum sollten Blumen und ein Gedicht erreichen, was Roman in natura nicht geschafft hatte? Aber das sagte ich ihm nicht, er hätte es sehr übel genommen. Ich hatte ihn noch vor meinem Unterrichtsbeginn zur dritten Stunde rasch von der Telefonzelle an der Ecke aus angerufen, denn das Telefon im Secki wurde von Mechthild bewacht, die ihre Ohren nach Belieben auf Rhabarberblätterformat ausfahren konnte.

Er war sofort dran, musste neben dem Apparat gesessen haben. »Anna?«, hauchte er atemlos in den Hörer.

»Nein, ich bin's nur, Miriam. Ich wollte dir sagen, dass Anna weiße Tulpen und blaue Anemonen und gelbe Narzissen bekommt. Einen Riesenstrauß. Wird gleich geliefert, die Chefin persönlich hat es mir fest versprochen.«

Er seufzte erleichtert. »Wunderbar! Und mein Gedicht?«

»Ist natürlich dabei.«

»Danke!«, sagte er überschwänglich. »Danke. Für alles, was du für mich getan hast. Du musst in den Ferien mal zum Essen kommen. Anna macht einen herrlichen Pot au feu, nach einem Rezept meiner Mutter.«

Wie sicher er war, dass Anna, kaum dass sie seine Zeilen gelesen hatte, zu ihm zurückfliegen würde. Und wie sicher er war, dass es zu dieser Einladung kommen würde, obwohl Anna und ich seit Jahren keinen Kontakt mehr hatten. Weder Roman noch ich hatten darüber je ein Wort verloren, weder ihm noch mir war es wichtig gewesen. Ich hielt einen Moment inne und fragte mich:

Wie stand er zu mir, seiner Kollegin, der Exfreundin seiner Frau? Er mochte mich, das spürte ich. Arbeitete gern mit mir zusammen. Manchmal tranken wir in der Schulcafétería – Cafete genannt – einen Kakao zusammen und unterhielten uns. Über Kunst, Literatur, den einen oder anderen Schüler, fachspezifische Themen. Das Verhältnis war gut, freundschaftlich-kollegial. Nicht mehr, nicht weniger. Ob er mich attraktiv fand, ob ich ihm gefiel, als Frau? Darüber hatte ich oft nachgedacht und war leider immer zu demselben Ergebnis gekommen: Wenn Anna wirklich in jeder Beziehung seine Traumfrau war, eher nicht. Ich bin klein und zierlich, habe feines, mittelblondes Haar, das ich halblang trage, ein schmales Gesicht – nicht hübsch, nicht hässlich – und hellbraune Augen.

Aber jetzt, da Anna ihn verlassen hatte, war vielleicht genau die Tatsache, dass ihn nichts an mir an sie erinnern konnte, meine Chance. Meine Figur – schmal, aber gut proportioniert, würde ihm auffallen, meine ebenmäßige, helle Haut, meine kleinen, hübsch geformten Hände …

Ich sah mich schon auf seinem Schoß sitzen. Er streichelte mich und sagte bewundernd: »Du bist so leicht, so zart … deine Haut ist wie Seide …«

Ich kaufte fürs Wochenende ein und schmiedete Pläne. Sonntag konnte ich guten Gewissens bei Roman vorbeigehen oder anrufen, ohne aufdringlich zu wirken. Deprimiert und unglücklich, weil seine Blumenaktion nichts gefruchtet hatte, würde er dankbar sein für meine Gesellschaft. Vielleicht war die Zeit sogar schon reif, dass er anfing, mich mit ganz anderen Augen zu sehen? Ich putzte gründlich meine Wohnung und fuhr anschließend zu meinen Eltern. Ich blieb zum Abendbrot, um Mutter für meinen gestrigen Blitzbesuch zu entschädigen. Samstagmorgen ging ich ins Hallenbad und bummelte anschließend durch die Stadt. Ich kaufte mir einen Baumwollpulli in einem pudrigen Blau und Eau de Toilette, »Eau d'Orange Verte«, einen leichten Zitrus-Duft. »Frisch wie der Frühling«, hatte die Verkäuferin in der Parfümerie gesagt. Weil sie so nett war, erstand ich noch eine getönte Tagescreme, die sie mir wärmstens empfahl, und Rouge. Und Wimperntusche, zum ersten Mal seit Jahren. »Ein absolutes Muss bei so hellen Wimpern«, hatte die Verkäuferin gesagt. Ich tuschte mir vor dem großen Spiegel im Laden die Wimpern und hörte Roman sagen: »Ich wusste gar nicht, wie ausdrucksvoll deine Augen sind, Miriam …«

Am Abend traf ich mich mit einer Freundin. Wir gingen

ins Kino und anschließend ein Glas Wein trinken. Ich hatte mich sorgfältig zurechtgemacht und duftete betörend. »Du siehst gut aus. Bist du etwa verliebt?«, fragte Petra scherzhaft. Scherzhaft deshalb, weil ich in unserem Freundeskreis als überzeugter Single galt. Ich war heimlich entzückt über das Kompliment, ließ mir aber nichts anmerken.

»Ich doch nicht«, gab ich zurück. »Ein Herz aus Stein, du kennst mich doch.«

»Gib mir das Rezept«, sagte Petra seufzend. Sie war seit ein paar Jahren geschieden und begegnete seitdem ständig einer neuen, ganz großen Liebe, die sich jedesmal innerhalb kürzester Zeit in Nichts auflöste. Petra fing an zu erzählen, es knisterte und krachte im Gebälk ihrer Beziehung zu Julius, einem verheirateten Rechtsanwalt. Ich hörte schweigend zu, trank meinen Wein und dachte voller Vorfreude an Roman.

Sonntagmorgen backte ich einen Böhmischen Kirschkuchen nach einem Rezept meiner Großmutter; am Nachmittag zog ich meinen neuen puderblauen Pulli an, besprühte mich großzügig mit dem neuen Eau de Toilette und fuhr mitsamt dem Kuchen zu Roman. Ich war gerade aus dem Auto gestiegen, als er aus der Haustür kam. Er trug eine schwarze Hose, einen schwarzen Rolli und ein grau gemustertes Sakko. Er sah umwerfend aus. Seine Begrüßung ließ allerdings zu wünschen übrig. »Ach, du bist es«, sagte er. »Wolltest du zu mir?«

Vielleicht hätte ich sagen sollen: »Ach nein, ich bin mit einer Freundin zum Kaffee verabredet, sie wohnt gleich nebenan«. Aber ich war so aus dem Gleichgewicht geraten, dass ich stotterte: »Ich hab einen Kuchen gebacken … Böhmischen Kirschkuchen … Ich dachte, wir könnten zusammen Kaffee trinken ... natürlich nur, wenn du nichts anderes vorhast.«

Kaum war das heraus, hätte ich mich ohrfeigen können. Es war offensichtlich, dass Roman etwas vorhatte! Er wirkte aufgeregt, duftete überwältigend nach Aftershave, seine Haare glänzten frisch gewaschen, und er hatte es sehr, sehr eilig.

»Nett von dir«, sagte er. »Aber ...« Er strahlte auf. »Ich bin verabredet. Mit Anna!«

Ein Fausthieb in den Magen. Ich zwang mich zu einem Lächeln. »Wirklich? Wie schön für dich.«

»Wir treffen uns in einem Café.«

Ich sah ihm hinterher, als er davonbrauste. Er winkte nicht einmal. Da stand ich mit meinem Kuchen und hätte heulen können vor Zorn und Enttäuschung. Ich hatte mich verrechnet. Anna hatte doch angerufen, ein Treffen auf neutralem Territorium anberaumt. Ein Blumenstrauß, ein Gedicht, eine große Aussprache. Sie würde zu ihm zurückkehren, natürlich würde sie, sie liebte ihn, hatte gemerkt, dass sie ohne ihn nicht leben konnte. Die Tortenglocke aus Kunststoff glitt mir aus den zitternden Händen und fiel zu Boden. Ehe ich es verhindern konnte, hatte ich ihr einen Tritt verpasst, der sie mehrere Meter über den Bürgersteig beförderte. *Jähzorn, Miriam, ist etwas sehr Hässliches, besonders bei einem kleinen Mädchen, zischte meine Mutter. Der liebe Gott will keine bösen Mädchen, die schickt er in die Hölle.* Ich war acht und hatte getobt und geschrien, weil meine Mutter mir nicht die heiß ersehnte Barbiepuppe zum Geburtstag geschenkt hatte. Alle meine Freundinnen besaßen eine, nur ich nicht. Mutter fand sie hässlich ...

Erschrocken sah ich mich nach allen Seiten um. Die Straße lag verlassen da, niemand hatte etwas gesehen. Ich hob die Glocke mit den Kuchentrümmern auf und versteckte sie im Kofferraum. Dann fuhr ich zu meinen Eltern.

Als ich aus Bad Hertzsprung zurückkam, war es fast dunkel. Ich fuhr den Wagen in die Garage und ging zum Haus. Unten befand sich die Wohnung des Vermieters, im ersten Stock wohnte eine junge Familie mit Baby, oben im Dachgeschoss ich. In einem der Alleebäume sang eine Amsel, es klang schläfrig. Ihr Abendlied lenkte mich so ab, dass ich beinahe über Roman gestolpert wäre, der an der Hauswand neben dem Eingang lehnte.

»Roman!«, rief ich erschrocken.

»Kann ich einen Moment mit reinkommen? Ich muss mit dir reden.« Beim Klang seiner Stimme machte mein Herz einen freudigen Sprung. So kläglich hörte sich kein Mann an, der seine entlaufene Frau soeben zurückerobert hat.

»Natürlich«, sagte ich und führte ihn nach oben.

Ich öffnete eine Flasche Rotwein und stellte vorsorglich einen Aschenbecher bereit. Roman saß neben mir auf dem Sofa, sein Blick glitt über mein kleines, gemütliches Wohnzimmer. Weiche Pastellfarben, Blumen auf dem Couchtisch aus Kiefernholz, Landschaftsaquarelle an den Wänden. »Kein Pfiff, kein Stil«, hätte Anna gesagt, wenn sie je einen Fuß in meine Wohnung gesetzt hätte, nachdem ich mit Hilfe des Ikea-Katalogs alles umgekrempelt hatte. »Elch-Wischiwaschi. Was um Himmels willen hast du dir dabei gedacht?«

»Erzähl«, sagte ich in die Stille hinein.

Mit zitternden Fingern zündete Roman sich eine Gitanes

an und blies Rauchwolken in meine frisch gewaschenen Gardinen.

»Du musst mit Anna reden«, stieß er zwischen zwei tiefen Lungenzügen hervor.

»Ich? Wieso ich?«, fragte ich erschrocken.

Im gedämpften Schein der Stehlampe glitzerten seine Augen wie schwarzes Glas. »Von Frau zu Frau«, fuhr er fort, ohne meinen Einwurf zu beachten. »Du musst sie zur Vernunft bringen. Auf dich wird sie hören. Ihr seid doch Freundinnen!«

»Wir *waren* Freundinnen«, korrigierte ich. »Wir haben schon seit Jahren keinen Kontakt mehr. Es hat sich einfach so ergeben.«

Er nahm meine Hand und drückte sie. Seine war schweißnass. »Bitte!«, flüsterte er. »Bitte! Du hast gesagt, du willst mir helfen ...«

Es konnte nicht schaden, ihn ein bisschen zappeln zu lassen. Ich hatte nicht vergessen, wie hilflos ich ihm hinterhergesehen hatte, als er siegessicher zu seinem Rendezvous gebraust war. Vorsichtig zog ich meine Hand weg und griff nach meinem Weinglas.

»Miriam!«, flehte Roman. »Sag doch was!«

»Erzähl mir von eurem Treffen.«

Er zündete sich eine neue Zigarette an. »Da gibt's nicht viel zu erzählen«, sagte er mürrisch. »Der Kerl war wieder dabei. Anna, sagte ich, Anna, ich muss unter vier Augen mit dir reden. Das bist du mir schuldig, ich bin dein Mann. ›Ich lasse mich scheiden‹, sagte sie kalt, ›und ich will, dass du mich endlich in Ruhe lässt. Keine Anrufe mehr, keine Überfälle, keine Blumen, keine Lyrik. Es ist vorbei mit uns, Roman. Ich bin nur gekommen, um dir das noch mal in aller

Eindringlichkeit zu sagen. Unter Zeugen‹. Sie sah rüber zu Ehrlich. Der nickte und stand auf. Und dann sind sie gegangen, alle beide.«

Roman drückte die kaum angerauchte Zigarette im Aschenbecher aus. »Ich komme nicht an sie ran. Immer ist dieser Typ dabei und bewacht sie, er lässt sie nicht mit mir allein. Aber du … mit dir würde Anna reden. Unter vier Augen.«

»Aber Roman. Warum sollte sie?«

Er überhörte meinen Einwand, rutschte näher. Sein Gesicht war dicht vor meinem, ich roch Zigarettenrauch und Verzweiflung. Ich spürte seine Hände auf meinen Schultern, und einen verrückten Moment lang glaubte ich, er würde mich küssen. Aber er flüsterte nur: »Bitte, sprich mit ihr. Sag ihr, wie sehr ich sie liebe, dass ich ohne sie nicht leben kann. Sag ihr, dass Ehrlich sie nur unglücklich machen wird, er vögelt sie, bis er genug hat, und dann setzt er sie vor die Tür …«

»Roman …«

Seine Finger gruben sich in meine Schultern. »Bitte, Miriam … ruf sie an.«

Und ob ich sie anrufen würde.

Nichts und niemand hätte mich daran hindern können. Ich wollte mit eigenen Ohren hören, wie Anna sagte: »Mit Roman und mir ist es vorbei. Für immer und ewig.«

Aber ich tat so, als ob ich die Sache gründlich bedenken müsste. Roman, der inzwischen seine Finger von meinen Schultern genommen hatte, wartete gespannt.

»Gut«, sagte ich schließlich in einem Ton, der ahnen ließ, wie schwer mir dieses Opfer fiel. »Ich tu's. Dir zuliebe. Aber ich kann nicht versprechen, dass irgendetwas von dem, was ich sage, Anna dazu bringen wird, zu dir zurückzukommen.«

Das war die Wahrheit. Aber in Romans Augen leuchtete Hoffnung, mehr als Hoffnung. Sicher sah er Anna in der Tür stehen, hörte sie sagen: »Das Gespräch mit Miriam hat mir die Augen geöffnet. Hier bin ich, Liebling, wenn du mich noch willst …«

Oder etwas in der Art. Jedenfalls legten sich Romans Lippen auf meine, ganz zart, ganz kurz.

»Danke«, sagte er. »Du bist ein echter Freund.«

Und ging.

4

Anna nach so langer Zeit leibhaftig am Telefon zu haben, war ein Schock. Ihre kräftige Stimme brandete durch die Leitung, transportierte diese Energie, die so charakteristisch für sie war. Als wir Freundinnen waren, nahm ich es als gottgegeben hin, dass Anna von Natur aus mehr Vitalität hatte als andere Leute. Später kam mir der Gedanke, dass sie eine Art Vampirismus praktizierte: Sie holte sich von anderen, was sie brauchte, um zu schillern. Erst im Nachhinein sah ich uns wie im Spiegel: Anna sprühend, mit klaren Konturen; daneben ich, blass und verwischt.

»Hallo, Miriam«, hörte ich, bevor ich auch nur ein Wort der Begrüßung gesprochen hatte.

Dass sie wusste, dass ich am Apparat war, verschlug mir die Sprache.

Anna kicherte. »Hexerei? Telepathie? Nein! ISDN-Anschluss mit Display. Deine Nummer hat sich nicht geändert.«

Eins zu null für Anna.

Ich bereute, mir einen ISDN-Anschluss zugelegt und Anna damit einen Vorteil verschafft zu haben. Ihre Stimme provozierte mich, bürstete mich gegen den Strich. Ich musste mich zusammenreißen. Es war Montagabend, ich hatte einen anstrengenden Schultag hinter mir, meine Mutter hatte mehr als üblich über diffuse physische Beschwerden geklagt, und

Roman hatte bereits zweimal angerufen, um sich zu erkundigen, ob ich mich schon bei Anna gemeldet hätte.

Ich sagte: »Ja, ja, Wunder der Technik. Wollen wir uns nicht mal treffen? Irgendwo ein Glas Wein zusammen trinken?«

Schweigen am anderen Ende der Leitung. Hatte meine Stimme zu kühl geklungen, schnippisch? War meine Mission als Friedensengel gescheitert, bevor ich Gelegenheit gehabt hatte, die Flügel rauschen zu lassen?

»Hat Roman dich vorgeschickt?«, erkundigte sich Anna.

»Wie meinst du das?«, fragte ich so unschuldig wie möglich.

»Ach, Miriam …« Es klang amüsiert. »Woher solltest du denn meine neue Nummer haben, wenn nicht von Roman, hm?«

Ins Schwarze getroffen. Zwei zu null für Anna.

Ich räusperte mich. »Also gut. Roman geht es sehr schlecht, er leidet sehr unter dem, äh, Verlust, und er hat mich gebeten …«

»Ja, ja«, sagte Anna. »Sparen wir uns das. Wenn du willst, kannst du vorbeikommen. Fabian ist nicht da. Aber ich warne dich: wag es nicht, Roman mitzubringen.«

»Das … das hatte ich nicht vor«, stotterte ich.

»Gut«, sagte Anna knapp. »Dann bis gleich. Meine neue Adresse dürfte dir ja auch bekannt sein.«

Und schon hatte sie aufgelegt. Drei zu null für Anna.

Sie führte mich ins Wohnzimmer. Es war klein, wirkte aber geräumig, weil es so sparsam möbliert war. Annas kobaltblaues Sofa mit den bunten Kissen und der Glastisch standen auf einem teuer aussehenden, hellgrauen Teppichboden. Gegenüber thronte der Fernseher. Dann gab es noch einen futuristisch aussehenden Liegestuhl aus schwarzem Leder, eine Art Sideboard aus gebürstetem grauem Metall und eine gigantische Stereoanlage. Auf der Fensterbank standen Annas bunte Vasen und Glasschalen. Die Wände waren perlgrau gestrichen und nackt, und an der Decke war eine Metallschiene mit kleinen Strahlern befestigt. Anna wäre nicht Anna gewesen, wenn sie sich nicht bemüßigt gefühlt hätte, ein paar Worte zur Einrichtung zu verlieren: »Fabian mag's minimalistisch. Am Anfang fand ich's etwas gewöhnungsbedürftig, aber mein Kram gibt der Sache den richtigen Pep. Leid tut's mir nur um meine Pflanzen. Fabian hat eine Allergie, deshalb hab ich sie nicht mitgenommen. Roman kümmert sich hoffentlich drum.«

Ich zog es vor, ihr nicht zu erzählen, dass ihre Pflanzen mittlerweile der Tod durch Verdursten ereilt hatte. Die Leichen hatte ich allesamt in die Mülltonne geworfen.

Auf dem Tisch standen eine halb volle Flasche Rotwein und ein Glas. Anna holte ein zweites aus dem Sideboard. Ich musterte sie unauffällig, während sie einschenkte. Sie trug ein orangefarbenes langes Hauskleid aus Baumwolljersey, das ihre Formen nachzeichnete. Sie kam mir dünner vor als früher. Vielleicht liebte Fabian auch seine Frauen minimalistisch, ohne schwellende Polsterung.

»Long time no see«, sagte Anna. »Prost!«

Lange nicht gesehen. Ja. Trotzdem war sie mir so vertraut. Stimme, Mimik, die Art, wie sich in ihre Sofaecke kuschelte und die Beine hochzog, es war, als hätten wir uns gestern zum letzten Mal gesehen. Ich wusste, dass sie Schuhgröße 41 trug, dass ihre zweite Zehe länger als die erste war, dass sie einen großen Leberfleck auf dem rechten Oberarm hatte.

Die blaugrünen Augen sahen mich aufmerksam an, ihr linker Mundwinkel zog sich nach oben, wie immer, wenn sie sich über etwas – jemanden? mich? – amüsierte. Und doch – lag es am Rotwein, an der Beleuchtung, Fabians minimalistischer Atmosphäre – war da etwas Fremdes in ihrem Gesicht. Sie war älter geworden, natürlich, die Jahre gingen auch an Anna nicht spurlos vorüber, aber die paar Falten mehr, die schärferen Konturen waren es nicht allein. Sie wirkte gedämpft, so wie eine Lampe, die man mit einem Seidentuch verhängt hat. Die alte Anna schimmerte noch durch, aber sie funkelte und schillerte nicht in der gewohnten Intensität.

»Prost.« Ich nippte am Rotwein. Es war ein Guter; ein Chianti Classico, der nach schwarzen Johannisbeeren duftete. Ich hatte nie Rotwein getrunken, bis Anna mich auf den Geschmack brachte.

Anna beugte sich vor. »Bringen wir's hinter uns. Roman liebt mich, nur mich, er kann ohne mich nicht leben, ich soll zu ihm zurückkommen, damit wir wieder vereint unser großes eheliches Glück genießen können. Ja?«

Ihr ironischer Ton war unerträglich, aber ich beherrschte mich. Ich durfte mich auf keinen Fall von ihr provozieren lassen.

»Roman«, sagte ich sachlich, »Roman liebt dich tatsächlich immer noch, was erstaunlich ist, wenn man bedenkt, wie feige du dich ihm gegenüber benommen hast. Packst einfach deinen Kram, verschwindest und versteckst dich hinter deinem Lover, wenn dein Mann sich mit dir aussprechen möchte.«

Anna schaute mich einen Moment verdutzt an, dann warf sie den Kopf in den Nacken und lachte.

»Ich finde das gar nicht lustig!«, sagte ich scharf.

Anna hörte auf zu lachen. »Ich habe es auch nicht lustig gefunden, mit Roman verheiratet zu sein«, sagte sie trotzig. »Ich gehe nie mehr zu ihm zurück. Das kannst du ihm sagen.«

Diese Worte hatte ich hören wollen, deshalb war ich gekommen. »Gut«, sagte ich kühl und stand auf. »Er ist ohne dich sowieso viel besser dran. Das wird er schon noch merken.«

»Klar. Mit dir an seiner Seite …«, bemerkte Anna seidenweich.

Das Herz klopfte mir auf einmal bis zum Hals. »Wie meinst du das?«

Anna grinste. »Du bist doch in ihn verknallt. Immer schon gewesen. Meinst du, ich hätte nichts gemerkt?«

Ich setzte mich wieder. »Ich schätze Roman sehr«, sagte ich würdevoll. »Als Freund und Kollegen.«

»Als Freund und Kollegen«, äffte Anna. »Dir klebt doch schon das Höschen im Schritt, wenn er dich nur anguckt.«

Ich schoss wieder vom Sofa hoch. »Deine vulgären Sprüche brauche ich mir nicht anzuhören!«

»Ach komm, setz dich wieder hin«, sagte Anna müde. »Ich gönne ihn dir doch. Schnapp ihn dir, so schnell wie möglich, damit ich endlich meine Ruhe hab.«

Plötzlich war ich traurig. Nichts hatte Bestand. Das Leben, ob wir wollten oder nicht, spülte alles fort: Freundschaft, Liebe, Illusionen. »Warum?«, fragte ich. »Was ist denn schief gegangen zwischen euch?«

Das Bild, das Anna nun von Roman und ihrer Ehe zeichnete, war das krasse Gegenteil von dem, was Roman mir erzählt hatte. Kein böses Wort sei je gefallen, hatte er beteuert, nie habe Anna unglücklich oder unzufrieden gewirkt. Umso größer sei der Schock für ihn gewesen, dass sie ihn Knall auf Fall verlassen habe und noch nicht einmal zu einer Aussprache unter vier Augen bereit sei …

Roman, erzählte Anna mit ungewohnt emotionsloser, leiser Stimme, habe Psychoterror betrieben, es gäbe kein anderes Wort dafür. Wenn er über seine Ängste und seelischen Tiefs hatte sprechen wollen, musste Anna zuhören. Wenn er tagelang schwieg, weil eine Depression ihn in den Klauen hielt, musste Anna den Mund halten und ihn verwöhnen. »Alles drehte sich nur um ihn und seine Befindlichkeit«, sagte Anna bitter. »Der große Poet, der sensible Künstler im Kämmerlein, gequält von seinem Brotjob, den er gern an den Nagel hängen würde. Was *ich* wollte, *meine* Gefühle, waren ihm schnurz und piepe. Ich hätte gern ein Kind gehabt, aber Roman fühlte sich nicht stark genug für ein Baby. Kein Wunder. Wenn wir ein Kind gehabt hätten, wäre er nicht mehr der Mittelpunkt unseres Universums gewesen.«

Du bist hart wie Granit, dachte ich. Und kalt. Du hast überhaupt keine Ahnung, was ein künstlerisch veranlagter Mensch, ein *schöpferischer* Mensch braucht. Weil Roman nicht nach deiner Pfeife getanzt hat, hattest du irgendwann die Nase voll. Weil du nicht ständig im Mittelpunkt standest, hast du dir einen anderen an Land gezogen, den minimalistischen Fabian. Und wenn der auch nicht so will wie du, servierst du ihn ab und suchst dir den nächsten Kerl. Aber ich sagte nichts. Ich wollte mehr hören.

»Ich wollte schon mal weg, letztes Jahr im Sommer. Hat Roman dir das erzählt?«

Ich schüttelte den Kopf. Log sie? Wenn ja, warum?

Anna lächelte. »Du glaubst mir nicht, was? Aber es stimmt. Ich war fest entschlossen, hatte schon eine Wohnung in

Aussicht. Ich hab versucht, ihm klarzumachen, warum ich gehen muss. ›Ich habe dir alles gegeben, was ich zu geben hatte‹, sagte ich. ›Es ist nichts mehr da, keine Liebe, nicht mal mehr Zuneigung. Du hast alles aus mir herausgepresst.‹ Aber ein letzter Funke von irgendetwas – Pflichtgefühl, Mitleid, was weiß ich, muss noch da gewesen sein, damals jedenfalls. Er drohte mit Selbstmord, weinte, flehte, bekam sogar eine schwere Grippe, wie auf Bestellung.« Sie seufzte. »Ich bin geblieben. Nicht dass ich geglaubt habe, irgendwas würde sich ändern. Er verstand ja nicht mal, was mir so unerträglich war! Roman kennt nur eine Wahrheit – seine eigene. ER liebt mich, also liebe ich ihn auch, und wir sind glücklich.«

Ach, dachte ich, ach … wenn *ich* damals nach Korsika gefahren wäre und nicht Anna. Wenn *ich* Roman kennen gelernt hätte und wir uns ineinander verliebt hätten. Wenn *wir* geheiratet hätten in der kleinen Dorfkirche … Ich wäre bei ihm geblieben, in guten und schlechten Zeiten, bis dass der Tod uns schied.

Annas Stimme riss mich aus meinen Träumereien. »Du sagst ja gar nichts.«

»Du hast ihn nie geliebt!«, platzte ich heraus.

Anna lachte, es klang mehr wie ein Schnauben. »Ihn nicht geliebt? Ich war verrückt nach ihm. Mindestens genauso verrückt nach ihm wie du.«

Das ist nicht wahr, lag mir schon auf der Zunge, aber ich schluckte es hinunter. Dass ich ihn liebte, würde sie von mir nicht hören. Niemals. Anna schenkte Rotwein nach, wobei sie mich aus den Augenwinkeln beobachtete. Sollte sie doch. Mein Gesicht war ausdruckslos, ich wusste es.

»Diesmal hab ich es richtig gemacht«, fuhr Anna fort.

»Am Frühstückstisch habe ich ihn vor vollendete Tatsachen gestellt und bin ins Schlafzimmer geflüchtet. So viel Zeit hatte ich gerade noch, dann hatte er seinen Schock überwunden. Hämmerte an die Tür, schrie, fluchte, drohte sogar, die Axt aus dem Keller zu holen. Dann kam Fabian, ich hatte ihm einen Schlüssel gegeben. Wir hatten alles perfekt getimet. ›Lassen Sie Anna in Ruhe‹, sagte Fabian bloß. Er ist ziemlich groß und kräftig, weißt du ... Roman stürzte aus der Wohnung, als wären tausend Teufel hinter ihm her.« Sie warf mir einen spöttischen Blick zu. Ich schwieg. Roman hatte die Geschichte anders erzählt.

»Ich will meinen Frieden. Keine Anrufe mehr, kein Sturmgeklingel an der Haustür, keine Blumen und keine Sülzgedichte. Fabian und ich wollen heiraten, sobald es geht, ein Kind haben. Einfach nur glücklich sein. Ist das zu viel verlangt?«

Erstaunt sah ich, dass ihre Augen sich mit Tränen füllten. Ich hatte Anna nie weinen sehen. Sie sah meinen überraschten Blick und wischte sich ärgerlich über die Augen. Ihre Wimperntusche verschmierte.

Eine Weile saßen wir schweigend da. Anna kippte ihren Wein herunter und schenkte sich nach. Ihre Wangen waren gerötet, wie immer, wenn sie zu viel trank. Zeit, zu gehen. Es war alles gesagt.

Sie brachte mich zur Tür. Während ich meinen Mantel anzog, musterte sie mich von oben bis unten. »Du siehst immer noch so bieder aus, als ob du kein Wässerlein trüben könntest. Wie der Schein doch trügen kann ...«

Mein Gesicht brannte, aber ich schaffte es, ruhig zu bleiben. »Ich wünsche dir alles Gute«, sagte ich. »Danke für das Gespräch. Es war interessant.«

Sie nickte und warf ihr Haar zurück, das mahagonifarben im Lampenlicht glänzte. »Das fand ich auch. Und ich bin dir wirklich dankbar für deine Hilfe. Ich bin ganz sicher, dass du dich rührend um ihn kümmern wirst.« Ihr Mundwinkel zog sich spöttisch nach oben. »Er fällt dir in den Schoß wie eine reife Birne, pass nur auf. Aber glücklich wird er dich nicht machen.«

»Hör doch jetzt auf damit, Anna«, sagte ich kalt. »Du hast zu viel getrunken und redest Unsinn.«

Ein Schlüssel kratzte im Schloss, die Wohnungstür ging auf. Ein großer, gut aussehender Mann mit kurz geschorenen dunklen Haaren kam herein. Anna strahlte und fiel ihm um den Hals. »Fabian!«

»Miriam Neunzerling«, sagte ich, als er mir, den Arm um Annas Hüfte geschlungen, die Hand zur Begrüßung gab. »Ich wollte gerade gehen.«

Draußen regnete es. Ich saß eine Weile im Auto und schaute den Regentropfen zu, die an der Windschutzscheibe herabrannen. Ein gut aussehender Mann, Annas Neuer. Sehr kräftig, breitschultrig, sicher trainierte er täglich im Fitnessstudio. Ich schätzte ihn ein paar Jahre jünger als Anna und mich, ein-, zweiunddreißig vielleicht. Er hatte ein sympathisches, jungenhaftes Gesicht, ein offenes Lächeln. Und er war verliebt in sie, bis über beide Ohren, das sah ein Blinder. Und sie in ihn. Wie einfach immer alles war für Anna.

Ich ließ den Motor an und fuhr zu Roman. Ich hatte ihm versprochen, noch vorbeizukommen, egal, wie spät es wäre. Seine ganze Hoffnung ruhte auf mir, er hatte es oft genug gesagt. Er hatte auf Durchzug geschaltet, als ich ihm versicherte, dass ich nicht zaubern könne …

Besser ein Ende mit Schrecken als ein Schrecken ohne Ende, dachte ich, während ich durch die Dunkelheit fuhr. Ich würde ihm ganz ruhig und sachlich mitteilen, dass Anna einen endgültigen Schlussstrich unter ihre Ehe gezogen hatte. Es würde ihm wehtun, aber ein tiefer Schnitt war besser als eine langsam eiternde Wunde …

Ich betete noch mehr Gemeinplätze dieser Art vor mich hin, während im Autoradio »Nights in White Satin« lief. Das Lied gab mir Kraft. *Nights in white satin, never reaching the end* würde ich haben, wenn alles überstanden war.

5

Roman weigerte sich, mir zu glauben. »Das kann nicht sein!«, tobte er. »Sie hat dich missverstanden. Hast du auch gesagt, dass ich ihr verzeihe, dass ich kein Wort über diese alberne kleine Eskapade verlieren werde?«

Ich versicherte ihm, mein Möglichstes getan zu haben, Anna zu einer Rückkehr zu bewegen. Nur mit Mühe konnte ich ihn davon abhalten, auf der Stelle mit mir hinzufahren.

»Versteh doch!«, bat ich. »Es ist vorbei. Sie möchte ein neues Leben mit diesem Ehrlich. Sie wollen heiraten, sobald es geht.«

Er tigerte im Wohnzimmer herum, auf und ab, während ich im Sessel saß und mich an einem Glas Rotwein festhielt, das ich bitter nötig hatte. Es war spät, ich fühlte mich erschöpft und gleichzeitig überdreht. Das Gespräch mit Anna war anstrengend gewesen, von dem mit Roman ganz zu schweigen.

Roman war so weiß wie die Wand, seine dunklen Augen glühten in dem schmalen, unrasierten Gesicht. Er argumentierte, predigte, flehte in unzusammenhängenden, wirren Sätzen, als ob Anna selbst vor ihm säße. Aber ich war nicht Anna, ich hatte die Nase voll von ihr und von Romans Tiraden. Wenn Liebe eine Flamme ist – irgendwo hatte ich mal einen schönen poetischen Vergleich gelesen, in dem Adjektive wie rein und leuchtend und stetig vorkamen –, an diesem

Abend war bei mir nur noch ein Fünkchen vorhanden, das ich am liebsten erstickt hätte. Mein Kopf tat mir weh, ich wollte nach Hause in mein Bett und schlafen, nur noch schlafen.

Plötzlich war es still geworden im Zimmer. Roman stand vor dem Fenster und starrte hinaus in die Dunkelheit.

»Roman?«

Ohne sich umzudrehen, sagte er laut: »Ich gebe nicht auf! Ich kämpfe weiter um sie!«

Was zu viel war, war zu viel. Ich schoss von meinem Sessel hoch und schrie: »Schluss! Genug! Sie liebt dich nicht mehr! Sie hat gesagt, du sollst sie in Ruhe lassen! Sie ist fertig mit dir, ein für alle Mal! Geht das denn nicht in deinen Schädel?!«

Er fuhr herum und starrte mich hasserfüllt an. Unwillkürlich trat ich einen Schritt zurück. Dann verzerrte sich sein Gesicht, als ob er weinen wollte. Er wankte zum Sessel und ließ sich hineinfallen. Von einer Minute auf die andere schien er um zwanzig Jahre gealtert, erschöpft, gebrochen.

Um Himmels willen. Was hatte ich angerichtet?

Ich setzte mich zu ihm auf die Sessellehne und legte einen Arm um seine Schultern. »Es tut mir Leid«, sagte ich. »Aber das musste gesagt werden. Du machst dich krank, wenn du weiter gegen Windmühlen kämpfst.«

Erst dachte ich, er hätte mich nicht gehört. Wir saßen eine Weile schweigend da. Ich spürte die Wärme seines Körpers, seine knochige Schulter unter meiner Hand.

Roman atmete schwer. Ich schaute ihn nicht an. Wir saßen auf diesem Sessel wie auf einer Insel außerhalb der Zeit. Endlich sagte er leise: »Ich weiß nicht, wie ich das ertragen soll …«

Er akzeptiert es, endlich, schoss es mir durch den Kopf. Er hat begriffen, dass der Abschied von Anna endgültig ist. Ich war so erleichtert, dass mir die Tränen in die Augen stiegen. Vorsichtig wischte ich sie weg. Es gab nicht den geringsten Grund zu weinen, das Schlimmste war überstanden. Auf Regen folgt Sonne, dachte ich, auf Trauer neues Glück.

Es gibt für alles im Leben eine Zeit. Eine Zeit zu lieben, eine Zeit zu lachen, eine Zeit zu trauern. So steht es in der Bibel; es gab ein Lied von Bob Dylan, das ich sehr mochte. *There is a season, turn, turn, turn, for every reason … under heaven.*

Roman in seiner Trauer zu begleiten war kein Zuckerschlecken. Ich ging jeden Tag nach dem Unterricht zu ihm. Meist war er gerade erst aufgestanden, saß im Bademantel in der Küche und starrte aus dem Fenster. Ich kaufte ein, machte sauber, kochte. Brachte ihn dazu, etwas zu essen, ermunterte ihn, über Anna zu sprechen (nicht, dass er viel Ermunterung nötig gehabt hätte). Ich wusste, dass Menschen nach einem schweren Verlust das Bedürfnis haben, über das Verlorene zu reden, immer und immer wieder, so lange, bis die Zeit der Trauer vorbei ist und sie sich wieder ihrem Leben zuwenden können. Je eher er es sich von der Seele geredet hat, desto besser, dachte ich zähneknirschend …

Mitte der ersten Ferienwoche ging es endlich aufwärts. Roman stand früher auf, lief nicht mehr so oft im Bademantel herum, rasierte sich wieder und ließ sich sogar zu kleinen Spaziergängen überreden. Der Nebel der Depression, den er in der Wohnung verbreitet hatte, löste sich langsam auf. Das Wort mit den vier Buchstaben (es fing mit A an und hörte mit A auf) fiel seltener. Romans Wahrnehmung, bisher auf sein Elend fixiert, war wieder aufgeschlossen für Außenreize. Er raffte sich sogar auf, bei Brettschneider anzurufen, um sich für den Blumenstrauß und die Karte mit den Genesungswünschen zu bedanken, die ihm Brettschneider, Mechthild Pfannenschmidt und Schuster geschickt hatten. »Es geht schon wieder«, hörte ich ihn sagen, als ich an der Tür lauschte. »Grüß mir Mechthild« – die zur Zeit auf Mallorca weilte, wie er erfuhr – »und Bruno.« Und: »Nett von dir, Norbert, aber lieber nicht.« Brettschneider hatte wieder mal vorbeikommen wollen mit einer Flasche Wein für »ein Gespräch unter Männern.«

»Das ist das Letzte, wonach mir der Sinn steht!«, sagte Roman entsetzt zu mir. »Norbert meint's ja gut, aber er hat so viel Feingefühl wie ein Rhinozeros.« Was ich als Kompliment auffasste, denn offensichtlich schätzte Roman *mein* Feingefühl so hoch, dass ich jeden Tag um ihn sein durfte.

Bruno Schuster hinterließ eine Nachricht auf dem Anrufbeantworter, den Roman mittlerweile neu besprochen hatte. Schüchtern und bescheiden, wie es seine Art war, bot er seine Hilfe an: »Wenn ich irgendetwas für dich tun kann, Roman, irgendwelche Besorgungen erledigen … oder wenn du mal Gesellschaft brauchst … ruf mich an. Ich bin die ganzen Ferien über zu Hause.«

Roman seufzte. »Wer hier Gesellschaft braucht, ist Bruno. Armer Kerl. Er ist immer noch nicht über den Tod seiner Frau hinweg. Obwohl …«, er unterbrach sich und biss sich auf die Lippen.

»Obwohl …?«

»Es muss doch leichter für ihn sein als für mich!«, brach es aus ihm heraus. »Immerhin ist Bettina nicht mit einem Kerl abgehauen!«

Ich sagte nichts. Ich dachte an die Beerdigung vor drei Jahren. Schuster hatte still am offenen Grab gestanden. Neben ihm ragte der große, kräftige Brettschneider auf und tätschelte ihm ungeschickt die Schulter. Schusters Augen waren trocken, sein Gesicht zu einer Maske der Verzweiflung erstarrt. Sein Körper war nach vorn geneigt, als zöge ihn die Schwerkraft in die Grube, als hielte ihn nur Brettschneiders Pranke davon ab, sich auf den blumengeschmückten Sarg zu stürzen.

Ich sah Schuster auf seinem angestammten Platz im Lehrerzimmer sitzen, vor sich eine Gartenzeitschrift oder einen dieser Versandkataloge, in denen es immer so üppig grünt und blüht wie in keinem von Menschenhand angelegten Garten. Ab und zu wechselten wir ein paar Worte übers Wetter, oder er zeigte mir etwas Buntes im Katalog. Er wolle bestellen, dies und das, ob er für mich mitbestellen solle? Ich sagte ihm nicht, dass ich gar keinen Garten hatte, sondern ließ ihn etwas ordern, das ich dann meinem Vater schenkte. Schuster: Blass, unscheinbar, traurig, immer ein bisschen im Abseits. War es wirklich einfacher für ihn als für Roman?

Am Samstag fuhr ich erst abends zu Roman. Ich war beim Friseur gewesen und hatte mich anschließend mit Petra, Doris und Inga zum Eisessen getroffen. Wir hatten getratscht und gelacht und Pläne geschmiedet: Zeit, mal wieder zusammen einen Kurs an der VHS zu absolvieren! In einem solchen Kurs (Russisch für Anfänger) hatten wir uns kennen gelernt, es hatte sich eine nette, unkomplizierte Freundschaft entwickelt. Wir waren vier Frauen zwischen dreißig und vierzig, alle unverheiratet, mit vielseitigen Interessen, und hatten wenig Lust, bei Paaren oder Familien mit Kindern das fünfte Rad am Wagen zu spielen. Wobei klar war, dass das Single-Dasein von Petra, Inga und Doris nur ein vorübergehender Zustand war. Irgendwann würde bei ihnen, nachdem sie sich ausgiebig umgetan hatten, schon noch der Mann fürs Leben an der Haustür klingeln. Bei mir war's etwas anderes. Um Diskussionen und Verkupplungsversuche zu vermeiden, hatte ich von Anfang an klargestellt, dass ich mein Leben haargenau nach Wunsch eingerichtet hatte. Mein Herz aus Granit war in unserem Clübchen inzwischen legendär. Mein mangelndes Interesse am männlichen Geschlecht machte mich in gewissem Sinne zur Außenseiterin, brachte mir aber auch Respekt ein. Den ich genoss. Und ich genoss das Gefühl, ein geheimes Selbst zu haben, eine romantische Seite, von der niemand etwas ahnte.

Roman war gut gelaunt und begrüßte mich mit einem Kuss auf die Wange. Während ich in der Küche herumwirtschaftete, erkundigte er sich, wie viel Geld ich in den letzten Wochen für ihn vorgelegt hatte und stellte einen großzügigen Scheck aus.

»Das ist zu viel«, sagte ich.

»Unsinn«, gab er streng zurück. »Du tust so viel für mich. Und überhaupt ... wenn du nicht immer für mich da gewesen wärst, als es mir so schlecht ging, ich glaube, ich hätte irgendeine Riesendummheit gemacht.«

Ich merkte, wie ich vor Freude rot wurde. »Ich tu's wirklich gern«, versicherte ich.

Wir saßen bei Kerzenschein am hübsch gedeckten Tisch. Ich hatte Spaghetti Carbonara gekocht, Roman eine Flasche Wein aufgemacht, Schinken gewürfelt und Käse gerieben. Wir hatten gut gegessen, die Atmosphäre war warm und vertraut. »Soll ich das Licht anmachen?«, fragte er, als es draußen dunkel geworden war.

Ich schüttelte den Kopf. »So ist es viel gemütlicher.«

Er lächelte. »Hast Recht. Lass uns noch ein Glas Wein trinken.«

Wir stießen an. Roman schaute mir in die Augen, dann wanderte sein Blick über mein Gesicht und meinen Oberkörper. »Du siehst heute sehr hübsch aus, Miriam«, sagte er. »Das wollte ich dir schon den ganzen Abend sagen.«

Es war das erste Kompliment über mein Aussehen, das er mir je gemacht hatte. Es hat sich also gelohnt, dachte ich glücklich. »Brigitte« und »Für Sie« und all die anderen Frauenzeitschriften, die ständig predigten: *Machen Sie das Beste aus Ihrem Typ, und die Welt liegt Ihnen zu Füßen!*,hatten tatsächlich Recht. Am liebsten hätte ich auf der Stelle einen Leserbrief verfasst: *Heute habe ich mich zum ersten Mal vertrauensvoll in die Hände des besten Friseurs der Stadt begeben. Schon seit einiger Zeit schminke ich mich zunehmend geschickt und habe mir bei* Jeans & More *ein paar flotte Sachen zum Anziehen gekauft. Ergebnis: Meine Freundinnen waren begeistert von der »neuen« Miriam. Und das Beste: Der Mann, den ich seit Jahren liebe, hat mir zum ersten Mal gesagt, dass er mich hübsch findet …*

»Danke«, sagte ich und strahlte ihn an.

Er musterte mich genauer. »Vielleicht liegt's ja an der Beleuchtung … aber irgendwas an deinen Haaren kommt mir anders vor …«

Sie waren wesentlich dunkler, so dunkel wie die von Anna, ein sattes Otterbraun. Außerdem hatte der Meistercoiffeur meine halblangen, glatten Strähnen zu einem akkuraten Pagenkopf gestylt.

»Ich war beim Friseur«, sagte ich. »Gefällt's dir?«

Er nickte lächelnd. Kerzenlicht, Wein und Romans ungewohnte Aufmerksamkeit machten mich leichtsinnig. Impulsiv küsste ich ihn über den Tisch hinweg auf den Mund. »Ich mag dich sehr, Roman, weißt du?«

Es war ein kurzes, freundschaftliches Küsschen, eine verspielte Geste der Zuneigung, die ihm alle Möglichkeiten offen ließ. Er entschied sich zum Mitspielen.

»Mmmh«, machte er. »Schmeckt nach mehr. Jetzt bin ich dran ...« Er spitzte die Lippen und beugte sich vor.

Kein Spiel mehr, als unsere Lippen sich zum zweiten Mal berührten. Und dann standen wir in der Küche: Ich klammerte mich an ihn wie eine Ertrinkende, spürte seine Hände, die über meinen Körper glitten, sich an den Knöpfen meiner modischen weißen Stretchbluse zu schaffen machten, den Reißverschluss meiner Jeans herunterzogen. Er küsste mich so heftig, dass mir die Luft wegblieb. Langsam, hätte ich gesagt, wenn ich gekonnt hätte, langsam, wir haben doch die ganze Nacht, das ganze Leben ...

Ich weiß nicht mehr, wie wir ins Schlafzimmer kamen. Tatsache war, dass ich unterwegs meine Bluse und den BH eingebüßt hatte, ich fand sie später im Flur auf dem Boden. Wir fielen aufs Bett. Roman zog sich aus, ich streifte Jeans und Höschen herunter. Wir hatten kein Licht an, nur vom Flur fiel ein Schimmer durch die halb offene Tür. »Ich will dich sehen«, flüsterte ich. »Mach die Nachttischlampe ...«

»Nein!«

»Roman«, sagte ich später, viel später, als wir alles versucht hatten und er mir den Rücken zuwandte. »So was kann vorkommen. Es ist nicht das Ende der Welt.«

»Ich will nicht darüber reden.«

Ich schmiegte mich an ihn. »Es macht mir nichts aus, wirklich nicht.«

Er rollte sich mit einer heftigen Bewegung von mir weg auf den Rücken. »Aber mir! Mir macht es etwas aus! Sie macht mich kaputt!«

Mein Herz kam ins Stolpern, ich presste eine Hand gegen die Rippen. »Wer?«, flüsterte ich mit trockenem Mund, obwohl ich es natürlich wusste.

Roman setzte sich auf und knipste die Nachttischlampe an. »Du weißt doch genau, wer!«, fuhr er mich an.

Er angelte nach seiner Unterhose. Ich wickelte mich in die Bettdecke – Annas Decke. Ich lag auf ihrer Seite des Betts – und setzte mich auf. »Aber ich dachte … du und ich …«

Er schüttelte den Kopf. »Ich seh *sie* vor mir, mit diesem Kerl, wie auf einer riesengroßen Leinwand.«

Er saß auf der Bettkante und hatte den Kopf in die Hände gestützt. Sein Rücken sah so abweisend aus, dass ich mich nicht traute, hinüberzurutschen, um ihn in die Arme zu nehmen.

»Lass dir doch Zeit«, sagte ich. »Lass *uns* Zeit.«

Er wandte sich zu mir um. »Es hat keinen Sinn, nicht solange ich weiß, dass sie sich mit diesem Schwein nur ein paar Straßen weiter im Bett wälzt …«

»Aber du weißt doch gar nicht, ob sie sich just in diesem Moment mit ihm im Bett wälzt! Denk doch einfach an mich! An uns!«

»Ich kann nicht«, flüsterte er. »Ich kann einfach nicht.«

Ich wickelte mich fester in die Decke. »Und jetzt?« Das Zittern in meiner Stimme war nicht zu überhören.

Er streckte die Hand nach mir aus. »Komm her«, sagte er leise.

Ich saß immer noch in meine Decke gewickelt auf seinem Schoß und hatte den Kopf an seine Schulter gelegt. »Es tut mir Leid«, murmelte er in mein Haar. »Du bist eine wunderbare Frau. Warmherzig, liebenswert ... tausendmal mehr wert als *sie.*«

Sie. Aus dem Wort, das ich nicht mehr hören konnte, war *sie* geworden. Ein Tintenkiller, dachte ich wirr, ich nehme einfach einen Tintenkiller. Einmal mit der weißen Spitze drüber, und weg. Dann schreibe ich mit der blauen Filzstiftseite: *Miriam, ich liebe dich. Hilf mir, einen neuen Anfang zu machen.* Dieser Satz hat Bestand, Filzstift lässt sich nicht »wegkillern«.

Abrupt schob er mich von seinem Schoß und schlüpfte in Jeans und Hemd. Ich saß auf der Bettkante und sah zu. Ich fühlte mich elend, verstoßen. Ich hätte heulen mögen, schluckte die Tränen aber hinunter, mit dem Ergebnis, dass mein Hals wie zugeschnürt war und ich kaum noch Luft bekam. Er stand vor mir und sah unglücklich auf mich herunter. »Herrgott, Miriam!«, stieß er hervor. »Ich wünschte, sie würde verschwinden! Ihre Siebensachen packen und ans Ende der Welt ziehen.«

»Aus den Augen, aus dem Sinn?«

»Was weiß denn ich?!«, schrie er und stürmte aus dem Zimmer.

Sehr langsam zog ich mich an. BH und Bluse klaubte ich im Flur auf. Durch die halb offene Tür sah ich Roman mit gesenktem Kopf am Küchentisch sitzen.

»Ich fahre nach Hause«, sagte ich.

Er brachte mich zur Tür. »Ich verreise ein paar Tage«, sagte er. »Nach Ostern bin ich wieder da.«

Er sah die Enttäuschung in meinem Gesicht und legte mir den Arm um die Schultern. »Es war nicht geplant, weißt du. Ich hab mich eben ganz spontan dazu entschlossen. Ich muss einfach mal raus. Abstand bekommen, nachdenken.«

Ich schluckte. »Wann wirst du fahren? Und wohin?«

»Morgen. Richtung Oldenburg. Alte Bekannte besuchen, meine Eltern. Und dann weiter an die See. Ich ruf dich an, wenn ich wieder da bin.«

»Und … und was ist mit uns?«, platzte ich heraus. »Wie soll es weitergehen?«

Er strich mir über die Wange. »Ich weiß es nicht«, sagte er traurig. »Ich weiß es wirklich nicht.«

Ich hing in der Schwebe, saß im Niemandsland fest, drehte mich im Kreise, alles gleichzeitig. Absurdes Theater. Zum ersten Mal wünschte ich mir, mit einer Freundin über alles sprechen zu können. Aber ich brachte es nicht über mich, Doris, Petra oder Inga anzurufen und zu sagen: »Äh, weißt du, das mit dem Herzen aus Granit … das war schlicht gelogen. Seit Jahren liebe ich heimlich den Mann meiner ehemals besten Freundin. Ich war ganz zufrieden damit, ihn aus der Ferne anzubeten und nebenbei mein Leben zu leben, wirklich, das gibt's, ob du's glaubt oder nicht. Aber dann hat Romans Frau ihn verlassen, wegen eines anderen Mannes. Es funkte zwischen uns, wir sind miteinander ins Bett gegangen. Was passiert ist? Nichts. Er war impotent. Kriegte ihn nicht hoch, verzeiht meine Ausdrucksweise. Er sagt, er kann seine Frau nicht vergessen. Und jetzt? Ich weiß es nicht. Könnt ihr mir einen Rat geben?«

Wenn ich zu viel Rotwein getrunken hatte, sah ich im Traum Gespenster: Roman war an einen Felsen gekettet, und ein Adler riss ihm Herz und Geschlechtsteile heraus. Nein, es war eine Harpyie, denn auf dem Vogelkörper saß Annas Kopf. Blut tropfte die Felswand herunter, die Luft vibrierte von Romans Schreien. Ich stand unten in der Wüste, die Sonne brannte auf meinen Schädel, und warf Steine nach der Bestie. Ich traf kein einziges Mal. Als die Schreie verstummt waren, strich der Adler ab, flog eine Schleife über mir. Ich sah Annas lachendes Gesicht.

In der Stille meiner Wohnung, die ich nach dem Debakel zwei Tage lang nicht verließ, schüttete ich schließlich meiner besten Freundin, die es nicht gab, mein Herz aus: *Er denkt nur an sie. Immer noch. Selbst als er mit mir im Bett war, hat er an sie gedacht, kein Wunder, dass es nicht geklappt hat. Sie macht alles kaputt! Und es gibt nichts, absolut nichts, was ich dagegen unternehmen könnte!*

Isabel, so nannte ich meine Freundin, weil ein Mädchen gleichen Namens und ich auf der Grundschule unzertrennlich gewesen waren, ließ mich reden. Es machte ihr nichts aus, dass ich mich ständig wiederholte und vor Selbstmitleid zerfloss. Es störte sie nicht, dass ich mich in zwei Tagen nicht einmal duschte oder kämmte und die ganze Zeit in meinem alten karierten Flanellnachthemd und dicken Wollsocken herumlief. Ich aß fast nichts, trank dafür aber umso mehr. Immerhin fing ich nicht vor fünf Uhr nachmittags damit an. Das Telefon hatte ich ausgestöpselt, nachdem ich meine Mutter angerufen und ihr mitgeteilt hatte, dass ich Grippe hätte und die nächsten Tage nicht vorbeikommen könne.

»Du Armes«, sagte meine Mutter. »Kommst du allein zurecht, oder …?« Ich versicherte ihr hastig, dass ich nur ein paar Tage absolute Ruhe bräuchte, dann sei ich wieder auf dem Damm. Und bitte keine Anrufe, ich wolle so viel wie möglich schlafen. Was sie nach einigem Hin und Her auch versprach.

Am Abend des zweiten Tages, ich hatte gerade das dritte Glas Rotwein intus, meldete sich Isabel zum ersten Mal zu Wort. »Trink nicht so viel«, sagte sie streng. »Du kriegst bloß Tränensäcke davon.«

»Ach, hör auf zu predigen. Hilf mir lieber.«

Sie seufzte. »Erklär mir noch mal genau, warum du hier herumhockst wie das leibhaftige heulende Elend.«

»Weil ...«, setzte ich an, dann fauchte ich: »Das weißt du ganz genau! Ich rede seit zwei Tagen von nichts anderem.«

»Zeit, damit aufzuhören«, meinte Isabel kühl.

»Aber ...«

»Nichts aber. Er ist weggefahren, um Abstand zu gewinnen. Etwas Besseres hätte er gar nicht tun können! Er kommt zurück, die Gehirnwindungen und andere Teile seiner Anatomie sind von der Seeluft durchgepustet, Anna ist in weite Ferne gerückt. Du bist da und schließt ihn in die Arme.«

Genau das hatte ich hören wollen.

Ich nahm davon Abstand, eine zweite Flasche Rotwein aufzumachen. Ich badete, wusch mir die Haare und ging ins Bett. Voller guter Vorsätze. Ich würde die Dinge auf mich zukommen lassen. Nicht an Roman denken, nicht an Anna. Ich würde viel unternehmen, mit Doris, Inga und Petra und allein. Ostersonntag würde ich mit meinen Eltern verbringen. Ich freute mich darauf. Ostern war ein Fest, mit dem ich schöne Kindheitserinnerungen verband. Zum ersten Mal im Jahr hatte ich Kniestrümpfe tragen dürfen, weiße Kniestrümpfe mit Lochmuster und neue schwarze Lackschuhe;

das war Tradition, auch wenn es einen Kälteeinbruch gegeben hatte. Als meine Großeltern noch lebten, verbrachten sie die Feiertage bei uns. Ich sah mich – klein, mager, mit dünnen blonden Rattenschwänzchen – selbst gefärbte Ostereier zwischen Büscheln von Narzissen suchen. Die Erwachsenen – sogar mein Vater, der mich sonst ungern in der Nähe seiner Blumenbeete sah – schauten lächelnd zu. Zu Mittag gab es Lammkeule mit grünen Bohnen, auch das war Tradition, ebenso wie der anschließende Osterspaziergang durchs Städtchen mit einem Schlenker über den Spielplatz und die Kaffeetafel mit Hefezopf, Butter und selbst gemachte Johannisbeermarmelade.

Ja, Ostern war eine gute Zeit, war es immer gewesen. Ich schlief tief und fest in dieser Nacht, zwölf Stunden lang, und als ich aufwachte, fühlte ich mich wie neu geboren.

6

Manchmal kommt einem irgendein netter Mensch in den Sinn, den man aus den Augen verloren hat. Man würde sich freuen, ihm zu begegnen, irgendwo einen Kaffee mit ihm trinken zu gehen. Natürlich trifft man ihn nie. Wenn man aber einer bestimmten Person partout nicht über den Weg laufen will, nicht einmal an sie denken mag, stolpert man garantiert über sie.

All die Jahre hatte ich Anna vielleicht ein Dutzend Mal zu Gesicht bekommen. Manchmal auf dem Fahrrad, unsere ehemalige Lieblingsstrecke entlangstrampelnd; ab und zu kurvte sie durch die Stadt, erst in ihrem alten Golf Cabriolet, später in dem giftgrünen Lupo. Einmal holte sie Roman zu Fuß von der Schule ab.

In dieser Karwoche lief sie mir andauernd über den Weg. Das erste Mal am Dienstag im großen Supermarkt am Stadtrand, wo ich schon mal meine Wocheneinkäufe erledigen wollte, ehe der Feiertagsrummel einsetzte. Ich packte gerade Milch und Fruchtjoghurt in meinen Einkaufswagen, als ich sie an der Käsetheke stehen sah. Sie drehte mir den Rücken zu, aber ihre aufrechte Haltung, die langen glänzenden Haare, die charakteristische Kopfbewegung, als sie die Mähne zurückwarf, waren unverkennbar. Neben ihr stand Ehrlich, er hatte einen Arm um ihre Hüfte geschlungen. Sie sagte etwas zu der Verkäuferin, die lächelnd nickte und anfing herumzuhantieren. Anna gab Ehrlich ein Küsschen. Ganz das junge Glück, die beiden, und alle Welt sollte es sehen. Ich hatte auch Käse kaufen wollen, Brie und Gorgonzola, entschied mich aber blitzartig für abgepackte Ware. Dann schoss ich in die entgegengesetzte Richtung davon, Richtung Kosmetikartikel. Wo wir uns wieder begegneten? An der Kasse. Ich stand am Ende einer langen Schlange. Anna und Ehrlich näherten sich mit ihrem voll gepackten Einkaufswagen, nickten mir lächelnd zu, als sie beschleunigten und an mir vorüberzogen. Anna hatte erspäht, dass nebenan gerade eine andere Kasse aufmachte. Die beiden Turteltauben mussten nicht eine Sekunde warten.

Mittwoch war herrliches Wetter. Die Sonne strahlte aus einem wolkenlos blauen Himmel, die Vögel zwitscherten aus Leibeskräften. Ich schlenderte durch die Altstadt, bewunderte Tulpen, Narzissen und Traubenhyazinthen – von Bienen umsummt – in den Blumenkübeln. Es war der erste warme Tag des Jahres, linde einundzwanzig Grad Celsius, wie das Außenthermometer der Sparkasse verhieß. Die Gesichter der Passanten waren aufgetaut; bereit, beim kleinsten Anlass zu lächeln. Endlich war der Frühling in Westernfelde eingekehrt.

Alle Welt war unterwegs. Ich begegnete Horden von Eis schleckenden Schülern, grüßte Kollegen und Eltern. Es ging mir gut. Ich trug ein neues Shirt zum neuen Jeansrock. Ich wollte Doris zum Mittagessen beim Italiener treffen und anschließend mit ihr zu ihrer Lieblingsboutique pilgern und mir ein Sommerkleid kaufen, vielleicht noch Sandalen.

Das Restaurant »Panini«, in einer Seitengasse gelegen, war gut besucht wie immer. Doris saß schon an unserem Lieblingstisch am Fenster, vor sich ein Glas Weißwein, und studierte die Speisekarte. Wir küssten uns zur Begrüßung auf die Wange.

»Ich esse bloß einen Salat«, verkündete Doris, als ich mich in die Karte vertiefte. »Ich bin auf Diät.«

Da Doris auf Diät war, seit ich sie kannte, hätte sie mittlerweile zum Skelett abgemagert sein müssen. Dies war jedoch glücklicherweise nicht der Fall. Sie war der Typ, nach dem die Männer sich umdrehten: an den richtigen Stellen gerundet, lockige, fast schwarze Haare, dunkle Kulleraugen, ein üppiger, schön gezeichneter Mund.

»*Du* siehst ein bisschen spitz aus«, meinte sie.

Das hatte ich auch gefunden, als ich mich am Morgen im Spiegel betrachtet hatte. Die beiden Tage in Klausur, an denen ich mich vorwiegend von Salzstangen, Instant-Hühnerbrühe und Rotwein ernährt hatte, waren nicht spurlos an mir vorübergegangen. Ich bestellte einen Vorspeisenteller vom Buffet – Paninis Spezialität –, Saltimbocca alla Romana und zum Nachtisch Tiramisu.

Doris seufzte neidisch. »Die Welt ist ungerecht.«

»Niemand hindert dich daran, das Gleiche zu bestellen.«

»Doch. Meine Waage.«

»Schmeiß sie in den Mülleimer.«

»Vielleicht tu ich das wirklich«, sagte sie, als mein Vorspeisenteller gebracht wurde.

»Köstlich«, sagte ich nach dem ersten Happen marinierter Pilze. Blitzschnell spießte Doris' Gabel einen Pilz auf, Scampi, ein Artischockenherz.

»Hast Recht«, sagte sie kauend.

Ich grinste in mich hinein. Alles war wie immer. Einträchtig verzehrten wir meine Vorspeise, bis eine Stimme neben mir sagte: »Hallo, Miriam. Wo hast du denn Roman gelassen?«

Ich verschluckte mich an einem Bissen Oktopus und musste husten. Anna – in einem engen schwarzen Kleid mit einem transparenten schwarzen Hemd darüber – klopfte mir auf den Rücken. Neben ihr stand Ehrlich und grinste. Ich hustete und rang ausdauernder als nötig nach Luft, in der Hoffnung, dass Anna die Geduld verlieren und weitergehen würde. Was sie auch tat.

Doris' Augen folgten dem Paar, das sich an einem reservierten Tisch schräg gegenüber niederließ.

»Wer war denn *das?*«, fragte Doris, als ich mit tränenden Augen einen Schluck Pinot Grigio trank.

»Ach … jemand, den ich von früher kenne.«

»Und wer«, bohrte Doris, die eine Sensation witterte, »ist bitteschön ROMAN?«

Ich lachte. Es klang sogar ganz natürlich. »Ein Kollege. Ich war ein, zwei Mal nach der Schule hier mit ihm essen.«

»Ach was. Erzähl mir mehr!«

»Er ist Ende vierzig, ziemlich klein und untersetzt, hat nur noch drei Haare auf dem Kopf und eine dicke Brille. Wir haben uns über Unterrichtsinhalte und Didaktik unterhalten.«

Ich hatte eine zutreffende Beschreibung von Bruno Schuster geliefert.

Doris sah enttäuscht aus und tröstete sich mit meiner letzten Scheibe *Prosciutto*.

Sie pickte auch den größten Teil meines Hauptgerichts auf, dazwischen verzehrte sie ihren italienischen Salat und brachte es auch noch fertig, angeregt zu plaudern. Ich stocherte im Essen herum und bemühte mich, den Anschein zu erwecken, als höre ich genauso aufmerksam zu wie sonst. Nur ab und zu verirrte sich mein Blick zu Annas Tisch. Ich war stolz, wie gut ich mich im Griff hatte.

Meine Gedanken hatte ich nicht so gut im Griff. Sie ist wie Falschgeld, dachte ich. Taucht überall auf und macht nur Ärger. Ich hörte ihr lautes Lachen, das Doris' Erzählung übertönte. Es schmerzte in meinen Ohren wie das Kreischen einer Säge auf Metall, das Quietschen von Kreide auf einer Schultafel. Wenn ich mich für einen Menschen gehalten hätte, der zu Hass fähig war, hätte ich mir spätestens bei dieser Gelegenheit eingestanden, dass ich Anna hasste. So aber wünschte ich mir nur, sie möge sich auf der Stelle in Luft auflösen. Dass dieses Phänomen nicht ohne Blitz- und Donnerschlag und dem Geruch nach Pech und Schwefel abgehen würde, hätte ich gern in Kauf genommen, wenn ich sie nur nie mehr zu Gesicht bekam. Sie zog das Glück an wie ein Kuhfladen die Fliegen. Warum sie? Warum nicht ich?

Doris unterbach sich mitten im Satz. »Du siehst ziemlich grün aus im Gesicht, Miriam«, sagte sie.

»Entschuldige mich einen Moment, ja?«

Ich ging auf die Toilette, ließ kaltes Wasser über meine Handgelenke laufen und spülte mir den Mund aus. Aber der Geschmack von Gift und Galle blieb.

Anna verfolgte mich. Wo immer ich hinging, ob allein oder mit einer Freundin, sie kreuzte auf, einen Arm um Ehrlich geschlungen. Es war wie verhext. Ich sah sie vor dem Kino, im Schwimmbad, auf dem Radweg rund um den Sülzsee. Die Stadt war zu klein geworden für uns beide, auch wenn ich meistens nur einen sehr flüchtigen Blick aus der Entfernung auf sie und ihre traute Zweisamkeit erhaschte. Vielleicht zog ich sie magisch an, weil meine Gedanken so auf ihr Auftauchen fixiert waren. Vielleicht – das denke ich heute – handelte es sich auch nicht bei jedem Paar, das ich für Anna und Ehrlich hielt, wirklich um Anna und Ehrlich. Obwohl ich mir nach außen nichts anmerken ließ, war ich psychisch in einer so schlechten Verfassung, dass ich Gespenster gesehen haben mag, jedenfalls ab und zu. Einmal merkte ich es. Ein Paar in enger Umarmung auf einer Parkbank entpuppte sich, als ich näher kam, als zwei völlig unbekannte Teenager.

In meiner Wohnung, in der ich mich vor Verfolgung sicher fühlen konnte, hielt ich mich fast nur zum Schlafen auf. Etwas zog mich nach draußen, unter Menschen. War ich zu lange in meinen eigenen vier Wänden, wurde ich so nervös, dass ich anfing zu zittern und beim kleinsten Geräusch zusammenzuckte. Wände und Decken schienen auf mich zuzukommen, wenn ich sie zu lange anstarrte. Ich konnte nichts essen. Meine Wocheneinkäufe gammelten im Kühlschrank vor sich hin. Verließ ich die Wohnung, schlüpfte ich in mein normales Selbst wie in einen Mantel. Ich konnte essen, wenigstens ein bisschen; mit meinen Eltern über Alltägliches reden, mit meinen Freundinnen Aktivitäten aller Art nachgehen. Dass der Mantel der Normalität Löcher hatte, dass ich nach zwei Gesichtern Ausschau hielt, die ich nicht sehen wollte, wusste nur ich.

Als ich Dienstagabend von meinen Eltern nach Hause fuhr, hatte ich keine böse Vorahnung. Ich war einfach nur müde. Meine Mutter war am Ostersonntag krank geworden. Sie klagte über starke Kopfschmerzen und hustete, und am Nachmittag hatte sie plötzlich vierzig Fieber und Schüttelfrost. Eine Virusgrippe, meinte der herbeigerufene ärztliche Notdienst und äußerte Besorgnis über Mutters schwaches Herz. Da sie sich mit Händen und Füßen gegen eine Einweisung ins Krankenhaus wehrte, blieb ich in Bad Hertzsprung.

Ich machte Wadenwickel, brachte Eisbeutel für Mutters schmerzenden Kopf, maß Fieber, wechselte die nass geschwitzte Bettwäsche, verabreichte Medikamente, beruhigte meinen Vater, der wie ein Schatten seiner selbst um Mutters Krankenlager herumstrich. Mit ihren chronischen Wehwehchen hatte er sich schon lange arrangiert, aber diese gefährliche Erkrankung brachte ihn aus dem Gleichgewicht. Nebenbei machte ich sauber, kochte, setzte die Waschmaschine in Gang und bügelte. Am Montagnachmittag war Mutter, die wesentlich zäher ist, als sie zugeben will, über den Berg. Das Fieber war auf 38 Grad gesunken, sie konnte endlich ein bisschen Suppe essen. Dienstagnachmittag schickte mein Vater mich nach Hause. »Schlaf dich mal richtig aus. Du siehst aus, als ob dich der nächste Windstoß umpusten könnte. Kein Wunder, du warst ja selbst gerade noch krank. Deiner Mutter geht es schon viel besser. Wir kommen gut ohne dich zurecht, mach dir keine Sorgen.«

Ich war gerührt über seine ungewohnte Fürsorglichkeit. »Ich kann gern noch eine Nacht bleiben. Zur Sicherheit«, bot ich an.

Aber davon wollte er nichts hören. Also verabschiedete ich mich von meiner Mutter, die im Bett saß und ein Kreuzworträtsel löste, versprach, am nächsten Vormittag wieder hereinzuschauen, und machte mich auf den Heimweg.

Das schöne Wetter war einem verhangenen Himmel gewichen. Es sah nach Regen aus. Langsam fuhr ich die schmale kurvige Straße nach Westernfelde entlang. Außer mir war niemand unterwegs. Das war nicht ungewöhnlich. Das Sträßchen war keine Abkürzung, sondern ein Umweg, und ein Schlagloch jagte das andere. Ich benutzte die wesentlich komfortablere Schnellstraße nur bei Eis und Schnee, weil ich die Strecke durch den Lindengrund so liebte. Felder, Wiesen und Wald wechselten sich ab, die Landschaft war zu jeder Jahreszeit, bei jedem Wetter reizvoll. Anna und ich waren diese Strecke oft gemeinsam mit dem Rad gefahren und hatten fast immer auf der Bank unter der tausendjährigen Linde am Rand von Landwirt Knapps Rapsfeld Rast gemacht. Dass es sich um Landwirt Knapps Grund und Boden handelte, stand auf einem Schild zu lesen, das an der Bank befestigt war: *Naturdenkmal Tausendjährige Linde. Diese Bank wurde gespendet von Rollo Knapp, Landwirt und Grundstückseigentümer.*

Vor mir tauchte ein Radfahrer auf, nein, eine Radfahrerin. Lange dunkle Haare flatterten im Fahrtwind. Ich erkannte sie sofort. Es war Anna auf ihrem roten Hollandrad. In Jeans und einer orangefarbenen Windjacke thronte sie kerzengerade auf dem Sattel. Sie hatte so eine majestätische Art, Fahrrad zu fahren, ich hatte sie häufig damit aufgezogen. »Du sitzt auf dem Rad wie die Lady in St. Helier. Fehlt nur noch der Kompotthut und der Pekinese vorne im Körbchen!« Ich hatte einmal Urlaub in einer Ferienwohnung auf der Kanalinsel Jersey gemacht und war besagter Lady, die eine frappierende Ähnlichkeit mit der Schauspielerin Margaret Rutherford alias Miss Marple hatte, oft in der Inselhauptstadt begegnet.

Anna hatte, da es leicht bergab ging, ein flottes Tempo drauf. Weit und breit keine Spur von Ehrlich. Ich verlangsamte mein Tempo und hielt mich in einigem Abstand hinter ihr. Sie drehte sich nicht um. Hätte es etwas geändert, wenn sie es getan hätte, wenn ich ihr Gesicht gesehen hätte?

Die Zeit schien stillzustehen, während ich hinter dem roten Fahrrad herrollte. Ich fuhr in einer Art Halbschlaf dahin und konzentrierte mich auf die orangefarbene Windjacke vor mir. Links lag jetzt Landwirt Knapps Rapsfeld, ich passierte die tausendjährige Linde, die ihre noch kahlen Äste zum Himmel reckte. Anna trat kräftig in die Pedale. Der Abstand zu mir hatte sich vergrößert. Sie hat es eilig, nach Hause zu kommen, dachte ich. Ehrlich wird auf sie warten. Vielleicht hat er Kuchen gekauft und Tee gekocht. Und dann dachte ich nichts mehr. Ich trat aufs Gaspedal. Ganz nah jetzt, die Windjacke, die flatternden Haare. Ich scherte zum Überholen aus, und als der Wagen auf gleicher Höhe mit dem Rad war, riss ich das Steuer herum.

Das Rad lag auf der Straße. Anna lag auf der Straße. Sie war tot, das wusste ich schon, bevor ich zu ihr lief. Nach dem Zusammenstoß war ich, sowie ich den Wagen wieder unter Kontrolle hatte, rechts rangefahren. Lieber Gott, ich hab das nicht gewollt. Lieber Gott, mach, dass sie nur ein paar blaue Flecken hat, betete ich, als ich über den Asphalt rannte. Dabei wusste ich, dass mich nur eine leblose Hülle erwartete.

Anna hatte sich in Luft aufgelöst, ohne Blitz-und-Donnerschlag, ohne den Geruch nach Pech und Schwefel in der Luft. Sie lag auf dem Rücken. Ihre Augen starrten blicklos zum Himmel, aus Mund und Nase war ein dünner Blutfaden gesickert. Die Blutung war schon zum Stillstand gekommen. Tote bluten nicht. Sie musste mit voller Wucht auf den Hinterkopf gefallen sein. Hätte sie einen Helm getragen, wäre sie vielleicht mit dem Leben davongekommen. Ich stand neben der Leiche, die Faust in den Mund gepresst, um mich am Schreien zu hindern. Wir waren allein auf weiter Flur. Niemand hatte etwas gesehen, nur der Falke, der rüttelnd über Landwirt Knapps Rapsfeld stand.

Ich rannte zurück zum Auto, der Motor lief noch, und raste davon.

Kurz vor Westernfelde führt ein kleiner Weg in eine Fichtenschonung. Nach ein paar Metern hatten die Bäume meinen weißen Corsa verschluckt. Niemand, der hier entlangfuhr, würde auf die Idee kommen, dass die Frau, die für den Tod der Radfahrerin auf Höhe von Landwirt Knapps Rapsfeld verantwortlich war, an einem Baum lehnte und sich die Seele aus dem Leib kotzte.

Mit weichen Knien ging ich zurück zum Auto, setzte mich auf den Fahrersitz und atmete tief ein und aus. Die Wagentür stand offen. Irgendwo ratschte ein Eichelhäher, ein Grünspecht flatterte vorbei. Ich hörte das Pinkpinkpink von Kohlmeisen und andere Vogelstimmen, die ich nicht zuordnen konnte. Ein rotes Eichhörnchen huschte einen Baumstamm hoch. Langsam wurde ich ruhiger. Was geschehen war, war geschehen. Anna war tot. Es war ein Unfall gewesen. Kurz nach dem Unglück war das hässliche Wort »Mörderin« durch meine Gedanken gegeistert. Jetzt saß ich im Wagen, lauschte den Stimmen der Vögel und sagte mir: es war kein Mord. Ein Mörder handelt mit Vorsatz. Du hast nicht vorsätzlich gehandelt. Du hast beim Überholen einfach den Abstand falsch eingeschätzt, weil du so müde warst. Und dann ist dir das Lenkrad für einen Moment aus den Händen geglitten, und es ist passiert. Eine tragische Verkettung unglücklicher Umstände. Anna war nicht mehr zu helfen. Niemand hat etwas davon, wenn du dich bei der Polizei meldest. Davon wird sie auch nicht mehr lebendig.

Ich stieg aus und begutachtete den Schaden an der Beifahrertür. Ein paar kleine Dellen waren zu sehen; und wenn man genau hinguckte, ein bisschen schwarzer Abrieb von Lenker und Pedalen. Am Tatort würde die Polizei feststellen, dass ein weißes Auto ihr Rad gerammt hatte. Sie würden auch den Hersteller herausfinden, sogar das Baujahr. Man würde nach dem flüchtigen Unfallfahrer fahnden, in den Werkstätten im Umkreis nachfragen, wer einen weißen Corsa Baujahr '98 mit Schäden an der Beifahrertür in Reparatur gegeben hatte.

Als es anfing zu regnen, wagte ich mich aus meinem Versteck. Die Straße lag immer noch verlassen da, nichts hatte den Frieden gestört. Anna würde erst gefunden werden, wenn ich längst sicher in meiner Wohnung saß. Ich nahm es als Zeichen, dass das Schicksal mich für den Unglücksfall nicht zur Rechenschaft ziehen würde.

Die Garage, in der ich meinen Wagen abzustellen pflegte, die mittlere von dreien, war recht schmal. Man musste in einem bestimmten Winkel einfahren. Diesen Winkel verpasste ich. Knirschend schrammte die Beifahrertür an der Einfahrt entlang. Ich setzte zurück – knirsch! Es war ein grässliches Geräusch, aber Musik in meinen Ohren. Frau Guttle von gegenüber, die gerade ihren Dackel spazieren führte, kam dazu, als ich den Schaden begutachtete. Wie ich erwartet hatte, waren die kleinen Dellen nicht mehr zu sehen.

»Oh-oh«, sagte Frau Guttle. »Ach, Sie Arme! Das schöne kleine Auto! So ein Pech aber auch.«

Sie beäugte die zerkratzte Beifahrertür, schüttelte den Kopf und schnalzte missbilligend mit der Zunge. »Völlig verschrammt. Das wird teuer!«

Was für ein Glücksfall, dass sie gerade in diesem Moment vorbeigekommen war. Jetzt hatte ich sogar noch eine Zeugin für meinen Unfall.

»So was Dummes!«, lamentierte ich. »Einmal nicht aufgepasst, und schon ist's passiert.«

»Stimmt«, bemerkte Frau Guttle, und fügte gutmütig hinzu: »Aber machen Sie sich nichts draus. Kann jedem mal passieren.«

Ja. Alles konnte jedem passieren. Jederzeit.

7

Als die Glocken der Stadtkirche zum Sechs-Uhr-Gottesdienst läuteten, stellte ich mich ans offene Fenster und legte eine Gedenkminute für Anna ein. Das schien mir angemessen. Sie hatte gern gelebt, jetzt war sie tot. War vielleicht in eben dieser Minute gefunden worden. Ob sie Papiere dabei hatte und gleich identifiziert werden konnte? Würde morgen ein Nachruf der Redaktion auf die hervorragende Lokalredakteurin und liebe Kollegin Anna Berghäuser in der Zeitung stehen? Oder nur: Unbekannte Radfahrerin tot aufgefunden – Unfall mit Fahrerflucht. Polizei fahndet nach einem weißen PKW noch unbekannter Marke.

Aber ich wollte jetzt nicht an das ganze Drumherum denken. Anna hatte es verdient, dass ich ihr meine ganze Aufmerksamkeit schenkte, zum letzten Mal. In einem anderen Leben hatte ich sie einmal sehr gern gehabt. Ich konnte mit Bedauern und leiser Melancholie an dieses Leben zurückdenken. Für Selbstvorwürfe und Reue lag es schon zu weit zurück.

Erinnerungen wie Perlen an einer Schnur. Ein paar Momentaufnahmen, gestochen scharf, zogen vorbei: Anna und ich im ersten Sommer unserer Freundschaft, nach dem Aerobictraining in einem Biergarten am Sülzsee. Sie war beschwipst vom Weizenbier und breitete voller Begeisterung ihre Pläne vor mir aus: Auslands-Korrespondentin fürs Fernsehen, für »Stern« oder »Spiegel«, Auszeichnungen und Preise für ihre sozialkritischen Beiträge bekommen ... Ihre Augen leuchteten; sie riss mich mit ihrer Begeisterung so mit, dass ich sie schon mit Lorbeeren bedeckt in Hamburg, München oder New York sah – und bereits schmerzlich vermisste, obwohl sie noch in voller Lebensgröße neben mir saß.

Anna und ich im Kino, in »Der mit dem Wolf tanzt«. Sie schluchzte laut und ungeniert an allen möglichen dramatischen Stellen, während ich nur verschämt in mein Taschentuch schniefte, als der arme Wolf am Ende erschossen wurde. Hinterher, bei einem Glas Wein, zankten wir uns lachend darum, wer von uns beiden nun besser zu Kevin Costner passen würde.

Und ein letztes Bild: Anna, frisch in Roman verliebt, geradezu überirdisch strahlend: »Du, Miriam ... ich hab im Urlaub einen Mann kennen gelernt ... das ist die große Liebe fürs Leben. Ich weiß es!«

Anna war Fortunas Liebling gewesen. In ihrem Leben hatte sich immer alles so gefügt, wie sie es brauchte. Sogar von ihrer internationalen Karriere hatte sie sich ohne Bedauern verabschiedet, nachdem sie Roman kennen gelernt hatte. »Mit vierzig bin ich dann halt Chefredakteurin beim ›Echo‹«, sagte sie lächelnd, als ich sie darauf ansprach. Ich entdeckte nicht eine Spur des Bedauerns über die Tatsache, dass sie für immer an die Provinz und ein drittklassiges Lokalblatt gebunden sein würde. Bei ihrem Glück hätte sie es wahrscheinlich wirklich geschafft, den Sessel des Chefredakteurs zu erobern.

Aber dann, als es wirklich darauf ankam, ließ das Glück sie im Stich. Sie war zur falschen Zeit am falschen Ort gewesen, wo sie stürzen und sich den Schädel brechen musste.

Es hatte aufgehört zu regnen, die Luft war frisch und kühl und duftete nach Frühling. Über dem Kirchturm war die Wolkendecke aufgerissen und zeigte einen Zipfel Blau. Der Hahn auf der Kirchturmspitze schimmerte golden.

Nichts drängte mich mehr aus meiner Wohnung. Weder zitterte ich vor lauter Nervosität, noch schienen Wände und Decken auf mich zuzukommen. Ich fühlte mich sicher und geborgen. Ich kochte mir Spaghetti mit Tomatensoße, aß mit gutem Appetit, trank ein Glas Rotwein dazu und sah mir einen spannenden Film im Fernsehen an. Es war ein ruhiger, gemütlicher Abend, den ich angesichts dessen, was ihm vorausgegangen war und was noch kommen würde, umso mehr genießen konnte. Es war nur eine Frage der Zeit, bis Roman sich mit der Schreckensnachricht bei mir melden würde.

Ich steckte schon bettfertig in meinem Schlafanzug, als mein Vater anrief. Mutter ging es recht gut. Sie hatte nur noch ein bisschen Temperatur, schlief tief und fest und hatte sich für den nächsten Tag Milchreis mit Zimt, geriebenem Apfel und Rosinen zum Mittagessen gewünscht.

»Kein Problem«, sagte ich lächelnd.

Das Lächeln verging mir, als mein Vater berichtete, er habe bei seinem Abendspaziergang die Nachbarin zwei Häuser weiter getroffen. Frau Enger sei sehr erregt gewesen und habe ihn angesprochen. »Stellen Sie sich vor, Herr Neunzerling«, habe sie gesagt. »Auf der Lindengrundstrecke ist eine Radfahrerin zu Tode gekommen! Irgendjemand – bestimmt einer von diesen Rasern, so ein junges Bürschchen – hat die arme Person über den Haufen gefahren und ist davongebraust. Hat sie einfach liegen lassen! Ich kam von meiner Schwester, dachte an nichts Böses, und plötzlich waren Polizei da, Krankenauto und Leichenwagen. Alles abgesperrt, es war kein Durchkommen. Ich musste schließlich wenden, zurück nach Westernfelde und dann über die Schnellstraße.«

Das Herz klopfte mir bis zum Halse. »Das ist ja furchtbar«, sagte ich.

Mein Vater schnaubte erbost. »Allerdings! Bestimmt ist Frau Enger ausgestiegen, hat sich alles aus der Nähe angeschaut und tausend neugierige Fragen gestellt. Und jetzt setzt sie Gerüchte in die Welt! Junges Bürschchen. Sie kann doch gar nicht wissen, wer der Täter war! Es könnte auch eine Hausfrau mittleren Alters gewesen sein, die den Unfall verursacht hat, in Panik geraten und einfach davongefahren ist.«

Ich schluckte und fand es an der Zeit, etwas klarzustellen. »Komisch, dass sie über den Lindengrund fuhr. Die Nachbarin, meine ich. *Ich* nehme *immer* die Schnellstraße. Ist doch viel kürzer.«

Mein Vater seufzte. »Frau Enger ist nicht mehr die Jüngste, Miriam. In unserem Alter stellt man sich nicht mehr um. Wir sind schon durch den Lindengrund gefahren, da warst du noch nicht einmal geboren.«

Mit Schrecken dachte ich daran, dass auch meine Eltern Anna hätten finden können. Was, wenn meine Mutter plötzlich Zahnschmerzen bekommen und Vater sie zu Dr. Schiller in seine Westernfelder Praxis kutschiert hätte?

Kaum hatte ich aufgelegt, klingelte es an der Haustür Sturm.

»Ja?«, fragte ich durch die Gegensprechanlage, obwohl es keinen Zweifel geben konnte, wer unten stand. Niemand sonst, den ich kannte, würde um diese Uhrzeit bei mir läuten.

»Ich bin's«, schepperte es zurück. »Mach auf.«

Ich zögerte. Wie reagierte man normalerweise, wenn einem abends um zehn jemand einen Besuch abstatten wollte und man gerade auf dem Weg ins Bett war?

»Ähm ... Roman ... ich wollte eigentlich gerade schlafen gehen ...«

»Mach auf, verdammt!«, schrie er. »Es ist wichtig!«

Er stürzte an mir vorbei ins Wohnzimmer und zündete sich noch im Stehen eine Zigarette an. Seine Hände zitterten. Erstaunt sah ich, dass er ein blaues Auge hatte und seine Oberlippe geschwollen war.

»Sie ist tot«, sagte er tonlos. »Anna ist tot.«

»Was? O mein Gott. Wie furchtbar!«, rief ich aus und hoffte, genügend Überraschung und Entsetzen in meine Stimme gelegt zu haben.

Ohne seine schwarze Lederjacke auszuziehen, ließ er sich aufs Sofa fallen, und stützte den Kopf in die Hände. Ich holte erst mal einen Aschenbecher.

Gegen sieben war Roman von seiner Reise zurückgekommen. Von Niendorf an der Ostsee bis nach Westernfelde im Osterrückreiseverkehr war es eine lange Fahrt gewesen, er war müde und hungrig, weil er sich nicht die Zeit genommen hatte, unterwegs etwas zu essen. Vor dem Haus drückten sich zwei Polizisten herum und sahen interessiert zu, wie er einparkte, ausstieg und seine Reisetasche aus dem Auto lud. Müde wie er war, dachte er sich weiter nichts dabei, sondern steuerte mit gezücktem Schlüssel auf die Haustür zu, als einer der Polizisten sagte: »Herr Berghäuser?«

Der andere – Roman sah es mit Befremden – ging hinüber

zu Romans BMW und fing an, ihn sorgfältig in Augenschein zu nehmen.

Der Polizist, der Roman angesprochen hatte, räusperte sich. »Sie sind doch Herr Berghäuser, oder? Der Beschreibung nach ...« Er unterbrach sich und nahm seine Mütze ab. »Dürfen wir einen Augenblick mit Ihnen nach oben kommen?«

Roman nickte verdattert. »Obwohl ich nicht weiß, was Sie von mir wollen könnten. Ich habe ein reines Gewissen. Der letzte Strafzettel wegen Falschparken ist drei Jahre her. Ich habe nicht einen einzigen Punkt in Flensburg.«

Der Beamte neben Roman musterte ihn mit einer Mischung aus Mitleid und Misstrauen. »Was ist, Jürgen?«, fragte er jetzt seinen Kollegen.

Der so Angesprochene, der den Wagen inspiziert hatte, warf dem Kollegen einen bedeutungsvollen Blick zu und schüttelte den Kopf. Unerklärlicherweise fühlte sich Roman erleichtert.

Zuerst wollte Roman nicht glauben, was der Beamte ihm erzählte. Anna sollte tot ein? Unfall mit Fahrerflucht auf der Lindengrundstrecke?

»Aber das ist unmöglich«, wiederholte er ein ums andere Mal. »Nicht Anna. Sie würde sich nicht überfahren lassen.«

Der Wortführer, ein kräftiger Mann um die fünfzig mit dichtem, grau meliertem Haar, legte ihm mitfühlend die Hand auf die Schulter. »Es tut mir sehr Leid«, brummte er. Und wiederholte geduldig, dass Anna mit dem Fahrrad unterwegs gewesen sei. Den Spuren nach zu urteilen sei ein PKW beim Überholen mit dem Rad kollidiert, sie sei gestürzt und mit dem Kopf auf der Straße aufgeschlagen. Vermutlich sei sie auf der Stelle tot gewesen. Der Fahrer des Wagens sei geflüchtet. Zeugen gäbe es nicht. Ein Handwerker auf dem Heimweg nach Bad Hertzsprung habe die Tote gefunden und per Handy die Polizei alarmiert.

»Sie hatte ihr Portemonnaie mit Personalausweis und Führerschein dabei. Und einen Taschenkalender mit ihrer alten und der, ähm, neuen Adresse. Anna Berghäuser und Fabian Ehrlich, Bergstr. 23 … Es gibt keinen Zweifel daran, dass es sich um Ihre Frau handelt, Herr Berghäuser.«

»Mein Gott«, flüsterte Roman. »Mein Gott. Sie war doch erst fünfunddreißig.«

Dann kam ihm ein schrecklicher Gedanke. »Glauben Sie etwa, dass *ich* es war? Haben Sie deshalb mein Auto untersucht?«, krächzte er.

Der zweite Beamte, der bisher nicht den Mund aufgemacht hatte, sagte: »Reine Routine. Sie möchten doch auch, dass der Täter gefunden wird, oder?«

Was war das für eine Antwort?!

»Un-ge-heuer-lich.« Roman stotterte vor Wut. »Ungeheuerlich! Wie können Sie es wagen, *mich* zu verdächtigen! Ich bin ihr Ehemann, wir haben uns geliebt, Anna und ich, auch wenn wir vorübergehend getrennt gewohnt haben. Überprüfen Sie lieber mal diesen hirnlosen Klotz, diesen Ehrlich!«

»Erste Ermittlungen haben ergeben, dass es sich bei dem Unfallfahrzeug um einen weißen PKW handelte«, sagte der zweite Beamte. »Herr Ehrlich fährt einen grünmetallicfarbenen Renault Espace. Und hielt sich den ganzen Nachmittag bis sechs Uhr in seinem Fitness-Club auf.«

Roman erklärte, dass *er* soeben von einem mehrtägigen Aufenthalt in Niendorf an der Ostsee zurückgekehrt sei. Er könne eine Hotelrechnung vorlegen. Und Tankquittungen!

»Es war eine verdammt lange Fahrt. Und jetzt so was«, sagte er müde.

Dass Ehrlich auch überprüft worden war, hatte seinen Zorn verrauchen lassen. Die Polizisten taten nur ihre Pflicht, das konnte er ihnen schlecht verübeln. Ein neuer Gedanke schoss ihm durch den Kopf. Er wandte sich an den älteren, grau melierten Beamten. »Als Sie mich eben auf der Straße angesprochen haben … woher wussten sie, dass ich es war? In diesem Haus wohnen noch andere Leute!«

»Herr Ehrlich hat uns Ihre Beschreibung gegeben. Eine sehr genaue.«

An dieser Stelle verlor Roman ein wenig die Beherrschung. Er sprach von Dienstaufsichtsbeschwerde, einer Anzeige gegen Ehrlich wegen übler Nachrede und Verleumdung. Er forderte die Beamten nachdrücklich auf, nicht unschuldige, gebrochene Menschen zu verfolgen, sondern sich endlich auf die Suche nach Annas Mörder zu machen.

Die Polizisten blieben ruhig. »Wir tun unser Bestes. Wobei wir von einem Unfall mit Fahrerflucht ausgehen, Herr Berghäuser«, sagte der Jüngere, ein dünner, dunkelhaariger Mann mit Schnurrbart. »Für einen Mord gibt es keinerlei Hinweise.«

Die Gelassenheit der beiden ernüchterte Roman. »Was werden Sie unternehmen? Und wie stehen die Chancen, dass der Dreckskerl, der Anna auf dem Gewissen hat, gefasst wird?«

Sie erklärten ihm, was sie nach Vorliegen des Autopsieergebnisses und des Laborberichts zu unternehmen gedachten. Es war nicht allzu viel, fand Roman.

Der ältere Beamte seufzte. »Fahrerflucht ist eine undankbare Sache. Wenn sich keine Zeugen melden, wenn Nachforschungen in den umliegenden Autowerkstätten nichts ergeben, liegen die Aussichten, den Täter zu erwischen, praktisch bei null.«

»Ach, Roman«, sagte ich und nahm seine Hand. »Es tut mir so Leid.«

Er nickte, betastete mit der freien Hand vorsichtig seine geschwollene Lippe und zog eine Grimasse.

»Was ist mit deiner Lippe und dem Auge passiert?«

Der Anflug eines Lächelns zeigte sich auf seinem Gesicht. »Als die Polizisten weg waren, bin ich zu Ehrlich gefahren. Und hab das gemacht, was ich schon lange hätte machen sollen.«

»Roman!«

»Ich hab ihm gesagt, was ich von ihm halte. Was fällt ihm auch ein, mich – mich! – eines Verbrechens zu verdächtigen und bei der Polizei anzuschwärzen?«

Das, so schien es, machte Roman fast mehr zu schaffen als Annas Tod. Es musste der Schock sein.

»Soo klein war er – mit Hut.« Roman zeigte mit Daumen und Zeigefinger, auf welches Format Ehrlich geschrumpft war. »Es fehlte nicht viel, und er wäre in Tränen ausgebrochen. Es tue ihm Leid, er habe es nicht so gemeint, er sei fast wahnsinnig vor Schmerz, er mache sich schreckliche Vorwürfe, weil sie allein mit dem Rad unterwegs war. ›Wenn ich dabei gewesen wäre, wär das nicht passiert‹, wiederholte er ständig, als ob sie das wieder lebendig machen könnte … Idiot. Warum ist er denn auch nicht mitgefahren, anstatt in seiner Muckibude Hanteln zu schwingen! Dann hätte es wenigstens einen Zeugen gegeben, mit etwas Glück hätte es ihn statt Anna erwischt. Anna und er, faselte der Kerl weiter, das sei die ganz große Liebe gewesen. Sie hätten heiraten wollen, so bald wie möglich. Und er wolle sich um die Beerdigung kümmern, Anna hätte es so gewollt … sie habe einmal gesagt, das Einzige, was sie mit der Tatsache aussöhnen könne, dass sie irgendwann sterben müsse, sei die Aussicht, neben ihrem Herz, ihrem Fabian, begraben zu werden. Da hab ich zugeschlagen. Ich glaube, sein Nasenbein ist gebrochen.«

Roman war ziemlich stolz auf sich. »Jetzt sieh mich nicht so entsetzt an«, sagte er nach einem Blick in mein Gesicht. »Ich bin der friedfertigste Mensch unter der Sonne. Sogar den Wehrdienst hab ich verweigert. Aber was zu viel ist, ist zu viel. Was fällt dem Kerl ein, so von ihr zu sprechen? Sie als Lügnerin hinzustellen! Nie im Leben hätte sie so etwas behauptet! *Mich* hat sie geliebt. Mit *mir* war sie verheiratet. Nichts, gar nichts auf der Welt kann daran etwas ändern. *Ich* werde neben ihr liegen, wenn die Zeit gekommen ist. Und von der Beerdigung, die *ich* organisiere, wird Westernfelde noch lange reden.«

Romans Finger glitten über seine bläulich verfärbte Augenpartie.

»Ehrlich hat zurückgeschlagen, ja?«, fragte ich überflüssigerweise.

»Unfairer Dreckskerl. Er ist mindestens zwanzig Kilo schwerer als ich. Ich hab ihm gedroht, ihn anzuzeigen, wegen schwerer Körperverletzung. Weißt du, was er darauf gesagt hat?«

Ich schüttelte den Kopf.

»Mach, dass du rauskommst, du Wichser! Ich hab dir nur einen kleinen Stüber verpasst, aus Respekt vor Anna, die dich mal geliebt hat, und eine Geschmacksverirrung hat jeder gut im Leben. Aber wenn du dich nicht auf der Stelle aus meiner Wohnung scherst, kann ich für nichts garantieren.«

Ich dachte an Ehrlichs großen, muskelbepackten Körper. Roman war glimpflich davongekommen. Eine dicke Lippe, ein blaues Auge, das noch nicht einmal zugeschwollen war. Wenn Ehrlich gewollt hätte, er hätte den schmächtigen Gegner im Nullkommanichts halb tot prügeln können. Ich sah Ehrlich vor mir, den Arm um Annas Hüfte geschlungen, als sei er dort angewachsen. Ich sah, wie sie sich küssten, ich sah seinen anbetenden Blick, er hatte nur Augen für sie, und sie für ihn. Er tat mir schrecklich Leid. Wenn ich Tränen gehabt hätte, hätte ich weinen mögen.

»Du wirst ihn doch nicht wirklich anzeigen?«, fragte ich.

»Verdient hätte er's!«, gab Roman giftig zurück.

Ich stellte fest, dass ich Roman nicht besonders leiden mochte an diesem Abend. Ich liebte ihn nach wie vor, das ja, natürlich, aber was er von sich gab, wie er sich benahm, gefiel mir nicht. Als hätte er meine unfreundlichen Gedanken gespürt, drehte er sich zu mir und legte die Arme um mich. »Ach, Miriam. Es tut so gut, mit dir zu sprechen«, flüsterte er in mein Haar.

Ich schmolz dahin. Er war meine Achillesferse, die Sonne, um die ich mich drehte. Ich sah ihn mit Augen, die geschärft waren durch das, was geschehen war; an meinen Gefühlen für ihn änderte es nichts. Ich wollte ihn lieben und mit ihm leben, ich wollte mit ihm einschlafen und aufwachen, ich wollte ein Kind von ihm, ich wollte irgendwann einmal neben ihm begraben werden. Ich wollte für immer auf seinem Schoß sitzen – dort war ich mittlerweile gelandet –, seine Wärme spüren, seinen Herzschlag. Ein Glücksgefühl breitete sich in mir aus, erst zaghaft, als wäre es etwas Verbotenes, dann erfasste es mich von den Zehen bis in die Haarspitzen. Ich dachte: das Leben gehört den Lebenden. Ich habe ein Recht auf Glück, auf mein Glück mit Roman. Es war mir in den Schoß gefallen, schwer wie süße Trauben.

Ich wollte es festhalten. Ich wollte für ihn sorgen. Ich machte ihm Spiegeleier mit Schinken, öffnete eine Flasche Rotwein. Ich behandelte seine Lippe mit Ringelblumensalbe, sein blaues Auge mit einer Eiskompresse. Trotz seiner Blessuren und des Schocks, den er erlitten hatte, sah er gut aus. Leicht gebräunt von Sonne und Wind, voller im Gesicht. Der kleine Urlaub war ihm bekommen.

»Wenn du heut Nacht nicht allein sein willst …«, sagte ich, während ich ihm beim Essen zusah. »Du kannst gern hier schlafen. Auf dem Sofa, wenn du möchtest.« Obwohl ich mir sicher war, dass er sich endlich für mich entschieden hatte, wollte ich ihn nicht bedrängen. Nicht an dem Tag, an dem Anna gestorben war.

Roman entschied sich für mein Bett und schlief ein, kaum dass sein Kopf das Kissen berührt hatte. Ich kuschelte mich an seinen Rücken und lauschte auf seine gleichmäßigen Atemzüge. Alles ist gut, dachte ich glücklich. Eine Zeit lang kämpfte ich gegen den Schlaf, ich wollte jede Minute mit ihm in meinem Bett genießen. Aber irgendwann musste ich doch eingedöst sein. Im Halbschlaf spürte ich Hände, die über meinen Körper glitten, meine Schlafanzughose herunterzogen, meine Beine spreizten. Schwer atmend rollte sich Roman auf mich. Ehe ich richtig wach war, war es vorbei. Mit einem zufriedenen Seufzen rollte er sich wieder herunter, legte den Kopf auf meine Brust und schlief weiter. Ich strich ihm zärtlich übers Haar und lächelte in mich hinein.

Der Bann war gebrochen. Beim nächsten Mal würde es richtig gut werden, auch für mich. Und vielleicht, dachte ich, hatte diese Nacht Folgen: Spermium traf Eizelle, und neun Monate später würde ich Romans Baby im Arm halten. Über dieser erfreulichen Vorstellung schlief ich ein. Als ich am nächsten Morgen aufwachte, war Roman weg.

8

Auf dem Küchentisch lag eine Nachricht von ihm: *Guten Morgen, Miriam. Wollte dich nicht wecken, du hast so schön geschlafen. Muss mich um alles kümmern, wir sehen uns später, Roman.* Ich konnte seine Schrift nur mühsam entziffern; die Notiz war sichtlich in Eile gekritzelt worden.

Gerne hätte ich gelesen: *Dein Roman.* Oder wenigstens *Kuss, Roman.* Aber ich war nicht gekränkt. Ich wusste, dass er sich in einer Ausnahmesituation befand. Was letzte Nacht geschehen war – auch wenn es schon vorbei war, bevor es richtig angefangen hatte –, darauf kam es an. Während ich Kaffeepulver in den Filter löffelte, legte ich mir eine Hand auf den Bauch. Flach wie ein Brett. Aber das würde sich vielleicht schon bald ändern.

Meine biologische Uhr, die mich bisher kaum belästigt hatte, hatte auf einmal angefangen zu ticken. Ich sah auf dem Wandkalender nach, in den ich sämtliche Termine eintrug: Meine letzte Periode (markiert mit einem x) hatte am 15. März begonnen. Heute war der 7. April. Es war nicht sehr wahrscheinlich, dass ich schwanger war, aber ganz ausschließen konnte man es nicht. Anna hatte behauptet, dass Roman keine Kinder gewollt habe. Aber Anna hatte viel behauptet. Und jetzt war sie tot.

Während der Kaffee durchlief, ging ich im Bademantel die Treppe runter, um die Zeitung aus dem Briefkasten zu holen.

Entgegen meiner Gewohnheit schlug ich als Erstes den Lokalteil auf. Und da, auf der ersten Seite, stand der Nachruf: Anna Berghäuser, 35, Lokalredakteurin, allseits beliebte Kollegin, von der Pike auf ihr Handwerk beim »Westernfelder Echo« gelernt, hoch begabt, unverwechselbarer Stil, tragischer Unfall, ums Leben gekommen, Fahrerflucht. Die Buchstaben tanzten vor meinen Augen.

Rechts neben dem Artikel prangte ein farbiges Foto von Anna, ein sehr gutes. Sie lachte in die Kamera, ihre blaugrünen Augen leuchteten. Als sie tot auf der Straße lag, hatten sie unbewegt zum Himmel gestarrt, all ihr Glanz war erloschen, sie sahen aus wie Murmeln. Ich rannte ins Bad und gab meinen Mageninhalt von mir. Konnte man am Morgen danach schon unter schwangerschaftsbedingter Übelkeit leiden?

Zurück in der Küche zwang ich mich, den Artikel gründlich durchzulesen. Das war ich Anna schuldig. Letzte Worte, letzte Ehre. Das letzte Geleit stand noch aus. Vermutlich war Roman gerade dabei, es mit Hilfe des Bestattungsinstituts zu organisieren.

Trotz – oder vielleicht gerade wegen – einer Anhäufung wohlklingender Floskeln fand ich den Nachruf nichtssagend. Das, was Annas Persönlichkeit ausgemacht hatte, war dem Verfasser entgangen, oder es überstieg seine Fähigkeiten, es auszudrücken. Das Foto hingegen verriet dem Zeitungsleser, der sich auf seine Betrachtung einließ, eine Menge. Eine selbstbewusste Frau mit starker Ausstrahlung war da zu sehen. Eine, die sich gern in Szene setzte, die wusste, was sie wollte, die hungrig war auf alles, was sich ihr bot. Es schnürte mir den Magen zu. Ich faltete die Zeitung ordentlich zusammen, schüttete den restlichen Kaffee in den Ausguss und ging ins Bad, um zu duschen.

Ich war gerade in Jeans und Pulli geschlüpft, als es klingelte. Zu meiner Überraschung war es Brettschneider, der sich noch nie zuvor bis zu meiner Tür verirrt hatte. Er war unrasiert, seine fuchsroten Haare standen zu Berge, und er hatte sein obligatorisches Nike-Sweatshirt links herum angezogen. »Entschuldigen Sie die Störung, Frau Kollegin«, sagte er. »Haben Sie schon Zeitung gelesen?«

»Ja. Furchtbar. Arme Anna. Und armer Roman.«

Brettschneider nickte unglücklich. »Ich bin gleich zu ihm gefahren, aber er war nicht da. Ich mach mir Sorgen um ihn … er ist doch nicht so robust.« Verlegen betrachtete er die Spitzen seiner Nike-Basketballschuhe.

Ich war gerührt. Brettschneider, riesig, energisch, mit einer Stimme wie ein Nebelhorn, war wie Barry, der legendäre Bernhardiner: Wann immer er glaubte, dass jemand seiner Hilfe bedurfte, war er zur Stelle.

»Kommen Sie doch in die Küche«, sagte ich. »Ich koche Kaffee.«

»Lieber Pfefferminztee, wenn Sie haben«, gab er zurück. »Die Sache ist mir auf den Magen geschlagen.«

»Mir auch.«

Ich erzählte Brettschneider, dass Roman am Abend zuvor noch vorbeigekommen war, um mir von Annas tödlichem Unfall zu berichten. Er sei traurig und erschüttert, aber auch sehr gefasst gewesen. Er habe wohl schon Abschied von Anna genommen, als er begriffen hatte, dass ihre Ehe vorbei war.

»Das ist gut«, meinte Brettschneider erleichtert. »Ich hab schon befürchtet, dass ihr Tod ihn völlig umhauen würde.«

»Er hat sich mittlerweile erstaunlich gut gefangen«, sagte

ich. »Aber kurz nach der Trennung war er wirklich am Boden.«

Brettschneider rührte so energisch in seiner Tasse, dass der Tee überschwappte, und nickte. »Ich hab Anna nicht gut gekannt, aber dass sie ihn irgendwann verlassen würde, hab ich kommen sehen.«

Da hatte er mehr gesehen als ich. Aber ich hatte ja auch keinen privaten Umgang mit Roman und Anna gepflegt.

»Roman hat mir erzählt, wie lieb Sie sich um ihn gekümmert haben.«

Mir wurde warm ums Herz. Brettschneider lächelte. »Ich kann verstehen, dass er lieber Sie als mich um sich haben wollte, als es ihm so schlecht ging. Ich mein's auch gut, aber ich bin manchmal ein bisschen … na, wie soll man sagen … laut und ungeschickt. Roman ist so sensibel. Ein Künstler eben. Einmal hat er mir einen Gedichtzyklus von sich vorgelesen: ›Symphonie der Melancholie‹. Den Titel werd ich nie vergessen. Kann nicht sagen, dass ich's verstanden hätte, aber dass jemand so was schreiben kann, find ich grandios.«

»Sie sind ihm ein guter Freund«, sagte ich herzlich.

Er wurde rot und rührte wieder im Tee. »Im Grunde haben wir nicht viel Kontakt, Roman und ich. Er bleibt gern für sich. Aber die Welt ist ein ziemlich beschissener Ort«, murmelte er verlegen. »Es ist gut, wenn jemand für einen da ist, wenn man im schwarzen Tunnel steckt.«

Ich fragte mich, ob jemand für Brettschneider da war, wenn er im schwarzen Tunnel steckte, und kam zu dem Ergebnis, dass das wohl nicht der Fall war. Wer kam schon auf die Idee, dass ein Rettungshund mit Branntweinfässchen um den Hals auch einmal selbst Hilfe benötigen könnte?

Brettschneider war geschieden, das hatte mir Mechthild

Pfannenschmidt mal erzählt, und er hatte zwei kleine Kinder, die bei der Mutter lebten. Die sei mit einem anderen zusammen, sauge Brettschneider aber nach allen Regeln der Kunst aus, berichtete Mechthild empört, die ihn sehr mochte. Und sie halte sich nicht an Abmachungen, wenn Brettschneider die Kinder sehen wolle, und er sei zu gutmütig, um seine Rechte durchzusetzen.

Ich hatte plötzlich Hunger und stellte einen Teller mit Keksen auf den Tisch. Eben hatte ich nichts essen können, aber Brettschneiders Anwesenheit hatte meinen Magen beruhigt. Er hatte etwas Tröstliches an sich. Zum ersten Mal fiel mir auf, dass er schöne braune Augen hatte. Sein offenes, eher unscheinbares Gesicht war mit Sommersprossen übersät. Ein Plätzchen verschwand in seiner Pratze, dann in seinem Mund.

Eine Zeit lang kauten wir einträchtig vor uns hin.

»Sie sind fast so mager wie einer von den Straßenhunden, die ich in den Herbstferien auf Ibiza gesehen hab«, bemerkte Brettschneider taktvoll. »Sie müssen mehr essen.«

Er hielt mir den Teller mit den letzten Keksen hin. Barry, der Bernhardiner. Ich steckte zwei auf einmal in den Mund.

»Sind Sie eigentlich verliebt in Roman?«

Ich schüttelte den Kopf. »Nein. Ich mag ihn sehr gern, das ist alles.«

Die Lüge war mir mit erstaunlicher Leichtigkeit über die Lippen gekommen. Er nickte. »In den Sommerferien fliege ich wieder nach Ibiza. Und diesmal nehm ich einen Hund mit nach Hause. Wenigstens einer von denen soll's gut haben.« Er lächelte in sich hinein. Wahrscheinlich teilte er im Geiste bereits Vitamine, Rinderhack und Streicheleinheiten an einen halb verhungerten, räudigen Köter aus.

Plötzlich hätte ich ihm gern alles erzählt. Von Roman, Anna und mir. Ich wollte erzählen, was gestern wirklich auf der Lindengrundstrecke passiert war. Wenn es jemanden gab, der verstehen würde, wie es zu dem Unfall hatte kommen können, dann Brettschneider.

»Haben Sie Kummer?«, fragte er aus heiterem Himmel, als habe er meine Gedanken gewittert.

Ich zögerte, dann schüttelte ich den Kopf. Was, wenn er doch nicht so verständnisvoll und verschwiegen war, wie ich ihn einschätzte? Ich konnte es mir nicht leisten, mein Herz auszuschütten. Nichts durfte meine Zukunft mit Roman gefährden.

Brettschneider kippte den letzten Schluck Pfefferminztee herunter und verabschiedete sich. Ohne ihn war die Wohnung sehr still und leer.

Ich rief beim Opelhändler in Bad Hertzsprung an, bei dem meine Eltern und ich seit Jahr und Tag Stammkunden waren, und vereinbarte einen Termin für den frühen Nachmittag. »Ich hab mir die Beifahrertür an der Garageneinfahrt verschrammt«, sagte ich zum Werkstatt-Meister.

»Schlimm, Frau Neunzerling?«

»Die Nachbarin, die dabei war, meinte, es könnte teuer werden.«

Er schnalzte mit der Zunge. »Na, wollen mal sehen. Ich organisier Ihnen mal auf jeden Fall einen Leihwagen.«

»Sehr nett von Ihnen, Herr Winter.«

Ich fuhr zu meinen Eltern. Meine Mutter – noch ein bisschen blass, aber schon wieder recht munter – saß in ihrem blauen Jogginganzug, den ich ihr zu Weihnachten geschenkt hatte, auf dem Sofa. Vor sich hatte sie ein Glas Orangensaft und den »Bad Hertzsprung-Kurier«.

»Du sollst doch noch nicht aufstehen«, sagte ich und küsste sie auf die Wange. »Wo ist Vater?«

»Einkaufen. Ich mochte nicht mehr im Bett bleiben, mir tut das Kreuz weh.«

Ich war beruhigt. Wenn Mutter sich über ihr Kreuz beklagte, war sie wieder auf dem Damm. Ich setzte mich zu ihr.

»Dieses Mädchen, diese Anna, mit der du mal befreundet warst ... die war also die Tote auf der Lindengrundstrecke, von der Frau Enger erzählt hat. Stand das auch in eurer Zeitung?«

Aus irgendeinem Grund war Mutter davon überzeugt, dass der »Kurier« stets über bessere Informationen verfügte als das »Westenfelder Echo«.

»Klar. Es gab einen Artikel und einen Nachruf der Redaktion. Sie war doch Lokalredakteurin beim ›Echo‹«.

Mutter nickte. »Ich hab ja immer geahnt, dass es mit der mal ein böses Ende nehmen würde«, sagte sie düster, und damit war das Thema Anna erledigt.

Als ich mich am Nachmittag in einem knallroten Leih-Corsa auf den Heimweg machte, nahm ich die Schnellstraße. Meister Winter hatte mir bestätigt, dass die Reparatur meines Wagens nicht ganz billig werden würde. Ich stöhnte und jammerte der Form halber ein bisschen über die Kosten und meine Ungeschicklichkeit, während Winter, dem man seine Gedanken am Gesicht ablesen konnte (»typisch Frau am Steuer«), mir versicherte, so was könne schon mal vorkommen, selbst bei routinierten Fahrern. Insgeheim triumphierte ich. Alles lief wie geplant. Niemand – weder mein Vater, der kopfschüttelnd den Schaden inspiziert und mich gefragt hatte, ob ich sicher sei, keine Brille zu benötigen, noch der Meister höchstselbst hegten auch nur den Hauch eines Verdachtes, dass sich unter den übel aussehenden Schrammen noch andere Spuren verbargen. Sollte die Polizei ruhig in sämtlichen Werkstätten in fünfzig Kilometern Umkreis herumfragen, ich hatte nichts zu befürchten. Zumal mir Winter versichert hatte, dass man die Reparatur noch am selben Tag in Angriff nehmen würde.

Ich fuhr bei Roman vorbei. Sein Auto parkte vor der Haustür. In der Küche hockten Brettschneider, Bruno Schuster und Mechthild Pfannenschmidt. Mechthild, frisch aus dem Urlaub, trug dem traurigen Anlass angemessen ein schlichtes dunkelblaues Trachtenkleid und war braun gebrannt. Roman war von Kopf bis Fuß in Schwarz gekleidet und sah traurig, aber gefasst aus.

»Bitte, nimm doch Platz«, sagte er förmlich zu mir. »Norbert, Mechthild und Bruno sind gekommen, um mir ihr Beileid auszusprechen.«

Ich saß neben Schuster, der statt seines üblichen Outfits aus Karohemd, Cordhosen und Strickjoppe dunkelgraue Flanellhosen und einen dunkelblauen Clubblazer mit riesigen Goldknöpfen trug und darin steif und verkleidet aussah. Mechthild kochte Kaffee. Roman redete. In schlichten, bewegenden Worten erzählte er lange vom Glück, das er und Anna miteinander geteilt hatten. Und von einer »Beziehungskrise«, die sie gemeinsam bewältigt hätten. »Und jetzt habe ich sie für immer verloren. Der Tod hat sie viel zu früh von meiner Seite gerissen.«

Brettschneider klopfte ihm auf den Rücken und brummelte etwas Tröstendes. Bruno Schuster sah aus, als wolle er gleich in Tränen ausbrechen. Mechthild klapperte mit den Kaffeebechern und schniefte. Ich hatte unwillkürlich den

Kopf gesenkt und die Hände im Schoß gefaltet, denn ich kam mir vor wie in der Kirche bei einem Trauergottesdienst, nur dass nicht der Pfarrer die Ansprache hielt, sondern der Mann, den Anna verlassen hatte, um mit einem anderen glücklich zu werden.

»Hoffentlich kriegen sie den Kerl, der sie auf dem Gewissen hat«, zischte Mechthild mir zu, als ich ihr half, die Kaffeebecher zum Tisch zu tragen. »Roman tut mir so Leid.«

Brettschneider, Schuster und Mechthild verabschiedeten sich, sobald sie ihren Kaffee ausgetrunken hatten. Vielleicht gehörte das zum Ritual eines solchen Besuchs. Man blieb soundso lange, keine Minute länger, um den trauernden Hinterbliebenen nicht zu überfordern. Dies war mein erster Beileidsbesuch, den ich überdies gar nicht als solchen geplant hatte. Schließlich hatte ich Roman gestern schon mein Mitgefühl ausgesprochen. Eisern blieb ich auf meinem Stuhl kleben.

Aus dem Flur dröhnte Brettschneider: »Melde dich, wenn ich irgendwas für dich tun kann.« Schusters leise Stimme war kaum zu verstehen: »Viel Kraft, Roman, ich wünsch dir viel Kraft …« Und Mechthild: »Ach, ich kann gar nicht sagen, wie Leid es mir tut! Ich bin immer für dich da, wenn du mich brauchst. Tag und Nacht.«

»Danke!«, sagte Roman hörbar bewegt. »Es tut gut, zu wissen, dass man auch in schweren Zeiten Freunde hat.«

Als er wieder in die Küche kam, schien er ein wenig überrascht, mich dort noch vorzufinden.

Ich stand auf und gab ihm einen Kuss auf die Wange, ganz schwesterlich. »Den habe ich eben bei der Begrüßung vermisst …«

Er lächelte und küsste mich zurück. Und obwohl ich wusste, dass jetzt wahrscheinlich nicht der richtige Zeitpunkt war, Leidenschaft, und sei es auch nur die Erinnerung daran, ins Spiel zu bringen, konnte ich mich nicht beherrschen. »Es war schön mit uns gestern Nacht.«

Er wurde rot und setzte sich neben mich. »Das hätte nicht passieren dürfen. Meine Frau ist gestern tödlich verunglückt, und was mach ich? Ich geh mit einer anderen ins Bett.«

Ich starrte ihn nur an.

Er wich meinem Blick aus und sagte trotzig. »Ja, ich weiß. Gleich wirst du mir die Sache mit Ehrlich unter die Nase reiben. Und trotzdem. Was würden die Leute sagen? ›Seine Frau ist noch nicht richtig kalt, und er schläft mit einer Kollegin. Hat sich aber schnell getröstet, der Herr Studienrat.‹«

»Meinst du, ganz Westernfelde hat das Fernglas auf unsere Schlafzimmerfenster gerichtet?«

»Darum geht's doch gar nicht. Es geht um Anstand. Pietät.«

Plötzlich war ich sehr müde. Psychoterror hatte Anna es genannt, und zum ersten Mal begann ich zu verstehen, was sie gemeint hatte. Roman fuhr Achterbahn mit meinen Gefühlen, war schlüpfrig wie ein Aal. Kaum glaubte ich, mein Glück in Händen zu halten, entwischte es mir wieder. Ich fühlte mich klein, hässlich und gedemütigt. Liebst du mich nun oder liebst du mich nicht, hätte ich gern gefragt, aber ich traute mich nicht. Was, wenn er Nein sagte? Ich wollte ihn immer noch. Ich wollte ihn wollen. Wenn sich in diesem Moment eine Flasche mit Medizin auf dem Tisch materialisiert hätte, auf der stand: »Zwei Esslöffel, und der Mann, den du liebst, ist dir gleichgültig«, ich hätte sie nicht eingenommen. Aber in die Tasche gesteckt und mit nach Hause genommen, für alle Fälle. So weit war ich mittlerweile.

Roman strich mir sanft das Haar aus der Stirn. »Wir können nicht einfach allgemein gültige gesellschaftliche Regeln außer Acht lassen. Nicht in unserem Beruf. Wir müssen uns an eine angemessene Trauerzeit halten.«

Was war eine angemessene Trauerzeit? Ein paar Wochen, Monate, ein Jahr?

»Warum? Mir ist es völlig egal, was andere sagen. Und es ist auch nicht so, als wüsste ich nicht, was sich gehört. Ich bin dir eben nicht vor allen Leuten in wilder Leidenschaft um den Hals gefallen, oder?«

»Es geht nicht nur darum, was die Leute sagen. Es geht auch um *meine* Gefühle. Um meinen Respekt vor meiner verstorbenen Frau.«

Seine Logik entzog sich mir, vor allem, wenn man das Nicht-mehr-vorhanden-sein einer Beziehung zu seiner verstorbenen Frau in Betracht zog, aber was wollte ich machen? Sämtliche Argumente, die ich anführen konnte, würden mich vor Roman in schlechtem Licht zeigen. Wenn ich ihn wollte, musste ich ihn so nehmen, wie er war. Hatte ich nicht hochmütig auf Anna herabgesehen, die dazu nicht in der Lage gewesen war?

Roman nahm meine Hand. »Du bedeutest mir sehr viel, Miriam«, sagte er. »Ich möchte dich nicht verlieren.«

Es klang wie eine Warnung.

»Ich liebe dich«, sagte ich. »Ich möchte, dass du das weißt.«

Roman drückte einen Kuss auf meine Hand, ließ sie los und sagte: »Danke. Danke für dein wunderbares Geschenk.« Er lächelte. »Erinnerst du dich an »Love Story«? An den berühmten Satz: ›Liebe heißt, niemals um Verzeihung bitten zu müssen?‹«

Ich hatte den Film dreimal im Fernsehen gesehen und jedes Mal eine Packung Tempos verweint. Als Roman den Satz aussprach, der Filmgeschichte geschrieben hatte, sah ich Ali McGraw vor mir, so jung und vom Tod gezeichnet, und Ryan O'Neal, so verzweifelt, und meine Augen wurden feucht, ich konnte nichts dagegen tun.

»Ja, ein trauriger Film«, sagte Roman. »Aber auch ein sehr schöner.«

Noch schöner wäre er gewesen, wenn es ein Happy End gegeben hätte, dachte ich und kramte in meiner Handtasche nach einem Tempo. Zu blöd. Meine Nase brauchte nur *Love Story* zu hören, schon lief sie. Die Packung befand sich ganz unten. Ich legte mein Portemonnaie auf den Tisch, und Romans Schlüssel, die ich an einem Ersatzbund befestigt hatte, damit ich sie nicht verwechseln konnte. Endlich hatte ich das Taschentuch auseinander gefaltet und hineingeschnaubt.

»Sind das meine Schlüssel?«, erkundigte sich Roman interessiert. Als ich nickte, friemelte er sie sich geschickt vom Ring ab und steckte sie in die Hosentasche. »Prima. Es sind nämlich meine einzigen Ersatzschlüssel.«

»Ich wollte sie dir sowieso schon längst zurückgegeben haben«, sagte ich. Was zwar nicht stimmte, sich aber gut anhörte. »Wann findet die Beerdigung statt?«

»Nächsten Dienstag.«

»So spät?«

»Wegen der Obduktion«, erklärte er und warf einen Blick auf seine Armbanduhr. »Du, gleich kommt jemand von der Versicherung.« Er seufzte. »Was es alles zu regeln gibt, wenn jemand stirbt. Grauenhaft, dieser Papierkrieg.«

Roman brachte mich zur Tür und küsste mich auf beide Wangen. »Ich werde in den nächsten Tagen ziemlich viel um die Ohren haben, aber ich ruf dich an, ja? Wir sehen uns spätestens Montag in der Schule.«

Er rief wirklich an, schon am nächsten Tag. Er erzählte mir, welchen Sarg er für Anna ausgesucht hatte, und welche Blumen. Der Schulchor würde in der Kirche singen und an ihrem Grab, er hatte mit der Chorleiterin telefoniert. Die Lieder, die er ausgesucht hatte, gehörten zum Chorrepertoire, was Roman als Schicksalsfügung interpretierte. »In der Kirche »Greensleeves«; am Grab »Dust in the Wind« sagte er begeistert. »Ihre Lieblingslieder. Wie fandest du die Anzeige in der Zeitung?«

Die Anzeige hatte eine Viertelseite eingenommen. »Die Liebe ist stärker als der Tod«, prangte rechts oben. Was war sonst noch bemerkenswert gewesen? Eine große, abgeknickte Rose und der Satz: »Durch einen tragischen Verkehrsunfall wurde, viel zu früh, meine innigst geliebte Frau von meiner Seite, doch nicht aus meinem Herzen gerissen.« Ich war erstaunt gewesen, dass er nicht von der Gelegenheit Gebrauch gemacht hatte, ein eigenes Gedicht zu veröffentlichen.

»Schön«, sagte ich.

»Ja. Schlicht und doch ergreifend, nicht wahr?«, kam es erfreut zurück. Dann fragte er, ob ich mit ihm nach Bad Hertzsprung zum Steinmetz fahren würde. Es sei der Beste im ganzen Umkreis, Bruno Schuster habe ihn empfohlen.

»Hast du ihn danach gefragt?«, erkundigte ich mich.

»Ja, klar. Er hat doch Erfahrung mit Grabsteinen, das muss man nutzen«, gab Roman ein wenig ungeduldig zurück.

»Was werden die Leute sagen, wenn du mit mir in der Gegend herumfährst?«

»Ach, Miriam. Sei nicht so spitzfindig, das passt doch überhaupt nicht zu dir. Außerdem kommt Bruno auch mit.«

»Als Anstandswauwau?«

»Puuh, bist du gereizt heute. PMS?«

»PMS?!«

»Die Tage vor den Tagen«, gab er zurück. Er hörte sich gut gelaunt an, fast aufgekratzt.

»Unsinn!«, raunzte ich zurück. Tatsache war, dass meine Periode am selben Morgen eingesetzt hatte, drei Tage zu früh. Ich hatte mich, obwohl es schon fast Mittag war, immer noch nicht davon erholt.

In der Nacht hatte ich von einem Baby geträumt, einem Baby mit schwarzen Haaren und dunklen Augen. Roman und ich hatten es im Park spazieren gefahren, und die Leute schauten in den Kinderwagen und riefen: »Nein, wie süß! Ganz der Papa!« Es war ein schöner Traum gewesen, auf einem Betttuch, das ich beim Aufstehen blutbefleckt vorfand.

»Also, kommst du jetzt mit oder nicht? Ich hätte dich wirklich gern dabei, du weißt doch bestimmt, was Anna gefallen würde.«

»Na gut«, sagte ich mürrisch.

»Fein!«, sagte er fröhlich. »Wir holen dich um halb zwei ab.«

Wir fuhren in Schusters Wagen, einem alten Mercedes Diesel, der liebevoll gepflegt war. Die beigefarbene Karosserie blitzte und blinkte, von den Fußmatten hätte man essen können. Auf der Ablage hinten thronte eine Klopapierrolle im Häkelkleid auf einem passenden Häkeldeckchen. Am Innenspiegel baumelte eine Kreation, die aus einem Paar winzigkleiner Wanderstiefel, einem Jägerhütchen und einem Spazierstock bestand.

Roman saß vorne, ich hinten. Ich lehnte mich in den cremefarbenen Lederpolstern zurück und dachte, dass dieses Auto zu einem Rentnerehepaar gepasst hätte: er mit Prinz-Heinrich-Mütze und beigefarbenen Popelineblouson, sie mit Pudeldauerwelle und Blümchenkleid von »Quelle«. Aber zu einem Mann von Ende vierzig? Und was war das da vorne am Armaturenbrett? Ich beugte mich unauffällig vor, um besser sehen zu können. Ein Autoväschen mit einer roten Plastikrose.

Schuster, der mich im Rückspiegel beobachtet haben musste, sagte: »Die Vase und das Blümchen hab ich mal für Bettina auf der Kirmes geschossen. Da war sie schon krank.«

Ich schämte mich. Dieses Auto war voller Erinnerungen an seine verstorbene Frau, sicher hatte sie das Deckchen gehäkelt und die Klopapierhülle, und das baumelnde Etwas am Spiegel war ein Andenken aus einem schönen Urlaub. Wer war ich, dass ich mich über seinen Geschmack lustig machen durfte?

Roman wanderte mit dem Meistersteinmetzen auf dem Gelände mit Muster-Grabstätten herum und ließ sich jeden Stein und jede nur mögliche Art, ihn zu bearbeiten, bis ins Detail erklären. Anfangs wanderte ich noch mit, genau wie Schuster, dann verlor ich die Lust. Außerdem taten mir die Füße in den erst zweimal getragenen, halb hohen Pumps weh. Ich setzte mich auf eine Steinbank in die warme Sonne, zog die Jacke meines dunkelblauen Baumwolltwinsets aus und betrachtete das Trio, das in den Anblick weißen Marmors vertieft war.

Schuster trug in der Tat einen Popelineblouson, fiel mir jetzt auf, allerdings in Tannengrün, nicht Beige, dazu beigefarbene Cordhosen und Mephisto-Wanderschuhe. Er reichte Roman kaum über die Schulter.

Jetzt drehte sich Schuster suchend um und entdeckte mich auf der Bank. Ich winkte. Schuster lächelte, kam zu mir und setzte sich neben mich. Er schälte sich aus seinem Blouson, unter dem ein kurzärmliges beige-grün kariertes Hemd zum Vorschein kam. Roman schien gar nicht zu bemerken, dass er nun allein mit dem Meister war. Zart strich er über einen großen, schön gearbeiteten Marmorengel.

»Der Engel gefällt ihm«, bemerkte Schuster überflüssigerweise.

Ich nickte.

»Geht's Ihnen nicht gut?«, fragte er schüchtern. »Sie sehen so blass und schmal aus.«

»Ich war krank. Grippe.«

»Ach so.« Eine Zeit lang schwiegen wir vor uns hin. Es war ein angenehmes Schweigen. Ich beobachtete ein Rotkehlchen, das unter einem blühenden Kirschbaum nach Würmern pickte.

»Für Bettina habe ich ein schlichtes Steinkreuz aus grauem Granit ausgesucht. Sie war sehr gläubig, wissen Sie. Ich vermisse sie immer noch, jeden Tag.«

Ich hoffte, er würde nicht weitersprechen. In den letzten Tagen hatte ich so viel von toten Ehefrauen gehört, dass es für ein ganzes Leben reichte.

»Miriam!«, rief Roman herüber, »wie findest du den Marmorengel?«

»Ähm ... schön.«

»Komm, sieh ihn dir genauer an.«

Also spazierten Schuster und ich hinüber und begutachteten das Kunstwerk von allen Seiten. Roman, der vor Begeisterung geradezu glühte, verschwand mit dem Meister in dessen Büro, um den Auftrag detailgetreu festzulegen. Schuster und ich setzten uns wieder auf die Bank in die Sonne. Ich schloss die Augen und lauschte auf das Zwitschern der Vögel.

Ich schreckte hoch, als eine Hand an meiner Schulter rüttelte. »Miriam! Aufwachen«, rief Roman amüsiert. »Wie kann man nur auf einer Bank einschlafen. Kommt, wir fahren in die Stadt und trinken was im Kurcafé. Ich lade euch ein.«

Einen Moment war ich so desorientiert, dass ich nicht wusste, wo ich mich befand. Ich blinzelte. Schusters rundes bebrilltes Gesicht schwamm in meinen Gesichtskreis. »Du hättest sie nicht so brutal aufscheuchen dürfen, Roman. Sie ist erschöpft.«

»Sie braucht einen Kaffee, sag ich doch«, gab Roman fröhlich zurück und strebte schon dem Mercedes zu, der in der Einfahrt parkte.

Schuster und ich folgten ihm. »Er ist so anders als sonst. So kenne ich ihn gar nicht«, sagte ich.

Und stolperte. Schuster fasste mich fürsorglich am Ellbogen. »Jeder trauert auf seine Weise«, murmelte er.

Tatsache war, dass ich Roman noch nie so dynamisch und gut gelaunt erlebt hatte wie als trauernden Witwer.

Die Terrasse des Kurcafés von Bad Hertzsprung war gut besucht. Roman schaffte es, an der begehrten Balustrade, von der man einen schönen Blick über den Park und den Springbrunnen im Zentrum geometrisch angelegter Blumenbeete hatte, einen Tisch zu ergattern, indem er zwei alten Damen, die ebenfalls darauf zusteuerten, den Weg abschnitt.

Es waren noch zwei Stühle am Tisch frei, und der etwas weniger gebrechlich aussehenden alten Dame war anzusehen, dass sie drauf und dran war zu fragen, ob sie sich zu uns setzen dürfe. Aber ihre Begleiterin, die sich schwer auf einen Stock stützte, zupfte sie am Ärmel. »Schau, Ria«, sagte sie, »da drüben sitzt Lily und winkt uns.« Tatsächlich, eine Hand, die zu einer kugelrunden Dame mit bläulicher Lockenpracht gehörte, wedelte nur ein paar Schritte entfernt durch die Luft.

»Was für ein Glück, dass sie sich nicht zu uns gesetzt haben«, sagte Roman erleichtert. »Alte Leute deprimieren mich.«

»Du wirst auch mal alt!«, fuhr ich auf. »Und ich wünsche dir, dass dann auch mal ein junger Schnösel kommt und dir deinen Tisch wegschnappt!«

Roman warf mir einen schrägen Blick zu, während er die Hand nach oben streckte, um der viel beschäftigten Kellnerin seine Anwesenheit zu signalisieren. »So alt, dass ich völlig verkalkt an einem Stock herumschlurfe, will ich gar nicht werden. Lieber trete ich zehn Jahre früher ab, in Würde, im Vollbesitz meiner Kräfte.«

»Leicht gesagt, wenn man achtunddreißig und kerngesund ist«, sagte ich kühl.

Die Kellnerin ignorierte mehrere Tische, die eine Bestellung aufgeben wollten, und pflanzte sich vor Roman auf.

»Eiskaffee?«, fragte Roman Schuster und mich. Wir nickten. »Drei Eiskaffee, bitte«, sagte Roman und lächelte die Kellnerin an. Sie errötete und lächelte zurück, kritzelte die Bestellung auf ihr Blöckchen und verschwand mit wiegenden Hüften. Was für eine Wirkung er doch auf Frauen hatte. Schuster und ich hätten hier unbeachtet auf dem Trockenen sitzen können, bis die Sonne hinter dem Horizont versunken war.

Eine füllige Gestalt mit zu einem Pferdeschwanz gebundenen, weizenblonden Haaren, in weißer Dirndlbluse und einem roten Trachtenrock, hatte die Terrasse betreten und sah sich suchend um. Neben ihr stand eine jüngere Frau, einen halben Kopf größer und wesentlich schlanker, aber genauso weizenblond.

»Schaut mal, da ist ja Mechthild!«, rief ich. »Mechthild, huhu!« Ich winkte.

Mechthild hatte uns erspäht und kam mit der Blonden im Schlepptau auf unseren Tisch zu.

»Ah, das ist schön, bei euch ist noch was frei!«, sagte Mechthild und strahlte uns an. Schuster und Roman standen zur Begrüßung auf. Mechthild stellte die junge Frau an ihrer Seite als ihre Schwester Tanja vor. Tanja ließ sich anmutig auf einen freien Stuhl sinken. Sie war von jener Niedlichkeit, für die ich mit sechzehn, siebzehn meine Seele verkauft hätte: große, blaue Augen in einem ovalen, leicht gebräunten Gesicht; Stupsnäschen, ein herzförmiger Mund. Sie war höchstens fünfundzwanzig. Die hellen glatten Haare fielen ihr über die Schultern, und sie trug ein kurzärmeliges rotes Kleid mit einem über die Schulter geworfenen weißen Baumwolljäckchen, dessen Ärmel lässig über dem Ausschnitt verknotet waren.

»Ich wusste ja gar nicht, dass du eine Schwester hast, Mechthild«, sagte Roman. Etwas in seiner Stimme ließ mich aufhorchen.

Plötzlich hatte ich die Sonntagsspaziergänge mit meinen

Eltern hier im Kurpark vor Augen, als ich klein gewesen war. Ich hatte die Pfauen geliebt, die frei auf dem Gelände herumstolzierten, und war immer entzückt gewesen, wenn die Hähne ihre lange Schleppe unvermittelt, mit einem rasselnden Geräusch, zu einem grünschillernden Rad entfaltet hatten.

Einer dieser Pfauen musste in eben dieser Minute über mein Grab gelaufen sein. Ich fröstelte in der Sonne.

9

Die gertenschlanke Tanja bestellte einen Cappuccino mit geschäumter Milch – gerne Magermilch, wenn möglich, was die Kellnerin verneinen musste. Mechthild, die absolut kein Problem mit ihrer Kleidergröße 44 hatte, orderte einen Früchtebecher mit Sahne. »Den brauch ich jetzt. Tanja und ich haben eben sämtliche Schuhläden in Bad Hertzsprung abgeklappert.«

Sie holte eine zierliche blaue Sandalette aus einer Plastiktüte und zeigte sie herum. Die Riemen waren mit kleinen silbernen Edelweißblüten verziert. Mechthild war sehr stolz auf ihre schmalen, kleinen Füße und hatte eine Schwäche für Schuhe. Wie immer strahlte sie Zufriedenheit mit sich und der Welt aus und einen unerschütterlichen Optimismus, den auch eine gescheiterte Ehe mit einem Alkoholiker nicht hatte dämpfen können. Aus dieser Beziehung stammte eine Tochter, die noch in den Kindergarten ging. Mechthild hatte mir einmal ein Foto gezeigt: die kleine Ines war eine Miniaturausgabe ihrer Mutter und lachte fröhlich in die Kamera.

Als der Cappuccino kam, ignorierte Tanja den Zuckerstreuer, den Mechthild ihr zuschob, und bediente sich aus einem mitgeführten Döschen Süßstoff aus ihrer Handtasche. Ich fand's albern, aber vielleicht war ich nicht ganz unvoreingenommen. Neben ihr fühlte ich mich trotz meiner Aktion »Machen Sie das Beste aus ihrem Typ« alt und hausbacken.

Auf Schuster, der neben ihr saß, schien Tanjas Glanz eine einschüchternde Wirkung auszuüben. Hatte er sich eben noch angeregt mit Roman und mir unterhalten, so war er jetzt verstummt. Und Roman? Er gab Tanja Feuer, als sie nach ihren Streichhölzern griff, um sich eine Zigarette anzuzünden, und lächelte sie an. Sie lächelte zurück. Was nicht weiter schlimm gewesen wäre, wenn er sie nicht die ganze Zeit angestarrt hätte.

Zugegeben, er konnte nichts dafür, dass sie ihm gegenüber und damit zwangsweise in seiner Blickrichtung saß. Es wäre zu viel verlangt gewesen, zu erwarten, dass er statt ihrer Schuster fixierte, der einen so viel weniger erfreulichen Anblick bot. Aber er hätte doch wenigstens gelegentlich den Blick zu mir schweifen lassen können, oder zu Mechthild, die gerade stolz erzählte, Tanja habe kürzlich einen entzückenden kleinen Blumenladen in der Westernfelder Altstadt eröffnet, in der Glockengasse. Ob er uns schon aufgefallen sei?

Schuster fand seine vorübergehend abhanden gekommene Zunge wieder. »Nein«, sagte er scheu. »Leider nicht. Die Glockengasse liegt ja ein bisschen versteckt. Aber ich werde bestimmt vorbeischauen. Ich liebe Blumen!«, fügte er in einem Anfall von Tollkühnheit laut hinzu und wurde glühend rot.

Tanja schenkte ihm ein Lächeln, worauf er sich noch eine Nuance dunkler verfärbte.

»Die schönsten Sträuße bindet Kuhlmann«, hörte ich mich zu meinem Entsetzen sagen.

»Du warst eben noch nicht bei Tanja«, sagte Mechthild mild, schenkte mir aber einen befremdeten Blick. Was ich ihr nicht verübeln konnte. Meine Bemerkung war nicht eben freundlich gewesen. So etwas war man von mir nicht gewohnt.

Tanja blieb unbeeindruckt. »Was glauben Sie, wie viele Leute sich schon bei mir beklagt haben, dass diese schönen Sträuße gerade mal zwei Tage halten.«

Ich hatte andere Erfahrungen gemacht, hielt aber den Mund. Gegen Fachfrau Tanja konnte ich nur den Kürzeren ziehen.

Roman hüllte sich in diplomatisches Schweigen. Trotzdem hatte ich das unbestimmte Gefühl, dass eine geheime Verständigung zwischen ihm und Tanja stattfand, als sie nun erzählte, dass sie nicht nur ganz frische Schnittblumen und eine kleine Auswahl an Topfpflanzen, sondern auch Türkränze mit handbestickten Schleifen und hübsche Kleinigkeiten für draußen und drinnen im Angebot habe. Dabei kramte sie in ihrer weißen Handtasche und förderte ein paar Streichholzbriefchen zu Tage, die sie auf den Tisch legte. Auf weißem Untergrund war eine stilisierte rote Klatschmohnblüte abgebildet, über der der Schriftzug: *Tanja's Blumenlädchen* prangte.

Grammatikalisch nicht korrekt, das Apostroph vor dem »s«, dachte ich kleinlich. Damit – und mit dem einfallslosen Firmennamen – befand sie sich allerdings in bester Gesellschaft: Es gab schon Sascha's Friseurlädchen in der Stadt, Kathrin's Obst-und-Gemüselädchen und Elfi's Geschenkelädchen.

Roman steckte ein Briefchen ein. »Danke«, sagte er in einem Ton, als habe Tanja ihm Rubine in die Hand gedrückt.

Als Schuster sich eins nahm, griff ich auch zu, um den Fauxpas von eben auszubügeln. Es war wirklich höchste Zeit, mich am Riemen zu reißen. Eifersucht, vor allem unbegründete, war ein ekelhafter, blinder Wurm, der alles zerfraß, wenn man ihn ließ. In meinem Leben war dafür kein Platz. Roman hatte nun mal eine starke Wirkung auf Frauen. Das hatte ich vorher gewusst; im Übrigen hatte es gar nichts zu sagen. Niemals hatte die brodelnde Gerüchteküche an der Schule ihn mit irgendeiner anderen Frau als seiner eigenen in Verbindung gebracht. Mochte er also Tanja anschauen und sie ihn, was war schon dabei.

So redete ich mir gut zu.

Als Tanja und Mechthild schließlich aufbrachen, um Mechthilds Tochter bei der Oma (die übrigens für die Herstellung der handbestickten Schleifen in Tanjas Laden verantwortlich zeichnete) abzuholen, schmerzten meine Gesichtsmuskeln, so ausdauernd hatte ich in Tanjas Richtung gelächelt. Mittlerweile fand ich sie beinahe sympathisch.

Bei Annas Beerdigung sah ich Tanja wieder. Roman hatte sämtliche Blumenarrangements bei ihr in Auftrag gegeben. Dies erfuhr ich von Mechthild, die in der Kirche neben mir saß. »Schön, nicht? Unsere Tanja ist wirklich begabt.«

Mechthilds Gesicht und Stimme zeigten geradezu mütterlichen Stolz. Tanja, die auf Mechthilds anderer Seite saß, lächelte bescheiden. Das marineblaue Kostüm mit dem kurzen Röckchen stand ihr wunderbar.

Es war eine Beerdigung wie aus dem Bilderbuch, wenn ich auch bezweifle, dass sich je ein Bilderbuch mit diesem Thema beschäftigt hat. Die Kirche quoll über von Trauergästen und Blumen; der Schulchor sang herzergreifend. Der Pfarrer fand genau die richtigen Worte, und der Witwer in seinem schwarzen Anzug sah schön und traurig und gefasst aus. Seine Eltern, Annas Schwiegereltern, waren nicht aus Oldenburg angereist. Mir fiel ein, wie wegwerfend sich Anna über »Familienklüngel« geäußert hatte.

Sogar das Wetter ist wie aus dem Bilderbuch, dachte ich, als ich schließlich am Grab zwischen Mechthild und Brettschneider Aufstellung nahm. Die Frühlingssonne ließ Tanjas blonde Haare leuchten. Eben hatte sie noch in einer Reihe mit Mechthild, Brettschneider, Schuster und mir gesessen. Jetzt stand sie auf einmal vorn, ganz in Romans Nähe. War das Zufall, oder hatte sie sich absichtlich dorthin geschlängelt?

Die Vögel sangen. Fetzen eines Liedes kamen mir in den Sinn: »*... It's hard to die when all the birds are singing in the sky ...*«

Hatten die Vögel auch gesungen, als Anna mit dem Kopf auf den Asphalt geknallt war? Ich hätte gerne geweint, aber meine Augen blieben hartnäckig trocken.

Als der Chor »Dust in the Wind« anstimmte, löste sich ein Mann aus der Menschenmenge und ging mit schnellen Schritten und gesenktem Kopf davon. Ich erkannte Fabian Ehrlich. In der Kirche hatte ich ihn still vor sich hinweinen sehen. Seine sich rasch entfernende große, kräftige Gestalt in Schwarz war das Letzte, was ich klar und deutlich sah. Alles verschwamm plötzlich vor meinen Augen, kleine Lichtblitze zuckten über meine Netzhaut. Dann sah ich einen großen, weißen Marmorengel, der wie flehend die Hand nach mir ausstreckte ... und dann gar nichts mehr.

Mechthild erzählte mir später, ich sei ohne Vorwarnung zusammengeklappt. Bruno Schuster, der hinter mir gestanden hatte, habe mich gerade noch auffangen können.

Als ich zu mir kam, lag ich auf einer Bank in einiger Entfernung von Annas Grab. Mein Kopf ruhte auf Schusters

Schoß, und sein bebrilltes Gesicht beugte sich besorgt über mich. Meine Füße wurden von Brettschneider in die Höhe gehalten. Etwas Kühles, Nasses legte sich auf meine Stirn, und es roch durchdringend nach Kölnisch Wasser.

»Was machst du für Sachen«, sagte Mechthild und tupfte mit dem Erfrischungstüchlein an meinen Schläfen herum. »Warst ein paar Minuten völlig weggetreten. Geht's wieder?«

Ich nickte. Ich fühlte mich ein bisschen schwach, aber sonst ganz in Ordnung. »Ich glaube, Sie können meine Beine jetzt runterlassen«, sagte ich zu Brettschneider.

Er tat es. »Ich hab doch gesagt, Sie sollen mehr essen«, bemerkte er mit leisem Vorwurf.

Ich lächelte ihn an. »Tu ich ja. Wirklich.«

Mechthild musterte mich kritisch. »Iss noch mehr, du siehst aus wie die weibliche Ausgabe vom Suppenkasper. Und besorg dir ein paar Kreislauftropfen.«

Wie die Hühner auf der Stange saßen wir auf der Bank, Mechthild, Schuster, Brettschneider und ich. Die Beerdigung war ohne uns zu Ende gegangen, die Teilnehmer begannen sich zu zerstreuen. Die meisten würden wohl zum Lokal an der Ecke gehen, wo der Nachkaffee stattfinden sollte. Niemandem schien aufgefallen zu sein, dass ich ohnmächtig geworden war und dass Schuster, Mechthild und Brettschneider mich aus dem Geschehen entfernt hatten.

»Sollen wir dich zum Arzt bringen?«, fragte Mechthild. »Nur für alle Fälle?«

»Nein. Mir geht's wieder gut, ehrlich. Es war bloß der Kreislauf.«

Mechthild war nicht für's Verzärteln. »Soll vorkommen. Aber lass es nicht zur Gewohnheit werden.«

Brettschneider ließ getreu seiner Bernhardinernatur nicht so schnell locker. »Ein bisschen blass sehen Sie schon noch aus. Am besten, Sie legen sich zu Hause hin. Sind Sie mit dem Auto da? Sie sollten jetzt nicht fahren.«

Der rote Leih-Corsa stand in der Garage. Um kein unnötiges Aufsehen zu erregen, benutzte ich ihn nur, um zu meinen Eltern zu fahren. Alle anderen Wege erledigte ich entweder zu Fuß oder mit dem Fahrrad. In einer Kleinstadt wie Westernfelde war das kein Problem.

»Nein, ich bin zu Fuß.«

»Ich bringe sie nach Hause«, sagte Brettschneider zu Mechthild.

»Was sie jetzt braucht, ist ein Stück Kuchen und ein paar Tassen Kaffee«, widersprach die. »Wir nehmen sie mit zum Leichenschmaus.«

Keinem von beiden kam in den Sinn, sich zu erkundigen, was *ich* tun wollte.

Wenigstens Schuster sagte nichts, wofür ich ihm dankbar war. Plötzlich war mir alle Fürsorglichkeit zu viel. Ich war einfach nicht daran gewöhnt. Normalerweise war ich diejenige, die sich kümmerte: Um meine Eltern, um Schüler, die es nötig hatten, um Roman. Das Gefühl, gebraucht zu werden, war mir angenehmer, als selbst bedürftig zu erscheinen. Ich wollte noch ein bisschen in der Sonne sitzen – allein! Und dann nach Hause gehen und starken, süßen Tee trinken.

»Geht ihr doch schon mal vor ins Café«, sagte ich, um sie loszuwerden. »Ich komme gleich nach.«

Nach einigem Hin und Her trotteten sie schließlich davon, nicht ohne sich mehrmals besorgt umzusehen, ob ich nicht vielleicht von der Bank gekippt war. Ich winkte jedes Mal und lächelte, und endlich waren sie verschwunden. Ich saß noch ein bisschen mit geschlossenen Augen da, dann machte ich mich auf den Heimweg. Ich nahm den Südausgang, damit ich nicht an Annas Grab vorbeimusste.

Als ich meinen Tee getrunken und ein paar Plätzchen gegessen hatte, rief Roman vom Café aus an, um sich zu erkundigen, wie es mir ging. Man habe sich Sorgen gemacht, weil ich nach dem Ohnmachtsanfall doch nicht zum Nachkaffee gekommen sei. Seine Stimme klang müde und weit entfernt. Ich fragte mich, ob er Valium genommen hatte, um die Beerdigung durchzustehen.

»Ach«, sagte ich, »Ich hab mich nur ein bisschen schwach gefühlt und bin lieber nach Hause gegangen. Aber jetzt geht es mir wieder gut. Lieb von dir anzurufen.«

»Das ist doch selbstverständlich«, gab er ein bisschen steif zurück. »Du solltest morgen vorsichtshalber zu Hause bleiben und dich schonen.«

»Ach was. Unkraut vergeht nicht.«

»Wenn du sicher bist … also bis morgen dann, Miriam. In der Schule.«

Wie traurig er sich anhörte. Mein Herz zog sich vor Mitleid zusammen. Es ging ihm schlecht, und ich konnte nichts tun, um ihm zu helfen. Aus dem Bedürfnis heraus, ihm etwas Liebes zu sagen, stammelte ich: »Ich freue mich …«, ins Telefon, was nicht nur taktlos, sondern töricht war. Zum Glück hatte er schon aufgelegt.

In den nächsten Wochen sah ich Roman nur in der Schule. Wenn er um Anna trauerte, so ließ er sich das nicht anmerken; er wirkte sehr gefasst. Offensichtlich hatte er seinen Frieden mit Annas Tod geschlossen, und das war gut so.

Ich hatte das Gefühl, dass er mich mied. Wir wechselten nur ein paar Sätze in den Fünfminutenpausen; ein paar Mal gingen wir mit Kollegen in der Cafete einen Kakao trinken. Ganz wie früher, als Liebe noch kein Thema gewesen war. Ich lauerte auf ein persönliches Wort, eine Verabredung, aber Roman gab sich freundlich-zurückhaltend. Ich ging auf seinen Ton ein, war ganz die nette Kollegin, mehr nicht. Da er mich nicht anrief, rief ich ihn auch nicht an. Ich wollte ihm beweisen, dass ich seine Wünsche und Gefühle hinsichtlich unserer Beziehung respektierte. Er hatte sich Zeit ausbedungen, um Annas Tod zu verarbeiten, und ich gab sie ihm. Es hatte auch etwas mit Stolz zu tun, den ich plötzlich in mir entdeckt hatte. Ich hatte ihm alles geschenkt, was ich zu bieten hatte. Jetzt war er derjenige, der den ersten Schritt tun musste.

Die Ermittlungen der Polizei waren bisher im Sande verlaufen. »Diese Tölpel kriegen ihn nie«, sagte Roman einmal bitter in der Cafete, als Brettschneider ihn nach dem Stand der Untersuchungen befragte. »Man kann nur auf göttliche Gerechtigkeit hoffen und beten, dass das Schwein selbst über den Haufen gefahren wird. Oder mit hundertachtzig Sachen gegen einen Baum fährt.«

»Bist du denn so sicher, dass der Täter ein Mann war?«, warf Schuster ein, der, bevor er sich ins Gespräch einmischte, in der Zeitschrift »Mein schöner Garten« geblättert hatte. »Es war doch ein weißer Corsa Baujahr '98. Ein Corsa ist doch eher ein Frauenauto, oder?«

Ich hielt die Luft an.

Roman sagte: »Schon. Miriam hat ja auch so einen kleinen Flitzer. Aber jemanden anfahren und dann einfach abhauen – einer Frau traue ich so was einfach nicht zu. Ich sag euch, es war ein Mann. Er war betrunken und hatte Angst um seinen Führerschein.«

»Klingt einleuchtend. Aber was sich wirklich abgespielt hat, werden wir wohl nie erfahren«, meinte Brettschneider mit einem Seufzer.

Und damit war das Thema zu meiner großen Erleichterung erledigt.

Mittlerweile war es Mitte Mai. Nach einigen kalten, verregneten Tagen war es warm geworden. Ich war mit Inga in der Nachmittagsvorstellung im Kino gewesen, und anschließend hatten wir eine Kleinigkeit im »Panini« gegessen.

Inga hatte mir ihr Liebesleid geklagt. »Für ein Tralala war ich gut genug. Aber eine feste Beziehung? Dazu sieht sich der Herr nicht in der Lage. Frei und ungebunden will er sein. Sonst hätte er sich nicht von seiner Frau scheiden lassen müssen, meinte er.«

Ingas Hände zitterten, als sie sich eine Zigarette anzündete.

Siebenunddreißig war sie, eine attraktive, gepflegte Rothaarige mit blasser Haut und Sommersprossen. Sie war Arzthelferin und stand mit beiden Beinen im Leben. Immer hatte sie heiraten und Kinder haben wollen, aber irgendwie hatte es nie geklappt.

»Ich hab ihn geliebt, weißt du?«, sagte sie leise. »Und ich liebe ihn immer noch.«

»Ach, Inga.« sagte ich. »Er war einfach nicht der Richtige.«

Sie nickte. Dann sagte sie mit einem schiefen kleinen Lächeln: »Vielleicht sollte ich mir einen Mann suchen, den ich garantiert *nicht* liebe.«

»Hast du nicht immer gesagt, Liebe ist das Einzige im Leben, das wirklich zählt?«, fragte ich erstaunt.

»Das glaub ich immer noch«, gab sie trotzig zurück. »Aber es tut so weh. Jedes Mal investiere ich die ganz großen Gefühle. Wenn's dann vorbei ist, fühle ich mich, als ob man mir ein Stück vom Herzen rausoperiert hätte – ohne Betäubung, versteht sich. Es blutet und blutet.«

Ich nippte an meinem Wein und dachte an Herzen, die Blutspuren hinterließen. Es war ein Bild, das ich ganz deutlich vor Augen hatte, und es verschlug mir den Appetit. Ich schob meine halb aufgegessene Lasagne beiseite und bestellte noch ein Mineralwasser.

Inga löffelte ein Weilchen schweigend ihre Minestrone. Dann sagte sie: »Weißt du ... irgendwann ist man an einem Punkt angelangt, da braucht man jemanden, der einfach nur *da* ist, wenn das Leben einem zu viel wird.«

Was Inga gesagt hatte, ging mir noch nach, als ich mir zu Hause eine Strickjacke übergezogen, ein Glas Wein eingeschenkt und mich auf den winzigen Balkon gesetzt hatte, der gerade Platz für ein Tischchen und zwei Stühle bot. Jemand, der *da* war, wenn einem das Leben zu viel wurde ... Ich hätte so gern mit Roman hier gesessen und hinauf zum samtblauen, sternenbetupften Frühlingshimmel geschaut. Liebe, das war ein so großes Wort. Ich sehnte mich einfach nach einem Arm um meine Schultern, einer Stimme, die fragte: »Wie war dein Tag? Du siehst ein bisschen mitgenommen aus. Hattest du Ärger in der Schule?« Ich sehnte mich nach jemandem, der zuhörte und dem ich zuhören konnte, mit dem ich kleine Rituale der Zuneigung teilen konnte – ein mitgebrachter Blumenstrauß, ein liebevoll gekochtes Essen, eine gemeinsame Tasse Kakao vor dem Schlafengehen. Diese Dinge waren greifbar. Man konnte sich an ihnen festhalten, wenn einem das Leben zu viel wurde, jeden Tag aufs Neue. Zum ersten Mal hatte ich das Gefühl, dass sich das Glück hinter solchen tröstlichen Kleinigkeiten verbarg, nicht hinter großen Gefühlen und Erwartungen.

So vertieft war ich in meine Gedanken, dass ich beinahe mein Glas hätte fallen lassen, als das Telefon klingelte.

Roman war dran, und einen verrückten Augenblick lang war ich davon überzeugt, dass er irgendwie gespürt haben musste, wie sehr ich ihn an diesem Abend brauchte.

Verlegen sagte er: »Du wunderst dich sicher, dass ich so lange nichts von mir habe hören lassen …«

»Ein bisschen … Weißt du, dass ich gerade an dich gedacht habe?«

»Tatsächlich?« Er lachte nervös. »Ich wollte fragen, ob ich vorbeikommen kann … es gibt etwas, worüber ich mit dir sprechen muss.«

Ich war so glücklich, dass ich im Bad laut vor mich hin sang, während ich mich mit »Eau d' Orange Verte« einsprühte, mir die Haare bürstete und mehr Rouge auflegte.

Wir saßen auf dem Balkon. Ich hatte ein Windlicht angezündet und die bunte Lichterkette über dem Tisch eingeschaltet, Wein eingeschenkt und Salzstangen und Mineralwasser hingestellt, und eine Decke geholt, falls es doch zu kühl sein sollte. Ich schwirrte herum wie eine Hummel, um es ihm gemütlich zu machen. Und um mich davon abzuhalten, ihm um den Hals zu fallen und zu seufzen: »Du hast mir so gefehlt!«

Zur Begrüßung hatte er mir die Hand geschüttelt und ein

Küsschen auf meine Wange gedrückt, mehr nicht. Er war nun mal nicht der Typ für überschwängliche Zärtlichkeiten.

»Miriam«, sagte Roman. »Jetzt setz dich doch. Du machst mich ganz nervös.«

»Gleich. Ich hole nur noch ein paar Erdnüsse.«

Er seufzte. »Lass doch die Erdnüsse.« Er klopfte auf den Stuhl neben sich. »Komm setz dich.«

Ich setzte mich.

»Was ich dir jetzt sagen muss, fällt mir nicht leicht«, begann Roman. »Und ich weiß auch nicht, wo ich anfangen soll. Es ist eine durch und durch verfahrene Angelegenheit.«

Mein Herz setzte einen Schlag aus, dann fing es an zu rasen. Am liebsten hätte ich gesagt: »Bitte, sag nichts. Lass uns einfach hier zusammen sitzen und ein Glas Wein trinken. Ich bin so glücklich, dass du da bist. Lass uns diesen Abend genießen, er ist so schön, so ungewöhnlich warm für Mitte Mai ...« Aber ich sah den entschlossenen Zug um seinen Mund und wusste, dass ich nicht davonkommen würde. Er hatte etwas auf dem Herzen. Es war nicht angenehm, und er würde es loswerden, komme, was da wolle.

Ich atmete tief durch und sagte ruhig: »Fang doch einfach am Anfang an. Bei verfahrenen Angelegenheiten ist das immer das Beste.«

»Ja ...« Er räusperte sich. »Am Anfang. Es ist nicht leicht festzustellen, wie es angefangen hat. Vielleicht bei Annas Beerdigung? Es war eine sehr schöne Beerdigung. Das hast du doch auch gefunden?«

Die Beerdigung? Sie lag schon so weit hinter mir, als habe sie nie stattgefunden. Mühsam klaubte ich ein paar Impressionen zusammen:

»Ich habe nicht viele Vergleichsmöglichkeiten. Aber, ja,

sie hat mir gefallen. Die vielen Blumen, so viele Menschen, die von Anna Abschied nehmen wollten. Ich wusste nicht, dass sie so vielen Leuten etwas bedeutet hat.«

Anscheinend hatte ich das Richtige gesagt, der Anflug eines Lächelns zeigte sich auf Romans Gesicht. »Es war beeindruckend. Jeder hatte etwas Gutes über sie zu sagen. Sie war eben eine in jeder Beziehung außergewöhnliche Frau.«

Bestimmt war er nicht nur gekommen, um eine Lobeshymne auf Anna zu singen. Irgendetwas lag in der Luft. Voller Unbehagen wickelte ich mich fester in meine Strickjacke und wartete.

Er trank einen Schluck Wein, dann fuhr er fort: »Ich weiß jetzt, dass alles gut werden wird. Für Anna und für mich. Der Tod ist das Tor zu einem neuen Leben.«

Ich räusperte mich. »Wie meinst du das, Roman?«

»Nun … Anna hat diese Welt hinter sich gelassen. In diesem Sinn ist der Tod ein Neuanfang, oder? Als Kind habe ich geglaubt, dass die Toten über die Lebenden wachen und ihnen Gutes wünschen. Das erzählte mir meine Mutter, als meine Großmutter starb. Es ist ein schönes Bild, finde ich …«

Ich bezweifelte, dass Anna auf einer Wolke saß und über Roman wachte. Sie hatte ihn im Leben nicht mehr sehen wollen, warum sollte sie sich in der Ewigkeit mit seinem Anblick belasten? Warum sollten sich die Toten überhaupt mit den Angelegenheiten der Lebenden abgeben wollen? *Dust in the wind, all we are is dust in the wind* … hatte der Schulchor gesungen. Anna existierte nicht mehr. Daran glaubte ich fest. Nicht an Schutzengel auf Wolkenbänken. Und gottlob auch nicht an Gespenster, die sich rächen wollten.

»Wenn es dich tröstet«, sagte ich vorsichtig.

»Ja, das tut es. Ich fühle, dass sie mir von Herzen ein neues Glück gönnt. Dass sie nicht will, dass ich bis in alle Ewigkeit um sie trauere und mein Leben in Einsamkeit verbringe.«

»Das hätte ich dir gleich sagen können. Warum sollte sie gewollt haben, dass du bis in alle Ewigkeiten um sie trauerst? Sie wollte sich von dir scheiden lassen.«

Er seufzte, als habe er es mit einer besonders begriffsstutzigen Schülerin zu tun. »Ich musste die Erfahrung selbst machen. Du konntest sie mir nicht abnehmen. Mit Logik hat das nichts zu tun. Gegen Gefühle kann man sich nicht wehren. Sie überfallen einen in den unmöglichsten Situationen. Man kann nicht einfach sagen: nein, Liebe, geh weg, jetzt passt es gerade nicht.«

»Mmmh …«, machte ich. »Aber ehrlich gesagt kann ich dir geistig nicht ganz folgen.«

Er nahm meine Hand. »Was ich sagen will … und glaub mir, es fällt mir sehr schwer, ich musste all meinen Mut zusammennehmen, um hierher zu kommen, aber es muss heraus, je eher, desto besser. Es ist nur fair dir gegenüber …«

Er ließ meine Hand los und rieb sich das Gesicht.

Seltsamerweise war ich ganz ruhig. Ein Schlag würde kommen, er war unvermeidlich, es hatte keinen Sinn, sich zu ducken und »nein, nein!« zu schreien. Ich wartete.

»Ich habe dich sehr gern«, hörte ich. »Du bist eine liebe Freundin für mich, so etwas wie die Schwester, die ich nie hatte. Du wirst immer einen wichtigen Platz in meinem Herzen haben.«

Zum ersten Mal sah er mir direkt in die Augen. »Das musst du mir glauben. Und ich würde alles darum geben, dir nicht wehtun zu müssen, dir nicht sagen zu müssen, dass ich die Gefühle, die du mir entgegenbringst, nicht in derselben Form erwidern kann.« Er senkte den Kopf.

Das Schlimme an abgedroschenen Phrasen, die klingen, als habe sie jemand anno achtzehnhundertzehn gedrechselt, ist, dass ihre Abgedroschenheit der Wirksamkeit ihrer Aussagen keinen Abbruch tut. Die Aussage hier war allzu klar, und sie traf mich bis ins Innerste, auch wenn ich mir nichts anmerken ließ.

»Mit anderen Worten: Du kannst nicht mit deiner Schwester ins Bett gehen?« Ich sagte es leise und ruhig.

Meine Stimme zitterte nicht. Von irgendwoher holte ich die Kraft, stolz auf mich zu sein. Der Hammer war niedergesaust, er hatte mich getroffen. Ich war nicht zusammengebrochen. Später, wenn er gegangen war, würde ich meine Knochen sortieren. Nicht jetzt. Keine Szene, keine Tränen. Das war ich mir schuldig.

Er sah mich traurig an. »Es tut mir Leid …«, murmelte er. »Ich wollte dich nicht kränken. Es liegt nicht an dir … du bist eine wunderbare Frau. Aber …«

»Aber?«

»Ich habe mich verliebt. Es ist mir selbst unbegreiflich, wie das geschehen konnte so kurz nach Annas Tod. Aber die Gefühle sind nun mal da, sie lassen sich nicht wegrationalisieren. Ich bin traurig, weil ich dir wehtun muss, aber ich bin auch unendlich glücklich, weil ich noch einmal eine große Liebe erleben darf.«

Diesmal traf mich der Hammer mit solcher Gewalt, dass ich am liebsten aufgeschrien hätte.

II

Sie alle

10

Als Roman auf die Straße trat, stieß er einen Seufzer der Erleichterung aus und zündete sich erst mal eine Zigarette an. Die dreißigste des Tages. Er rauchte viel zu viel in letzter Zeit. Früher waren es fünf, sechs am Tag gewesen, aus Genuss. Zum Kaffee, nach dem Essen, zu einem Glas Wein. Das Maßhalten hatte ihm ein gutes Gefühl gegeben. Andere mochten nikotinsüchtig sein und eine nach der anderen paffen, er besaß genug Willenskraft, um verantwortungsvoll mit einem Genussmittel umzugehen. Leider hatte seine Willenskraft unter den Belastungen der letzten Wochen gelitten, die Nerven hatten blank gelegen und nach Nikotin förmlich geschrien. Damit war es jetzt vorbei. Ab morgen nur noch fünf, schwor er sich. Auch Tanja rauchte wenig, aus Rücksicht auf ihren Teint. Sie wolle mit dreißig nicht fahlgelb im Gesicht und runzlig wie eine Walnuss herumlaufen, hatte sie gesagt.

Er musste über ihre Befürchtungen lächeln. Tanjas Haut war so glatt und zart; man konnte sich nicht vorstellen, dass sie je älter wurde. Sie war fünfundzwanzig und sprach von ihrem dreißigsten Geburtstag, als begänne an diesem noch in unvorstellbar weiter Ferne liegenden Termin das Greisenalter. Miriam, die Mitte dreißig war, hatte eben zwanzig Jahre älter ausgesehen, als sie war. Es hatte ihm wehgetan. Er war sich vorgekommen wie ein Schuft, als sie da so schmal und verloren auf ihrem Gartenstuhl gesessen und ihn mit verzweifelten Augen angeschaut hatte. Aber er hatte ihr die Wahrheit sagen müssen, es war nur fair ihr gegenüber. Sie hatte sich Hoffnungen gemacht, die er nicht erfüllen konnte. Er hatte Miriam aufrichtig gern. Und es war nicht so, als hätte er sich und ihr keine Chance gegeben. Er hatte es versucht, und das Einzige, das er schließlich zustande gebracht hatte mit ihr, war eine peinliche Zweiminutennummer. Dabei war er ein guter Liebhaber, und keine Frau außer Miriam hatte je Anlass gehabt, sich zu beschweren. Sie hatte es nicht getan, war wohl zu glücklich gewesen, dass er überhaupt mit ihr geschlafen hatte.

Im Gehen warf Roman die hastig gerauchte Zigarette in den Rinnstein. Er war zu Fuß unterwegs. Es war eine wunderbare Nacht, balsamisch mild, wie geschaffen für einen Spaziergang. Selbst hier in der Stadt war die Luft voller Frühlingssüße und Verheißung. Er überlegte, ob er noch kurz bei Tanja vorbeischauen sollte, die in einer Puppenstube von Wohnung über ihrem Lädchen in der Altstadt wohnte. Aber er war sich unsicher, ob er abends um elf noch unangemeldet bei ihr hereinschneien konnte. Sie waren verliebt wie Zehntklässler, hatten hemmungslos auf Tanjas Blümchensofa geknutscht. In ihr Bett hatte sie ihn noch nicht gelassen. Sie zeigte durchaus Leidenschaft, hielt ihn aber auf Distanz, was sie für ihn noch anziehender machte.

»Ich bin nicht so eine, die gleich mit einem Mann ins Bett geht«, hatte sie gesagt und ihn sanft von sich geschoben, als es hitzig wurde. Dabei warf sie ihm einen prüfenden Blick zu. Er spürte, dass sie ihn einem Test unterzog, und wenn er jetzt das Falsche sagte, würde sich ihre Beziehung nie wieder davon erholen.

Zärtlich zeichnete er mit einem Finger die Kontur ihrer Lippen nach. »Ich bin auch nicht der Typ, der gleich mit einer Frau ins Bett geht«, gab er zurück, was stimmte. Es gab genug Weiber, die sich ihm ungeniert an den Hals werfen würden, wenn er es nur gewollt hätte. Herrgottnochmal, sogar im Supermarkt war er schon angequatscht worden. Das war erst kürzlich gewesen, eine täuschend bieder aussehende Matrone um die vierzig ließ ihm eine Packung Kaffee vor die Füße fallen und flötete: »Ach, wie ungeschickt von mir!«

Roman hob die Packung für sie auf, er hatte schließlich Manieren, worauf die Dame sich erkundigte: »Wollen wir nicht bei mir einen Kaffee trinken? Mein Mann ist auf Montage.«

Roman lehnte dankend ab, ganz gelassen, er war derartige Anträge gewöhnt. Eine Kollegin, die mittlerweile an eine andere Schule versetzt worden war, hatte sich mal allen Ernstes erkundigt, ob er sich nicht mal ihre Kakteensammlung im Schlafzimmer anschauen wolle, und dazu verheißungsvoll mit den Augendeckeln geklimpert. Wie im Groschenroman. Natürlich schmeichelte es ihm, dass Frauen ihn attraktiv fanden. Er flirtete auch gern ein bisschen, wenn die Betreffende nicht gerade aussah wie Godzilla, aber seine Libido konzentrierte sich auf die Frau, die er liebte. Das war Anna gewesen, jetzt war es Tanja. Gefunkt hatte es gleich bei ihrer ersten Begegnung im Kurcafé von Bad Hertzsprung. Er spürte, dass das Schicksal Tanja für ihn bestimmt hatte. Sie war die Frau, mit der er den Rest seines Lebens verbringen würde. Es war, als habe eine höhere Macht sie ihm persönlich als Geschenk überreicht, als Ausgleich für all das Leid, das er in der letzten Zeit hatte ertragen müssen. Gleich am nächsten Tag war er zu Tanja ins Geschäft gegangen.

»Ich wusste, dass Sie kommen würden«, sagte sie zur Begrüßung und lächelte. In ihrer rechten Wange erschien ein Grübchen, er hätte es gern geküsst. »Meine Freundin Mascha hat mir gestern Abend die Karten gelegt.«

Das faszinierte ihn und bestätigte ihn in seiner Überzeugung, dass Tanja und er füreinander geschaffen waren. Genau wie er glaubte sie an Schicksalsfügungen. Sie ging sogar noch einen Schritt weiter, indem sie sich von der Zukunft nicht einfach überraschen ließ, sondern sich sozusagen an höherer Stelle erkundigte, was sie erwartete. Gut möglich, dass an Wahrsagerei etwas dran war.

»Was kam sonst noch dabei heraus?«, wollte er wissen.

Plötzlich verlegen schüttelte sie den Kopf. »Das sag ich nicht. Es ist zu persönlich.«

»Ich weiß auch so Bescheid«, sagte Roman zärtlich. »Ein großer, dunkelhaariger Fremder ist in Ihr Leben getreten. Gestern im Kurcafé. Bei ihm war es Liebe auf den ersten Blick …«

»Bei mir auch …«, gab Tanja leise zurück.

Ihre Worte warfen einen Zauber über den winzigen, liebevoll dekorierten Ladenraum. Es duftete nach Blumen und einer glücklichen Zukunft. Um sie zu besiegeln, hätte Roman Tanja jetzt am liebsten in die Arme genommen und geküsst. Aber er durfte nicht, noch nicht, noch war Anna nicht unter der Erde. Als habe sie seine Gedanken gelesen, sagte Tanja: »Das mit Ihrer Frau tut mir sehr Leid. Aber auf einen Abschied folgt ein neuer Anfang.« Sie lächelte zu ihm auf. »Das haben jedenfalls die Karten gesagt.«

Er lachte. Es war die pure Freude, am Leben zu sein, zu lieben und geliebt zu werden! Sie lachte mit und warf das Haar mit einer Bewegung zurück, die ihm auf rätselhafte Weise vertraut war. Déjà-vu, dachte er, vielleicht kenne ich sie aus einem anderen Leben, in dem wir für dieses einander versprochen wurden ... Die große Liebe war eine geheimnisvolle Macht, sie materialiserte sich, wann und wo es ihr gefiel, und als Künstler vertraute Roman seinen Gefühlen. Gefühle konnte man nicht analysieren, man konnte sie nicht kontrollieren. Man *fühlte* sie einfach, lebte und atmete sie, und für ihn hatten sie einen neuen Namen – Tanja. Er fragte sich nicht, warum er sich ausgerechnet in sie verliebt hatte und sie sich in ihn. Darauf konnte es keine Antwort geben, auch wenn Miriam das nicht hatte einsehen wollen.

»Aber *warum*?«, hatte sie geflüstert. »Ist es, weil sie jünger ist und hübscher?«

»Ich weiß es einfach nicht«, gab er zurück. Er wurde ungeduldig, weil sie mit Logik an eine Sache herangehen wollte, die logisch nicht zu erfassen war. »Es ist, wie es ist.«

Sie presste die Lippen zusammen und senkte den Blick, aber nicht, bevor er in ihren Augen etwas hatte aufblitzen sehen, das man bei jeder anderen Frau als hilflose Wut hätte interpretieren können. Einen Moment war er erschrocken, es war ungefähr so, als ob ein harmloses kleines Hundebaby plötzlich ein mächtiges Raubtiergebiss gebleckt und nach seiner Hand geschnappt hätte.

Dann war der Moment vorbei. Miriams Gesicht sah weiß und erschöpft aus. Er befürchtete, dass sie jeden Moment anfangen würde zu weinen.

»Ich muss jetzt gehen«, sagte er deshalb schnell. Tatsache war, dass er es gar nicht erwarten konnte, wegzukommen. Alles war gesagt worden. Sie würde sich mit der Situation abfinden müssen, auch wenn es noch so schwer fiel. Er war ehrlich zu ihr gewesen, dabei so zartfühlend, wie es ihm nur irgend möglich war. Mehr konnte er nicht tun. Miriam war verletzt, aber mit der Zeit würde sie über ihre Enttäuschung hinwegkommen. Sie würde einen netten Mann finden, warum nicht, vielleicht ein paar Kinder bekommen, sie war noch jung genug dafür.

Sie sah ihn an. Ihre Augen waren, soweit er es bei der schummrigen Balkonbeleuchtung erkennen konnte, trocken.

»Du hast nicht gefragt, ob wir Freunde bleiben können«, sagte sie müde.

»Ich habe mich nicht getraut«, antwortete er aufrichtig. »Aber natürlich will ich, dass wir Freunde bleiben. Du bist mir sehr wichtig, Miriam.«

Da war wieder dieses Aufflackern in ihren Augen. Er zog die Hand, die er ausgestreckt hatte, um ihr übers Haar zu streichen, zurück, als habe er sich vebrannt. Sie stand auf, ihr Gesicht war ausdruckslos. »Ich weiß nicht, ob das möglich ist«, sagte sie ruhig. »Ich muss darüber nachdenken. Wenn du mich jetzt entschuldigen würdest …«

Mit schnellen kleinen Schritten verschwand sie in der Wohnung. Er hörte eine Tür zuschlagen. Er stand vor ihrem verlassenen Stuhl und spürte Bewunderung aufsteigen. Alles in allem hatte sie Haltung bewahrt. Es gab ihm einen schuldbewussten Stich, als er sich vorstellte, dass sie sich jetzt wohl ausweinte. Einen Augenblick sah er Anna vor sich, die in den ersten Ehejahren sehr emotional reagiert hatte. Wenn es Meinungsverschiedenheiten gegeben hatte, war sie immer ins Schlafzimmer gestürzt, hatte sich bäuchlings aufs Bett gelegt, auf der Matratze herumgetrommelt und bei offener Tür laut ins Kopfkissen geschluchzt, um ihn an ihrem Kummer teilhaben zu lassen. Er hatte sich dann immer in sein Arbeitszimmer zurückgezogen und sie weinen lassen, bis der Sturm im Wasserglas sich verzogen hatte. Danach war sie immer besonders zärtlich und anschmiegsam gewesen. Tränen sind heilsam, sagte er sich, als er behutsam die Wohnungstür hinter sich zuzog. Hinter der geschlossenen Schlafzimmertür, an der er kurz gelauscht hatte, war es still gewesen. Wenn Miriam weinte, so tat sie es leise, und ohne dabei die Matratze mit den Fäusten zu bearbeiten.

Wie von selbst hatten ihn seine Füße doch in die Glockengasse getragen. Das Schaufenster von Tanja's Blumenlädchen war beleuchtet. Er sah Oleander und ein Orangenbäumchen, Terracotta-Pyramiden und bepflanzte Amphoren, Frösche, Schnecken und anderes Getier, ebenfalls aus Terracotta. Dazwischen große, buntglänzende Kugeln an Holzstäben, die man in die Erde stecken konnte, wie Tanja ihm erklärt hatte. Besonders stolz war sie auf ihre Türkränze mit den handbestickten Schleifen. Ein halbes Dutzend waren an einem Rattangestell im Fenster dekoriert. Er trat ein paar Schritte zurück und äugte hinauf zur Wohnung im ersten Stock. Alles dunkel, also war Tanja wohl schon schlafen gegangen.

Plötzlich sah er eine Bewegung im Geschäft: Tanja, in Leggings und einem weiten langen Hemd, kam aus dem Räumchen hinter dem Laden. Sie trug einen Zinkeimer, in dem fertig gebundene Sträuße steckten. Sie stellte den Eimer neben der Ladentheke auf den Boden, betrachtete ihn kritisch und schob ihn ein paar Zentimeter weiter. Er wusste, dass sie oft noch abends Sträuße und Gestecke fertig machte. Sie war überzeugt, dass ihr Laden sich zu einem echten Erfolg auswachsen würde und steckte eine Menge Energie, Ehrgeiz und Arbeit hinein. Er hatte auch eine Menge davon in seine Gedichte gesteckt, seit er vor acht Jahren angefangen hatte zu schreiben. Ein berühmter Lyriker hatte er werden wollen, in der Hoffnung, genug verdienen zu können, um den Lehrberuf an den Nagel hängen zu können. Was für eine Erleichterung musste es sein, sich nicht mehr täglich Horden von stupiden, desinteressierten Schülern stellen zu müssen! Schreiben war so viel befriedigender als unterrichten; er war allein und ungestört mit wunderbaren Gedanken und Formulierungen, die später mit Literaturpreisen und hymnischen Kritiken überhäuft werden würden. Niemand quatschte dazwischen oder bewarf Mitschüler mit Papierkügelchen.

Dank der Ignoranz der deutschen Verlagswelt war es ihm bis jetzt allerdings nicht gelungen, auch nur eine einzige Zeile zu veröffentlichen. Er war ein wenig müde geworden, seine Seele hatte sich wund gerieben an den zahllosen Ablehnungsschreiben. Seit einiger Zeit schrieb er nur noch für sich. Aber seine Liebe zu Tanja hatte ihm neuen Schwung gegeben. Er war ganz sicher, dass sein neuer Gedichtzyklus Furore machen würde ... Es ging um Liebe und Tod. Tod und Liebe. Ein Thema, so zeitlos und fesselnd, dass sich ihm die Damen und Herren Lektoren bei all ihrer geistigen und sprachlichen Beschränktheit nicht verweigern konnten.

Tanja arrangierte die Sträuße neu, dann richtete sie sich auf und schob sich eine blonde Haarsträhne hinters Ohr. Roman klopfte gegen die Ladentür. Tanjas Gesicht, als sie ihn erkannte und hereinließ, verhieß reines Glück. Er wusste, er würde die Nacht bei ihr verbringen. Es hatte so sein müssen, dass er erst Miriam reinen Wein einschenken musste, ehe er Tanja ganz und gar besitzen durfte.

Tanja war ein bisschen müde, dabei war es erst vier am Nachmittag. Die beinah schlaflose Nacht hatte ihre Spuren hinterlassen, aber mit Roman war es wunderbar gewesen. Wenn sie nur an ihn dachte, an seine Hände, seine Lippen auf ihrem Körper, wurde ihr heiß und kalt, alles gleichzeitig, sie bekam Gänsehaut und Herzklopfen. Sie konnte es kaum erwarten, ihn wieder zu sehen. Aber bis es so weit war, gab es viel zu tun. Noch zwei Stunden bis Ladenschluss, und anschließend musste sie noch einen Kranz für eine Beerdigung fertig machen. Obwohl im Moment im Laden nichts los war, hatte es keinen Zweck, jetzt schon damit anzufangen. Unterbrechungen durch Kundschaft waren vorprogrammiert, kreative Ruhe fand sie erst nach sechs. Sie beschloss, sich im Räumchen eine Tasse Kaffee und eine Zigarette zu gönnen. Wenn Kundschaft kam, würde sie die Ladenglocke hören: Bimbambom, sehr melodisch.

Sie setzte sich mit ihrem Kaffee an den Tapeziertisch, an dem sie ihre Sträuße, Gestecke und Türkränze fertig machte. Genüsslich inhalierte sie den Rauch ihrer zweiten Zigarette des Tages. Die erste hatte sie nach dem Frühstück zelebriert, das leider ohne Roman stattgefunden hatte. Er war um fünf gegangen, nachdem sie sich zum dritten Mal geliebt hatten. »Sehen wir uns heute Abend?«, fragte er, als er sich zu ihr hinunterbeugte, um sie zum Abschied zu küssen.

Sie nickte und fuhr ihm zärtlich durch die verwuschelten dunklen Haare. »Aber erst gegen neun. Hier. Und bring deine Zahnbürste mit. Und Wäsche zum Wechseln. Damit du nicht schon wieder in aller Herrgottsfrühe …«

Er lachte. Und versprach, pünktlich zu sein. Und auch noch eine Flasche Champagner mitzubringen … So beschwingt vom Glück war sie durch den Morgen gesegelt, dass sie mittags absolut keinen Hunger verspürt hatte und sich daher die obligatorische Zigarette nach dem Mittagessen problemlos verkneifen konnte. Statt Kalorien zu sich zu nehmen, joggte sie eine halbe Stunde durch den Park und fühlte sich danach noch besser als vorher. Liebe war die beste Diät, nur schade, dass die arme Mechthild mehr an Schokolade als an Männern interessiert war.

Tanja trank ihren Kaffee, in den sie zur Feier des Tages Zucker anstatt Süßstoff gerührt hatte, und dachte, dass das Leben einfach herrlich war. Sie besaß ihren eigenen kleinen Laden, etwas, wovon sie immer geträumt hatte, und das Geschäft hatte sich gut angelassen. Die Leute waren ganz verrückt nach ihren Türkränzen mit den handbestickten Schleifen, auf denen stand: »Herzlich willkommen« oder: »Platz ist in der kleinsten Hütte.« Ein Renner in der Osterzeit waren pastellfarbene Schleifen mit eingestickten Entchen und Gänsen gewesen, und von den großen weißroten Keramikhühnern und den Lämmchen hatte sie ein Dutzend verkauft.

Maschas Tarotkarten hatten ihr schon lange eine glänzende Zukunft als Geschäftsfrau versprochen, doch die Finanzierung gestaltete sich etwas zäh. Anfang des Jahres hatte sich Tanjas Vater nun endlich die Bürgschaft für einen Bankkredit vom Herzen gerissen, und eine kinderlose Tante ließ freundlicherweise fünf Tausender springen. »Was sollst du warten müssen, bis ich tot bin«, hatte sie gesagt. »Mach was aus dem Geld, und bring mir ab und zu ein paar Blümchen vorbei.«

»Hab ich's nicht gesagt! Für Waage-Geborene der zweiten Dekade ziehen Venus und Jupiter zur Zeit materielle Güter wie magisch an!«, krähte Mascha triumphierend, als

Tanja ihr die große Neuigkeit erzählte. Denn Mascha stand nicht nur mit den Tarotkarten auf Du und Du, sondern auch mit den Sternen.

Und als wäre der Laden nicht schon Glück genug, hatte Tanja jetzt auch noch ihre große Liebe gefunden.

»Die Sache mit Jochen und dir kannst du vergessen«, orakelte Mascha im Januar, als sie die Karten für Tanja legte. »Ich sehe eine Trennung.«

»Aber warum?«, hatte Tanja ängstlich gefragt, die eigentlich recht glücklich mit Jochen war. Nicht himmelhoch jauchzend verliebt, das nicht mehr, schließlich waren sie schon zwei Jahre zusammen, und da legte sich das himmelhoch Jauchzende erfahrungsgemäß. Aber sie verstand sich gut mit Jochen, er war Bankangestellter, ehrgeizig und solide, er würde es zu etwas bringen.

Mascha warf Tanja einen Blick aus kajalumrandeten Augen zu und warf den Kopf zurück, dass die langen goldenen Ohrringe klirrten. »Er ist nicht der Mann deines Lebens!«, sagte sie streng.

Als Mascha es einmal ausgesprochen hatte, merkte Tanja es auch und nahm eine kleine Meinungsveschiedenheit – er wollte im Kino einen Actionfilm ansehen, sie eine Romanze mit Julia Roberts – zum Anlass, die Beziehung zu beenden. Danach fühlte sie sich sehr erleichtert. Jochen war nicht der Mann ihres Lebens, aber um ein Haar hätte sie ihn dafür gehalten und womöglich geheiratet.

»Aber wer IST der Mann meines Lebens?«, fragte Tanja bei der nächsten Sitzung mit Mascha. »Wie werde ich ihn erkennen?«

»Verlass dich auf die Karten«, beruhigte sie Mascha.

»Bei Jochen haben sie gesagt, er wird eine sehr wichtige

Rolle in meinem Leben spielen«, meinte Tanja. »Eine Hochzeit sei nicht ausgeschlossen.«

»Na, hat doch auch gestimmt. Ich weiß noch, wie du dir am Schaufenster von Lisa's Brautmoden die Nase platt gedrückt hast letzten Sommer.«

»Es war dieses himmlische Kleid ...«, seufzte Tanja und dachte voller Sehnsucht an die cremefarbene, schulterfreie Robe mit Schleppe, die es ihr so angetan gehabt hatte.

Sie wünschte, die Karten würden bald mit dem Mann fürs Leben herausrücken. Jochen trauerte sie zwar nicht nach, wohl aber dem Leben zu zweit. Sie war keine Frau, die für's Alleinsein geschaffen war wie Mascha, die von Männern nichts wissen wollte und höchst zufrieden ihr winziges Häuschen am Stadtrand mit einem halben Dutzend Katzen, einem Hund und einem Graupapagei teilte. Mascha arbeitete halbe Tage in ihrem erlernten Beruf als Friseurin und besserte ihr Einkommen sehr nett mit einer Nebenbeschäftigung auf. Neben der Haustür prangte ein großes Messingschild:

MASCHA
Zukunftsdeutung

Das Unternehmen florierte durch die Mundpropaganda zufriedener Kundinnen. »Bald kann ich meinen Job im Salon ganz an den Nagel hängen«, sagte Mascha, als sie die zehn Mark (Freundschaftspreis), die Tanja ihr über den Tisch schob, in die Tasche ihres Kaftans steckte. Im Salon trug sie fetzige Outfits von H & M und Buffalo-Schuhe, und wenn sie ihrer eigentlichen Berufung als Wahrsagerin nachging, grellfarbene Chiffonschals, die sie um ihre weißblond gefärbten Igelstacheln drapierte, wallende Gewänder, viel Goldschmuck und ein zigeunerhaftes Make-up.

Einmal die Woche ließ Tanja Mascha die Karten befragen. Mascha behielt auch die Sterne für ihre Freundin im Auge, sogar kostenlos. Lange hatte sich nichts Aufregendes getan. Dann begegnete Tanja Roman im Kurcafé, und noch bevor sie sich am Abend ins Auto setzte, um Mascha um eine Spontan-Lesung außer der Reihe zu bitten (sie war erst vor drei Tagen da gewesen, und da hatten sich die Karten ziemlich bedeckt gehalten, indem sie von einer »möglicherweise interessanten Begegnung in naher Zukunft« sprachen), wusste sie, dass sie sich Hals über Kopf verliebt hatte.

Mascha sagte lange nichts, nachdem sie die Karten gelegt hatte, die Tanja selbst gemischt hatte. Tanja verging fast vor Ungeduld, hütete sich aber, Maschas Konzentration zu stören. Sie drückte sich selbst die Daumen und betrachtete den Graupapagei Togo, der auf Maschas Schulter saß und an einem ihrer goldenen Kreolenohrringe knabberte. Endlich sagte Mascha dramatisch: »Ich fass es nicht. Wie kann sich eine Zukunft so schnell verändern?«

Tanja hielt den Atem an. War das jetzt gut oder schlecht?

Mascha schloss die Augen und deklamierte: »Die Stürme des Schicksals sind über dich hinweggeweht. Sie haben alles durcheinander gewirbelt und neu geordnet.« Unvermittelt riss sie die Augen auf. »Du bist dem Mann deines Lebens begegnet. Herzlichen Glückwunsch!«

Tanja saß wie erstarrt vor Ehrfurcht da. Sie hatte Mascha kein Wort von ihrer Begegnung im Kurcafé erzählt. Kein Sterbenswörtchen.

»Werden wir glücklich miteinander sein?«, hauchte Tanja, als sie ihre Stimme wieder gefunden hatte.

Glück und Glas, wie leicht bricht das, wollte Mascha mit angeborenem Pessimismus sagen. Aber als sie Tanjas geradezu überirdisch strahlendes Gesicht sah, meinte sie nur: »Lass uns eine rauchen und einen Sekt trinken. Und dann erzählst du mir von ihm, ja?«

Bimbambom, machte die Ladenglocke. Hastig drückte Tanja ihre Zigarette aus und strich sich die grüne Gärtnerschürze glatt. Im Laden stand eine kleine, dünne Frau mit braunem Pagenkopf und inspizierte die Schnittblumen.

»Guten Tag!«, sagte Tanja freundlich. »Kann ich Ihnen helfen?«

Die Frau drehte sich um. Das schmale, blasse Gesicht kam Tanja vage bekannt vor.

»Neunzerling ist mein Name«, sagte die Frau. »Wir haben uns mal kennen gelernt vor ein paar Wochen, im Kurcafé in Bad Hertzsprung …«

Jetzt dämmerte es Tanja, wer sie war. Diese verhuschte Maus, die bei Roman am Tisch gesessen hatte.

»Was für ein Mann«, hatte Tanja später im Auto träumerisch zu Mechthild gesagt.

Mechthild hatte den ersten Gang eingelegt und geseufzt. »Ich hab's geahnt.« Es klang resigniert.

Tanja ärgerte sich. Mechthild – nach allem, was sie in ihrer kurzen Ehe durchgemacht hatte – ging jeder Sinn für Romantik ab. Aber ein bisschen Verständnis für die Gefühle anderer könnte sie doch mobilisieren. »Was hast du geahnt?«, fragte sie trotzig.

»Dass du auf ihn abfährst. Du bist hin und weg von ihm, stimmt's?«

»Und wenn's so wäre?«, verteidigte sich Tanja. »Er sieht toll aus. Er hat ein Lächeln, das einen glatt umwirft. Er wirkt unheimlich interessant, so ernst und wahnsinnig erotisch …«

»Mhmmh«, machte Mechthild. »Und er ist dreizehn Jahre älter als du und frisch verwitwet.«

Na und? dachte Tanja. Laut sagte sie: »Komm schon. Erzähl mir von ihm. Als Erstes: Ist er mit dieser faden Wachtel zusammen, die neben ihm saß?«

»Miriam ist eine Kollegin, mit der er befreundet ist, weiter nichts. Ich sag dir doch, seine Frau ist vor kurzem ums Leben gekommen und noch nicht mal unter der Erde. Die Beerdigung ist am Dienstag. Es gab einen Unfall, ich hab dir doch davon erzählt …« Tanja hatte ihre Puderdose aus der Handtasche genommen und inspizierte ihr Gesicht. Es war ein sehr hübsches Gesicht, das stand außer Frage. Roman schien es auch gefallen zu haben – er hatte es nicht aus den Augen gelassen. »Ich erinnere mich … ja. Schrecklich, so was.«

Wobei Tanja für sich die Bilanz zog, dass es zwar schrecklich für die Frau war, die ums Leben gekommen war, aber beileibe nicht für sie, Tanja. Selbst wenn Roman der Mann ihres Lebens war, eine Ehefrau hätte nur Komplikationen mit sich gebracht.

Tanja klappte die Puderdose zu, verstaute sie wieder in ihrer Handtasche und sah ihre Schwester erwartungsvoll an.

Mechthild seufzte wieder, diesmal noch lauter. »Ehrlich gesagt weiß ich gar nicht so viel über ihn. Gut, ich kenne ihn schon lange, und wir haben mal Brüderschaft getrunken bei einem Schulausflug … aber wir sind nicht wirklich befreundet. Er ist ein Einzelgänger, er lässt niemanden wirklich an sich heran …«

»Ach komm schon, Mechthild«, schmeichelte Tanja. »Du weißt doch immer alles über jeden …«

»Gott, bist du hartnäckig! Also, er ist sehr sensibel, neigt zu Depressionen, schreibt in seiner Freizeit Gedichte. Seine Frau hat er abgöttisch geliebt. Als sie ihn wegen eines anderen verließ – kürzlich erst –, war er am Boden zerstört. Alles andere musst du schon selbst herausfinden.«

»Magst du ihn nicht?«, wollte Tanja wissen.

»Doch. Ich mag ihn. Aber ehrlich gesagt hab ich meine Zweifel, ob er der richtige Mann für dich ist …«

Tanja lachte. »Alte Glucke!«, sagte sie liebevoll. »Das hast du bei Jochen auch gesagt, und bei Michael und Sascha …«

»Und – hab ich nicht Recht behalten?!«

Tanja wurde ernst. »Diesmal ist es was anderes«, sagte sie und hüllte sich, bis Mechthild sie in der Glockengasse absetzte, in Schweigen. Zum Abschied küsste sie die Schwester auf die Wange. »Wünsch mir Glück, ja?«

Schon war Tanja ausgestiegen. Mechthild rief ihr durchs offene Wagenfenster zu: »Natürlich wünsch ich dir Glück, für wen hältst du mich?«

Tanja winkte lachend und schloss die Ladentür auf. Dass sie heute Nachmittag blau gemacht hatte, um mit Mechthild durch Bad Hertzsprung zu bummeln, hatte sich gelohnt. Es war Schicksal gewesen.

Mechthild fuhr weiter. Ich, dachte sie, während sie sich zum Linksabbiegen einordnete, wollte Roman nicht geschenkt. Wenn überhaupt, dann hätte ich gern einen fröhlichen, unkomplizierten Mann, einen zum Pferde stehlen, einen guten Vater für meine Ines … keinen melancholischen Träumer, den man mit Glacéhandschuhen anfassen muss. Brettschneider würde mir gefallen, bei dem weiß man immer, woran man ist. Vielleicht sollte ich mal über meinen Schatten springen und ihn fragen, ob er Lust hat, mal etwas mit mir zu unternehmen. Wir könnten ins Kino gehen oder so. Wenn sich etwas ergibt, gut, wenn nicht, ist's auch keine Tragödie, schließlich bin ich nicht verliebt in ihn, bin wohl zu vernünftig und abgeklärt, als dass mir so was überhaupt noch mal passieren könnte. Dabei fiel ihr Miriam ein. Sie war sehr still gewesen eben im Café und hatte schlecht ausgesehen ... sah überhaupt schlecht aus in letzter Zeit, nur noch Haut und Knochen war sie ... Ob sie Liebeskummer hatte? Einen wahnwitzigen Moment lang überlegte Mechthild, ob doch etwas war zwischen ihr und Roman. Vielleicht hatte Tanja mit sicherem Instinkt die Konkurrentin gewittert? Miriam hatte sich wirklich rührend um Roman gekümmert, als es ihm schlecht ging, das wusste sie von Brettschneider, der es wiederum von Roman selbst wusste. Von einer Romanze war natürlich nicht die Rede gewesen, aber Roman war auch nicht der Typ, der darüber sprechen würde, und Miriam auch nicht. Ach Unsinn, sagte sich Mechthild. Wenn etwas zwischen ihnen wäre, hätte man es doch *sehen* müssen und spüren, selbst wenn sie Zurückhaltung zeigten nach außen, wegen Annas Tod. Miriam passt doch auch gar nicht zu Roman, sie ist viel zu sachlich und bodenständig, genau wie ich. Wir mögen Roman, er weckt mütterliche Gefühle in uns. So eine Art Pflegeinstinkt, der sich nicht auf Frauen beschränkte, denn auch Brettschneider besaß ihn. Wenn jemand Hilfe brauchte, war er da. Und so sollte es auch sein unter Kollegen, die einander mochten. Nein, ein Liebespaar waren Miriam und Roman nicht. Roman hatte nur Augen für Tanja gehabt, daran konnte es keinen Zweifel geben.

»Ach ja«, sagte Tanja. »Sie sind eine Bekannte von Mechthild, nicht? Und ...« – sie konnte es nicht lassen, bei jeder Gelegenheit Romans Namen auszusprechen – »eine Kollegin von Roman Berghäuser.« Tanja war verräterisch rot geworden.

Die Frau verzog die ungeschminkten Lippen zu etwas, das man mit gutem Willen als Lächeln bezeichnen konnte. Ihre Augen waren kalt. »Richtig. Bei der Beerdigung seiner Frau haben wir uns auch gesehen ...«

»Genau. Ich habe die Blumenarrangements gemacht«, gab Tanja zurück und dachte: und am Abend, bei Roman, haben wir uns zum ersten Mal richtig geküsst.

Ich kann nicht allein in die leere Wohnung, heute nicht, hatte er nach dem Trauerkaffee gesagt. Tanja, komm doch mit, nur auf ein Glas Wein. Es waren zwei oder drei geworden, und er erzählte von sich und seinen Gefühlen für sie, und alles, was er sagte, hätte Tanja am liebsten auf Band aufgenommen, damit sie es nie vergessen würde.

Tanja spürte, dass die Neunzerling sie nicht mochte. Daran war nichts Ungewöhnliches. Es gab viele Frauen, die Tanja spüren ließen, dass sie sie zu jung und zu hübsch fanden.

Tanja konnte gut mit weiblicher Ablehnung umgehen, und Geschäft war Geschäft. »Kann ich Ihnen denn schon weiterhelfen oder möchten Sie sich erst ein bisschen umschauen?«, fragte sie höflich.

Die Neunzerling zuckte zusammen, als habe die Frage sie aus ihren Gedanken aufgescheucht. »Ich hätte gern einen bunten Strauß. Für zwanzig Mark.«

»Gern.«

Während Tanja die Blumen zusammenstellte, spürte sie im Rücken die Blicke der Frau. Sie schienen sich förmlich in sie hineinzubohren. Tanja bekam Gänsehaut, die feinen Härchen im Nacken richteten sich auf. Wie sagte Mascha immer, wenn es sie unvermittelt kalt überlief? *Jemand ist gerade über mein Grab gegangen …*

Die Neunzerling nickte nur, als Tanja ihr schließlich den fertig gebundenen Strauß zur Begutachtung präsentierte.

»Papier«, sagte sie mit ihrer klaren, leisen Stimme, ehe Tanja sie nach ihren Verpackungswünschen fragen konnte. Tanja wich dem kalten Blick aus, der unablässig auf sie gerichtet war, und wickelte die Blumen ein.

Als die Neunzerling gegangen war, ertappte sich Tanja bei dem Wunsch, sie möge ihr Geschäft nie wieder betreten. Die Frau hatte es fertig gebracht, eine Atmosphäre um sich zu verbreiten, die man nur als feindselig bezeichnen konnte. Die Temperatur im Laden schien während ihrer Anwesenheit um mindestens drei Grad gesunken zu sein. Fröstelnd zog Tanja die Schultern hoch. Mit spitzen Fingern steckte sie den Zwanzigmarkschein, den die Neunzerling ihr auf die Ladentheke gelegt hatte, in die Kasse.

Die Ladenglocke bimmelte, ein freundliches, älteres Ehepaar kam herein und suchte einen Türkranz aus. Als sie gegangen waren, hatte Tanja Miriam Neunzerling schon vergessen.

11

Miriam legte die Blumen in ihren Fahrradkorb und radelte zum Friedhof. Annas Grab war jetzt mit einer provisorischen Umrandung aus Holz eingefasst. Bis der Engel geliefert wurde, verriet nur ein schlichtes Holzkreuz, wer hier lag. Miriam betrachtete die Steckvase mit roten Rosen, die jemand hingestellt hatte. Roman? Fabian Ehrlich? Kurz entschlossen legte sie ihren Strauß daneben.

»Es kann dir nicht recht sein, dass du sterben musstest, und SIE bleibt am Leben«, sagte Miriam. »Ich werde die Sache in Ordnung bringen.«

Friedlich lag der Kirchhof in der Sonne. Anna gab keine Antwort, was Miriam nicht überraschte. Tot war tot. Aber man durfte zu den Toten sprechen, wenn einem danach zu Mute war, warum nicht. Ein wenig verspätet fiel ihr ein, dass vielleicht jemand in der Nähe war, der sie gehört haben könnte. Sie sah sich nach allen Seiten um. Bis auf die allgegenwärtigen Vögel in Bäumen und Büschen und einem Kaninchen, das ohne die geringste Scheu seiner Wege hoppelte, war in diesem Teil des Friedhofs kein lebendes Wesen in Sicht.

Miriam setzte sich auf eine Bank. Es war dieselbe, auf der sie bei Annas Beerdigung gelegen hatte, den Kopf in Schusters Schoß. Brettschneider hatte ihre Füße in die Höhe gehalten, das war ein merkwürdiges Gefühl gewesen.

Miriam hatte dem Feind ins Auge sehen wollen, deshalb

war sie in den Laden gegangen. Wie jung diese Tanja doch war, wie hübsch. Genau so, wie Miriam sie in Erinnerung gehabt hatte. Sie war rot geworden, als sie Romans Namen aussprach und wollte gar nicht wieder aufhören zu lächeln … Ich hätte ihr sehr gern ihre niedliche Visage zerkratzt, dachte Miriam versonnen. Aber davon stirbt man nicht. Leider. Ich muss mir schon etwas Besseres einfallen lassen.

Denn wenn Tanja nicht mehr da war, wenn sie im Grab lag, würde Roman sich wieder ihr, Miriam, zuwenden. War es nicht so gewesen, als Anna das Zeitliche gesegnet hatte? Es konnte wieder so sein, es *würde* wieder so sein, im tiefsten Inneren wusste sie es. Diesmal würde er endgültig erkennen und zu schätzen wissen, was er an ihr hatte. Vielleicht war sie nicht seine große Liebe, aber sie liebte ihn so sehr, dass es für sie beide reichte. Sie konnte ihn glücklich machen.

Miriam hatte in der Nacht nicht geschlafen, sondern nachgedacht. Mit der Zeit waren der Schmerz, die Demütigung und Ohnmacht, die hilflose Wut gewichen. Dann sah sie die Dinge glasklar: Sie hatte zu viel investiert, um einer anderen Frau das Feld zu räumen. Jetzt aufzugeben wäre auch ungerecht Anna gegenüber, die einmal ihre beste Freundin gewesen war. Obwohl die Freundschaft schon lange vorbei war, hatte Anna zu Miriam gehalten, als es darauf ankam. »Ich gönne ihn dir doch. Schnapp ihn dir, so schnell wie möglich«, hatte sie gesagt, ein bisschen schnoddrig zwar, aber so war es eben ihre Art gewesen.

Mir hat sie Roman gegönnt, sagte sich Miriam. Nicht dieser blonden Blumenfee. Die gehörte zu der Kategorie von Frauen, die Anna früher spöttisch als »Schneckchen« zu bezeichnen pflegte: nichts im Kopf als Männer und Kalorientabellen.

Die Gewissheit, dass Anna, wäre sie noch am Leben, gegen Tanjas Ableben wohl nichts einzuwenden hätte, beflügelte Miriam so, dass sie trotz der schlaflosen Nacht hellwach und konzentriert fünf Unterrichtsstunden hinter sich brachte und sogar im Stande war, Roman im Lehrerzimmer zu begrüßen und ein paar freundliche, nichts sagende Worte mit ihm zu wechseln.

Er schien erleichtert zu sein, dass sie so unbefangen auf ihn zuging, als sei nichts geschehen, sah sie aber während des Gesprächs immer wieder forschend von der Seite an, als sei sie ihm nicht ganz geheuer. Er schien eine Veränderung zu wittern. Und dazu gab es ja auch allen Grund. Miriam hatte eine Rüstung angelegt, die unsichtbar, aber undurchdringlich war. Nichts und niemand konnte sie verletzen, solange sie sie trug. Sie war in die Schlacht gezogen, um mit Waffen zu kämpfen, von denen Roman und Tanja nichts ahnten.

Auch Schuster schien zu spüren, dass etwas an Miriam anders war als sonst. Als Miriam mit ihm plauderte – über die Herstellung von Marmelade, er wollte sich in diesem Jahr einmal daranwagen, seine Erdbeerernte auf diese Weise zu verarbeiten –, fragte er plötzlich: »Geht's Ihnen auch gut, Miriam?«

Es war das erste Mal, dass er sie mit ihrem Vornamen anredete. Es war ungewohnt, aber nicht unangenehm. Sie lächelte ihn an. »Ja, sicher. Warum?«

»Sie … Sie glühen so«, stotterte er. »Als ob sie Fieber hätten …«

Später auf der Toilette betrachtete sie sich im Spiegel. Ihr Gesicht kam ihr vor wie immer. Nur in den Augen lag etwas Fremdes. Miriam fragte sich, wie der Ausdruck ihrer Augen wohl gewesen war, als sie hinter dem roten Hollandrad die Lindengrundstrecke entlanggefahren war, vorbei an Landwirt Knapps Rapsfeld und der tausendjährigen Linde.

Ein Friedhof war eigentlich ein guter Ort, um sich inspirieren zu lassen, wie man jemanden ungestraft vom Leben zum Tode befördern könnte, aber Miriam mangelte es an Konzentration. Ganz plötzlich war eine bleierne Müdigkeit über sie gekommen. Es war immer noch sehr warm, obwohl die Spätnachmittagssonne schon lange Schatten warf. Sie wischte sich den Schweiß von der Stirn und schloss die Augen in der Hoffnung, so besser nachdenken zu können. Bilder zogen vor ihrem inneren Auge vorbei: Tanja leblos auf einer einsamen Straße, von einem weißen Opel Corsa überrollt. Tanja, nichts ahnend Pralinen knabbernd, die mit einem hoch giftigen Pflanzenschutzmittel geimpft waren. Gab es so was noch im Handel, oder waren Pestizide heutzutage nicht mehr das, was sie einmal waren? Sie konnte sich unauffällig bei Schuster erkundigen, der kannte sich in solchen Dingen aus. Tanja, die spätabends ihren Hund im Park ausführte – besaß sie überhaupt einen Hund? Irgendwie schien sie nicht der Typ für ein Haustier zu sein. Egal. In Miriams Vorstellung spazierte sie jedenfalls durch den verlassenen, dunklen Park. Unvermittelt traf ein Vorschlaghammer sie mit voller Wucht am Hinterkopf, sie brach tot zusammen …

Bruno Schuster hatte eine Schale mit Vergissmeinnicht an Bettinas Grab gebracht und schlenderte danach noch ein bisschen über den Friedhof, wie es seine Gewohnheit war. Es tröstete ihn, die Inschriften auf den Gräbern zu lesen und sich vorzustellen, dass auch andere Menschen um ihre verstorbenen Lieben trauerten. Er hatte es nicht eilig, nach Hause zu kommen. Niemand wartete auf ihn. Das Einzige, was ihm von der Freude an seinem Häuschen geblieben war, waren der Garten und die Erinnerung an schöne Zeiten mit Bettina. An Annas Grab blieb er stehen, um die langstieligen roten Rosen zu bewundern. Bettina hatte Baccararosen nicht gemocht, sie fand sie prätentiös. Sie zog die kleinen Moosröschen vor, am liebsten mit viel Schleierkraut gebunden. Er hatte ihr jeden Freitag Blumen vom Wochenmarkt mitgebracht. Mitleidig betrachtete er den bunten Strauß, den jemand neben die Vase mit den Rosen gelegt hatte. Die Blumen sahen mitgenommen aus. Kein Wunder, dachte Schuster, sie haben kein Wasser, die armen Dinger. Kurz entschlossen steckte er den Strauß zu den Rosen in die Vase. Ein bisschen eng, aber es ging.

Nur fünfunddreißig Jahre alt war Anna Berghäuser geworden. Er hatte sie einmal kennen gelernt, auf einem Grillfest, zu dem Brettschneider eingeladen hatte. Da war Bettina schon ein Jahr tot gewesen. Anna Berghäuser war der Mittelpunkt der Party gewesen: Sie hatte Weizenbier getrunken und mit ihren Anekdoten aus der Redaktion alle zum Lachen gebracht. Schuster hörte zu und lachte mit, er bewunderte ihren Charme und ihre Selbstsicherheit. Aber sie hatte etwas an sich, das ihn scheu und verlegen machte, er hätte nicht gewusst, worüber er mit ihr hätte sprechen sollen. Mit Bettina, die es von Anfang an verstanden hatte, ihn aus der Reserve zu locken, hatte er über alles reden können, stundenlang.

Er ging weiter. Und entdeckte auf einer Bank ganz in der Nähe, es war dieselbe, auf der sie bei Anna Berghäusers Beerdigung ohnmächtig dagelegen hatte, Miriam Neunzerling. Sie schlief tief und fest. Vorsichtig, um sie nicht zu wecken, setzte sich Schuster neben sie. Miriams schmales Gesicht war von der Sonne gerötet, ihr Mund stand ein bisschen offen. Sie war immer dünn gewesen, aber seit einiger Zeit hatte sie so viel Gewicht verloren, dass sie beinahe durchsichtig wirkte. Und heute Morgen hatte sie fremd ausgesehen, irgendwie fiebrig, hatte aber behauptet, sich wohl zu fühlen. Irgendetwas stimmte nicht mit ihr, aber er hatte nicht das Gefühl, dass sie ernsthaft krank war. Seit Bettinas Diagnose hatte er eine Witterung für so etwas entwickelt; dass sein Nachbar an Krebs erkrankt war und bald sterben würde, hatte er gewusst, noch bevor dieser einen Arzt konsultiert hatte.

Energisch lenkte er seine Gedanken in andere Bahnen. Es war Mai, für ihn die schönste Zeit des Jahres. Eine Mönchsgrasmücke zwitscherte in einem blühenden Fliederbusch, er war erst siebenundvierzig; jung genug, um sich zu wünschen, wenigstens diesen Abend nicht allein mit einem Glas Bier vor dem Fernseher verbringen zu müssen. Ob Miriam wohl mit ihm in ein Restaurant zum Essen gehen würde, wenn er den Mut aufbrachte, sie zu fragen? Natürlich wollte er sich nicht aufdrängen, vielleicht zog sie ihre eigene Gesellschaft der seinen vor, er wusste ja selbst am besten, dass er nicht gerade unterhaltsam war … Es konnte auch sein, dass sie schon etwas anderes vorhatte, sich mit Freunden treffen oder einer sportlichen Aktivität nachgehen wollte … Sie war allein stehend, das wusste er, und schien ganz zufrieden damit.

Er seufzte in sich hinein. Brettschneider hatte gut reden: »Bruno«, hatte er erst kürzlich wieder gesagt, »Wenn du nicht den Rest deines Lebens allein zubringen willst, musst du schon mal DIE INITIATIVE ergreifen. Beim Unkrautjäten in deinem Gärtchen KANNST du keine nette Frau kennen lernen!« Schuster nickte ergeben. Es hätte ihn interessiert zu erfahren, ob Brettschneider selbst beherzigte, was er da predigte. Von einer neuen Beziehung nach der Scheidung war ihm jedenfalls nichts bekannt. Aber vielleicht war Norbert ja gern allein.

Schuster wünschte sich, dass Miriam aufwachen und ihn anlächeln würde. Wenn etwas den Knoten entwirren könnte, zu dem sich seine Zunge allein bei dem *Gedanken*, eine Einladung auszusprechen, geschlungen hatte, dann Miriams Lächeln und die gleich bleibende Freundlichkeit, die sie jedem, auch ihm gegenüber, an den Tag legte. Sie gehörte nicht zu den Frauen, bei denen er das Gefühl hatte, gar nicht vorhanden zu sein, oder schlimmer noch, zu denen, bei denen er spürte, dass sie sich heimlich über seine Schüchternheit und Farblosigkeit lustig machten.

Die Sonne war tiefer gesunken, ein leichter Wind kam auf. Schuster warf einen Blick auf seine Armbanduhr. Kurz vor sieben, gleich würden die Friedhofstore geschlossen werden. Miriam – in Gedanken nannte er sie so, seit sie mit dem Kopf auf seinem Schoß gelegen hatte (und in einem abenteuerlichen, häufig wiederkehrenden Tagtraum hatten sie bei »Pierrot« ein Glas Wein zusammen getrunken, und sie nannte ihn Bruno und duzte ihn) – schlief immer noch. Es tat ihm Leid, sie jetzt wecken zu müssen, aber es musste sein. Er hüstelte dezent, dann, als sie sich nicht rührte, etwas lauter. Ihre Augenlider flatterten. Einen Moment starrte sie ihn benommen an, dann tat sie ihm den Gefallen und lächelte.

»Sie müssen denken, ich hätte zu Hause kein Bett«, sagte

sie, anscheinend gar nicht überrascht, ihn neben sich vorzufinden.

»Ich schlafe auch manchmal auf Bänken ein«, behauptete er ritterlich.

Sie streckte sich, gähnte, machte aber keine Anstalten, sich zu erheben. Sie wirkte träge und entspannt wie eine Katze beim Dösen; er hatte den Eindruck, dass sie am liebsten wieder die Augen zugemacht und weitergeschlafen hätte.

Kurz entschlossen hielt er ihr sein Handgelenk mit der Armbanduhr unter die Nase. »Es ist gleich sieben. Wenn wir nicht auf dem Friedhof eingeschlossen werden wollen, müssen wir los.«

Auf dem Weg zum Südausgang formulierte er im Kopf seine Frage: »Würden Sie mir die Freude machen …« Nein, zu förmlich. »Haben Sie vielleicht auch Hunger?« Idiotisch. »Darf ich Sie bitten, mit mir …« Das hörte sich an, als hielte er um ihre Hand an.

Ehe er sich einen halbwegs vernünftigen Satz zurechtlegen konnte, klappte das Friedhofstor hinter ihnen zu. Sie standen auf dem Bürgersteig.

»Gut, dass Sie vorbeigekommen sind und mich geweckt haben«, sagte Miriam. »Sonst hätte ich die Nacht womöglich auf dem Friedhof verbringen müssen. Tschüss dann.«

Sie steuerte auf den Fahrradständer zu. Er sah ihr nach und war so wütend über sich selbst, dass er am liebsten in Tränen ausgebrochen wäre. Eine verpasste Gelegenheit, eine von vielen, die Geschichte seines Lebens. Nur bei Bettina hatte er einmal das Richtige getan, mit ihr war alles leicht gewesen.

Plötzlich drehte sie sich zu ihm um. »Ach, Herr Schuster …«

»Bruno«, sagte er, ohne nachzudenken. »Bitte sagen Sie doch Bruno zu mir!«

»Bruno … Hätten Sie Lust, irgendwo mit mir ein Glas Wein trinken zu gehen?«

Von einer Sekunde auf die andere war die Welt ein schöner Ort. Der Knoten in Schusters Zunge löste sich in Wohlgefallen auf, und er rief: »Bitte, ich möchte Sie gern zum Essen einladen! Darf ich?«

Sie entschieden sich fürs »Panini«. Bis dahin waren es ungefähr zwanzig Minuten zu gehen. Miriam schob ihr Rad. Schuster, dessen Auto auf dem Friedhofsparkplatz um die Ecke stand, hatte behauptet, zu Fuß unterwegs zu sein (wegen des schönen Wetters), und ging neben ihr her. Den Wagen konnte er später abholen, er konnte sich ein Taxi nehmen, gar kein Problem. Bloß jetzt kein Umstand mit Autoholen und Parkplatz-in-der-Stadt-Suchen, womöglich überlegte sie es sich in der Zwischenzeit doch noch anders, und er würde vor der Tür des Restaurants vergeblich auf sie warten.

Miriam fragte sich, was sie bewogen hatte, die nächsten Stunden mit Schuster zu verbringen. Mitleid, weil sie seine Einsamkeit gespürt hatte, weil sie ihm von den Augen ablesen konnte, dass er drauf und dran war, sie irgendwohin einzuladen und sich nicht traute? Vielleicht hatte das eine Rolle gespielt. Aber im Grunde hatte sie es für sich getan.

Sie hatte geträumt eben auf der Bank. Sie wusste nicht mehr wovon, aber es war ein angenehmer Traum gewesen. Beim Aufwachen war sie beinahe glücklich gewesen. Sie hatte sich das Gefühl erhalten wollen, indem sie ein paar Stunden mit einem anderen menschlichen Wesen teilte. Der

Gedanke, jetzt allein nach Hause zu gehen, war ihr plötzlich unerträglich gewesen.

Als sie den Kirchplatz Richtung Fußgängerzone überquerten, fiel Miriam plötzlich wieder Tanja ein. Wie merkwürdig. Da schmiedete man Mordpläne auf einer Friedhofsbank, schlief darüber ein, und beim Aufwachen war einem glatt entfallen, was vorher das ganze Denken beherrscht hatte. Es musste eine Art Amnesie gewesen sein. Dass ihr so etwas passiert war, beunruhigte sie seltsamerweise überhaupt nicht. Vielleicht hätte sie sich Gedanken über ihre geistige Gesundheit machen sollen, aber Tatsache war, dass sie sich so wohl fühlte, wie schon lange nicht mehr, und ihr Verstand prächtig funktionierte. Was war dabei, wenn er sich im Moment lieber mit der Frage beschäftigte, ob sie gleich Kalbsschnitzel in Marsalasoße, Pizza oder lieber Lasagne essen sollte?

»Ich hoffe, wir bekommen noch einen Tisch«, bemerkte Schuster mit einem Blick auf die Kirchturmuhr.

»Wenn nicht, gehen wir eben woanders hin«, sagte Miriam.

»Wohin?«, fragte er besorgt. »Ich kenne mich bei Restaurants nicht so aus. Bettina und ich sind selten zum Essen ausgegangen, wissen Sie.«

Miriam ratterte ein paar Lokale herunter, und als habe die Aufzählung den Teil ihres Gehirns aktiviert, der seit Romans Besuch ausgeschaltet gewesen war, wurde ihr schlagartig die Erkenntnis zuteil, dass sie großes Glück gehabt hatte. Es war geradezu Schicksal gewesen: Ein Nickerchen auf einer Bank, und Schuster, der brave, langweilige Schuster hatten sie vor sich selbst gerettet.

Wie konnte ich nur so verrückt sein, fragte sie sich erstaunt. Selbst wenn Roman wirklich zu mir zurückgekommen wäre, nachdem ich Tanja aus dem Weg geräumt hätte – ob er bei mir geblieben wäre, steht auf einem ganz anderen Blatt. Ich kann doch nicht mein Leben damit zubringen, ihn zu bewachen, und jedes Mal, wenn er mich wegen einer anderen verlässt, einen Mord begehen ...

Sie musterte Schuster unauffällig von der Seite. Er hatte nichts, absolut nichts an sich, das sie auch nur entfernt an Roman erinnerte. Sie fühlte sich, als ob sie sich von einer langen Krankheit erholt hätte. Da war noch ein Gefühl der Schwäche, besonders in der Herzgegend, aber nichts, was die Zeit und ein bisschen Medizin nicht kurieren könnten.

Unvermittelt stiegen ihr die Tränen in die Augen. Sie wischte sie unauffällig mit der Fingerspitze fort. Sie hatte Roman losgelassen, ihn und Tanja, und es war eine große Erleichterung. Sollten sie miteinander tun, was sie nicht lassen konnten, sie, Miriam, ging das nichts mehr an.

Schuster und Miriam ergatterten den letzten freien Tisch im »Panini«. Es war ein kleiner Tisch in der Mitte des Lokals, aber sie störten sich beide nicht daran. Nach dem ersten Glas Wein und Antipasti vom Büffet – er bestand darauf, dass sie eine Vorspeise nahmen – wurde Schuster zutraulich. Miriam hörte ihm zu, wie er umständlich erzählte – von der Schule, seinem Garten, Reisen, die er mit seiner verstorbenen Frau unternommen hatte –, und war dankbar, dass sie kaum etwas zu sagen brauchte. Mit Schuster zusammen zu sein war erholsam. Sie empfand Sympathie für ihn, eine gewisse mütterliche Zuneigung. Als Mann ließ er sie vollkommen kalt. Eine Wärmflasche im Bett musste aufregender sein als er.

Beim zweiten Glas Wein bot sie ihm spontan das »Du« an. Er errötete vor Freude. Als er sie schüchtern auf die Wange küsste, fühlten seine Lippen sich warm und fest an. Eigentlich hatte sie gedacht, dass sein Kuss ihr unangenehm sein würde, aber das war nicht der Fall. Sie konnte sich vorstellen, sich noch öfter von ihm küssen zu lassen, auch auf den Mund. Warum nicht, dachte Miriam, die ein bisschen beschwipst war, weil sie zu schnell getrunken hatte. *If you can't be with the one you love, love the one you're with …* Oder auch nicht. Es war absolut nicht notwendig, Schuster – Bruno – zu lieben. Nicht mal wünschenswert, nach allem, was sie mit Roman durchgemacht hatte.

Erst gestern hatte sie mit Inga hier im »Panini« gesessen. Es schien tausend Jahre her zu sein. »Vielleicht sollte ich mir einen Mann suchen, den ich garantiert NICHT liebe«, hatte Inga gesagt. Weil sie an einem Punkt angelangt war, wo sie jemanden brauchte, der einfach nur *da* war, wenn das Leben ihr zu viel wurde.

Es war noch keine vierundzwanzig Stunden her, seit Miriam auf ihrem Balkon gesessen und sich nach Roman gesehnt hatte. Sie erinnerte sich, dass sie über Ingas Worte nachgedacht hatte und über Rituale der Zuneigung, die ein kleines, tröstliches Glück bedeuteten, weil man sich jeden Tag aufs Neue an ihnen festhalten konnte.

Es gab für alles eine Zeit im Leben, und Miriams Zeit für große Gefühle und Erwartungen war vorbei. Schuster, der seit drei Jahren allein war und immer noch um seine Frau trauerte, schien ihr jemand zu sein, mit dem man Rituale der Zuneigung teilen konnte. Er war der Typ, der Blumen schenkte und sich besorgt erkundigte, ob er in der Apotheke Grippetabletten besorgen sollte, wenn man nieste. Mit ihm konnte man eine Tasse Kakao vor dem Schlafengehen trinken und dabei die Ereignisse des Tages Revue passieren lassen.

Das Hauptgericht kam, und eine neue Karaffe Weißwein. Schuster nahm seine Tortellini alla panna in Angriff und dachte, dass dies der schönste Abend seit Ewigkeiten war. Miriam schien ganz zufrieden, hier mit ihm zu sitzen, ihm zuzuhören und mit gutem Appetit zu essen. Bisher hatte es keine Anzeichen dafür gegeben, dass sie sich langweilte. Sie hatte weder gegähnt noch mit den Füßen gescharrt oder mit glasigem Blick in die Ferne gestarrt. Beflügelt vom ungewohnten Wein, gestattete sich Schuster den Wunsch, Verabredungen mit Miriam würden zu einer festen Einrichtung werden. Sie war allein, er war allein. Es gab so viel, was man gemeinsam unternehmen konnte: Wanderungen, einen Ausflug in den Kölner Zoo, Kinobesuche, Theater, Konzerte.

Gerade, als seine Fantasie so weit entgleiste, dass er sich vorstellte, ihren hübsch geschwungenen Mund zu küssen, sagte sie: »Ich fühle mich sehr wohl hier mit dir.«

Ihm wurde ganz warm vor Freude. »Ich würde mich freuen, wenn wir öfter etwas miteinander unternehmen würden«, sagte er mutig.

»Gern«. Sie prostete ihm zu.

Schuster konnte sein Glück kaum fassen und wollte im Überschwang der Gefühle gleich noch eine Karaffe Wein bestellen. Miriam konnte ihn gerade noch mit dem Hinweis bremsen, dass es schon spät war, sie bereits mehr als genug getrunken hatten, und der nächste Tag ein Schultag war.

Er hatte sie nach Hause bringen wollen, aber Miriam lehnte ab. Schuster wartete vor dem Restaurant, bis sie um die nächste Ecke geradelt war, dann ging er wieder hinein und bestellte ein Taxi. Sein Auto würde er allerdings erst morgen holen, nach der Schule. Wozu gab es Busverbindungen? Er war ziemlich beschwipst und sehr glücklich.

12

Auf den Mai folgte ein warmer und sonniger Juni. Roman hatte die Arbeit an seinem Gedichtzyklus »Liebe und Tod – Tod und Liebe« auf unbestimmte Zeit verschoben, da er seit einigen Wochen Tagebuch führte. Ein Tagebuch der Liebe. Jede Minute, die er mit Tanja verbrachte, jeder Gedanke an sie war es wert, verewigt zu werden. Wenn sie erst verheiratet waren, wollte er ihr in stillen Stunden daraus vorlesen, damit sie sich gemeinsam erinnern konnten, wie ihre große Liebe einmal angefangen hatte. Anderes hatte in diesen Aufzeichnungen keinen Platz. Wer wollte schon an den üblichen Stress in der Schule erinnert werden oder daran, dass am soundsovielten Juni die Waschmaschine kaputt gegangen war und Roman einen Handwerker hatte bestellen müssen. Auch dass Brettschneider erzählt hatte, er habe am Sonntag mit Mechthild, der kleinen Ines und seinen beiden Söhnen einen schönen Nachmittag im Kölner Zoo verbracht, besaß für Roman keinen Erinnerungswert. Genauso wenig wie die Tatsache, dass Miriam und Bruno Schuster ein Paar waren.

Aufgefallen war ihm nichts. Seit er die Affäre mit Miriam, die nie eine gewesen war, beendet hatte, hatte er in der Schule nur gelegentlich über Belangloses mit ihr gesprochen. Und Schuster war so unauffällig, dass man im Lehrerzimmer zweimal hinschauen musste, um ihn überhaupt wahrzunehmen, das war Roman immer schon so gegangen.

Da er sich am allgemeinen Kollegentratsch noch nie beteiligt hatte und sowieso in jeder freien Sekunde entweder gedanklich oder in persona bei Tanja weilte, erfuhr er also erst, was mittlerweile allgemein bekannt war, als Norbert Brettschneider ihn kurz vor den Sommerferien nach der Schule vor dem Haupteingang abfing, um ihn auf einen Cappuccino in ein Eiscafé der Altstadt zu verschleppen. Romans schwachen Protest, er habe es eilig, ließ Norbert nicht gelten. »Ach, komm schon«, dröhnte er fröhlich. »Lass deine hübsche Freundin ein Viertelstündchen warten.«

»Woher weißt du, dass ich eine Freundin habe?«, erkundigte sich Roman verblüfft.

Brettschneider grinste gutmütig. »Sie ist immerhin Mechthilds kleine Schwester. Und dann leben wir natürlich in einer Kleinstadt.«

Pikiert verabschiedete sich Roman von der Illusion, unsichtbar auf Wolke sieben mit Tanja an seiner Seite durch Westernfelde geschwebt zu sein. »Haben sich die lieben Kollegen etwa hinter meinem Rücken das Maul zerrissen?«

»Ach was. Alle finden, du hast ein neues Glück verdient.«

Das entsprach nicht ganz der Wahrheit. Ein paar kleinliche Gemüter lästerten, dass der Herr Berghäuser sich nach dem Tod seiner Frau erstaunlich schnell getröstet habe. Und auch noch mit Mechthild Pfannenschmidts kleiner Schwester, die so jung aussah, dass sie beinahe seine Tochter sein könnte. Aber mit solchen Gehässigkeiten brauchte man Roman, der in der letzten Zeit genug mitgemacht hatte, nicht zu belasten. »Fein, dass du mitkommst, Roman!«, sagte Brettschneider. »Wir haben schon ewig nicht mehr geklönt.«

Roman unterdrückte ein Seufzen. Wenn er Norbert nicht brutal vor den Kopf stoßen wollte, gab es kein Entkommen.

Das Eiscafé lag am Marktplatz, ganz in der Nähe der Glockengasse. Sie setzten sich an einen der Tische draußen, von wo man einen hübschen Blick auf den Marktbrunnen und die schmucke Fachwerkfassade des Westernfelder Rathauses hatte. Brettschneider bestellte einen Milchshake; Roman einen Espresso, zu dem er sich eine Zigarette anzündete.

Brettschneider wedelte den Rauch fort. »Dass du immer noch rauchst … machst du wenigstens Sport zum Ausgleich?«

»Sport ist Mord«, gab Roman voller Überzeugung zurück. Das hatte er auch zu Tanja gesagt, die ihn unaufhörlich quälte, sich in einem Fitnessstudio zu verpflichten oder wenigstens zu joggen. Das sei er seinem Körper schuldig, schließlich habe er nur den einen.

Als er säuerlich bemerkte, sein Körper befände sich in hervorragendem Zustand, meinte sie nur skeptisch: »Hm«, und verwies auf ihre Bibel, ein Werk, das versprach, man bleibe ewig jung und gesund, wenn man nur täglich eine halbe Stunde joggte und sich dazu gesund ernährte: viel Obst und Gemüse, vorzugsweise roh. Wenig Fleisch. Kein Zucker, kein Fett, kein Alkohol. Roman hätte das Buch am liebsten in den Mülleimer geworfen.

»Du solltest anfangen zu laufen«, blies Brettschneider jetzt ins selbe Horn. Roman verdrehte die Augen. Diese Gesundheitsapostelei war das Einzige, was ihn an Tanja störte. Fast so sehr wie die Tatsache, dass sie sich nicht genug Zeit für ihn nahm.

»Du, wenn du dich erst mal aufgerafft hast, macht das richtig Laune«, meinte Brettschneider voller Enthusiasmus.

»Ich laufe fast jeden Abend eine Stunde. Und zwischendrin mache ich ein paar Übungen.« Er wölbte die Brust und spannte die Armmuskeln unter dem weißen Nike T-Shirt.

Roman gähnte.

Brettschneider ließ sich nicht abschrecken. »Wie wär's, soll ich dich heute Abend mal abholen? Es gibt da einen wunderschönen Fitness-Parcours zwischen Westernfelde und Bad Hertzsprung. Deine Freundin Tanja hab ich da auch schon getroffen.«

»Ach ja?«, bemerkte Roman kühl.

»Fast ein Wunder, dass aus einer zufälligen Begegnung im Kurcafé die große Liebe geworden ist! Ihr seid ein richtig schönes Paar, finde ich.«

Das sagte er mit so entwaffnender Herzlichkeit, dass Romans gesträubtes Gefieder sich glättete. Zumal er ausnahmsweise einmal ganz Norberts Meinung war. »Mhm. Wir wollen bald heiraten, weißt du«, schlüpfte es ihm heraus.

Brettschneider strahlte übers ganze Gesicht. »Herzlichen Glückwunsch! Überall blühen Romanzen, man könnte richtig neidisch werden. Guck dir nur Bruno an, und Miriam Neunzerling.«

Im ersten Moment verstand Roman nicht, was er meinte. »Bruno? Miriam? Was ist mit denen?«

Brettschneider lachte. »Mensch, Roman, du schwebst wirklich auf Wolken und kriegst gar nicht mehr mit, was auf der Erde vor sich geht, was?«

Inzwischen war der Groschen bei Roman gefallen, aber glauben konnte er es immer noch nicht. Eine Romanze zwischen Miriam und Bruno? Unfassbar. Der gute Bruno hatte ungefähr so viel Sex-Appeal wie eine Rheumadecke, und die Einträge im örtlichen Telefonbuch waren interessanter als seine Konversation. Und überhaupt: Miriam und eine Romanze – das passte zusammen wie Erbsensuppe und Kaviar.

»Miriam hat was mit Bruno Schuster? Bist du sicher?«

»Aber ja. Sie gehen zusammen ins Theater, Wandern, machen Fahrradtouren und was weiß ich noch alles. Volles Programm. Bruno ist wie ausgewechselt. Er strahlt wie ein Scheinwerfer.«

Roman hatte an Bruno absolut nichts Scheinwerferähnliches feststellen können. »Mal abgesehen davon, dass mir Brunos angebliches Strahlen nicht im Mindesten aufgefallen ist – wenn zwei Kollegen öfter etwas gemeinsam unternehmen, heißt das noch lange nicht, dass sie auch was miteinander haben.« Es klang gereizt.

Brettschneider schwieg und dachte bei sich, dass Roman heute Morgen wohl mit dem falschen Fuß zuerst aufgestanden war. Warum sagte er nicht einfach: »Ach, wie schön! Bruno und Miriam haben ein bisschen Glück verdient!« oder etwas in der Art.

Roman warf ihm einen schrägen Blick zu. »Also – sie sind tatsächlich ein Paar, oder wie immer man das nennen soll.«

Norbert, der mittlerweile bereute, das Thema überhaupt angeschnitten zu haben, nickte. »Ja. Bruno hat's mir selbst erzählt.«

Plötzlich lachte Roman. »Na, wunderbar. Da haben sich zwei einsame Herzen gesucht und gefunden.«

Es hörte sich herablassend an, worüber Norbert sich ärgerte. Er mochte Miriam und hatte sich so seine Gedanken gemacht, ob sie heimlich in Roman verliebt war. Er war froh, dass er sich geirrt hatte. Selbst wenn sie es irgendwie geschafft hätte, Roman zu erobern, wäre die Beziehung von vornherein zum Scheitern verurteilt gewesen. Miriam war nicht der Typ Frau, der einen Mann wie Roman fesseln konnte, es hätte nie etwas werden können mit den beiden.

Bruno dagegen brauchte für sein Ego keinen Schillerfalter an seiner Seite. Er wusste Miriams Qualitäten zu schätzen, er würde gut zu ihr sein, und das war es, was Miriam brauchte. Anna – robust und selbstbewusst – war Romans Launen gewachsen gewesen. Tanja warf wohl auch so schnell nichts um, das wusste er von Mechthild. Miriam dagegen war weder robust noch selbstbewusst, auch wenn sie sich nach außen so gab. Sie hatte etwas Zerbrechliches an sich, so wie ein Gefäß aus dünnem Glas, das in tausend Teile zerspringen konnte, wenn es zu sehr unter Druck geriet.

Tanja schien nicht übermäßig erfreut, Roman zu sehen. Sie lächelte ihm zwar über den Kopf der kleinen alten Dame zu, die sie gerade bediente, aber das war alles. Roman ärgerte sich, dass sie nicht zu ihm kam und ihn küsste. Vor ein paar Wochen hätte sie das noch getan. Aber dann sagte sie eines Tages: »Es wäre mir lieber, wenn du nicht einfach so hereinschneien würdest, wenn Kundschaft da ist. Es lenkt mich ab, weißt du.« Sie lächelte bezaubernd dazu, um ihren Worten den Stachel zu nehmen, aber Roman war trotzdem gekränkt. »Ich möchte dich einfach sehen können, wenn mir danach ist. Ist das zu viel verlangt, wenn man sich liebt?«

Sie wurde sofort ernst und küsste ihn. »Nein, natürlich nicht. Ich möchte dich ja auch sehen, am liebsten immer, Tag und Nacht.«

»Na also«, sagte er, immer noch ein bisschen beleidigt.

»Aber ich kann nicht alles stehen und liegen lassen, wenn du kommst, und dir um den Hals fallen und dich küssen, auch wenn ich das gern möchte. Es macht einen …« Sie suchte nach den richtigen Worten, »... unprofessionellen Eindruck. Niemand nimmt eine Geschäftsfrau ernst, die sich vor allen Leuten mit ihrem Liebsten im Laden küsst.«

Also war er dazu übergegangen, bescheiden im Hintergrund zu bleiben und so zu tun, als inspiziere er die Waren, während Tanja sich um ihre Kunden kümmerte. Er beobachtete sie dabei, trank sich satt an ihrem Anblick und genoss die Tatsache, dass sie ihm gehörte, dass sie fast jede Nacht in seinen Armen einschlief. Nicht jede Nacht, das würde er erst haben können, wenn sie verheiratet wären und eine gemeinsame Wohnung bezogen hätten.

Er wollte ihr einen Heiratsantrag machen, grübelte schon seit Wochen über den passenden Rahmen nach. Endlich hatte er sich für ein romantisches Candlelight-Dinner in seiner Wohnung entschlossen, bei dem er ihr einen Verlobungsring ins Champagnerglas schmuggeln würde. Es war ein Ring mit einer Perle und Brillantsplittern aus dem Nachlass seiner Großmutter. Anna hatte ihn nie tragen wollen, sie hatte modernen Schmuck bevorzugt.

Die kleine alte Dame war endlich mit ihrem Blumenstrauß davongetrippelt, und Tanja küsste Roman so, wie er geküsst werden wollte. Er brachte es sogar fertig, dass sie das Schild »Bin gleich wieder da!« an die Ladentür hängte und für ein Stündchen mit ihm nach oben verschwand. Am liebsten hätte er den ganzen Nachmittag mit ihr im Bett verbracht, aber daran war nicht zu denken.

»Ich kann nicht einfach blau machen«, seufzte sie, »Der Laden geht vor. Pacht, Strom, Wasser, Lieferanten, Bankzinsen – das alles muss erst mal verdient werden jeden Monat.«

Etwas weniger Ehrgeiz und Geschäftssinn würden Tanja nicht schaden, fand Roman. Letztendlich war die Liebe doch das Einzige, was wirklich zählte im Leben. Er drehte sich auf den Rücken und sah ihr zu, wie sie sich anzog. Ihr Körper war makellos und leicht gebräunt. Nahtlos, weil sie regelmäßig ins Sonnenstudio ging. »Sehen wir uns heute Abend?«

Sie zögerte. »Nein, heute nicht. Ich hab mich mit Mascha zum Laufen verabredet. Und anschließend will sie mir die Karten legen.«

Er schwieg, aber sein Gesicht sprach Bände.

Sie kam zu ihm und küsste ihn zärtlich. »Nun sei nicht beleidigt. Mascha ist meine beste Freundin, und ich hab sie sträflich vernachlässigt, seit ich mit dir zusammen bin. Sie hat gesagt, wenn ich schon wieder eine Verabredung mit ihr platzen lasse, kündigt sie mir die Freundschaft.«

Roman empfand Genugtuung, dass Tanja seinetwegen Verabredungen mit ihrer Freundin hatte platzen lassen. Aber es wurmte ihn, dass sie überhaupt andere Leute treffen wollte, wenn sie doch ihn hatte.

»Ich verstehe nicht, wieso du Zeit mit so was verschwendest«, murmelte er in ihr duftendes Haar, das wie ein Vorhang über sein Gesicht fiel. »Wir haben doch uns. Genüge ich dir etwa nicht?«

Sie richtete sich auf und warf mit der Bewegung, die er so liebte, das Haar zurück. »Ich liebe dich«, sagte sie, »aber ich habe auch ein Geschäft zu führen. Und ich habe auch Freunde, eigene Interessen.«

Er strich über ihre Brüste, die in einen weißen Spitzen-BH verpackt waren, und spürte, dass ihre Brustwarzen hart wurden. Er ließ eine Hand an ihrem Schenkel nach oben gleiten. Sie zitterte und drängte sich an ihn. Na also, dachte Roman zufrieden. Na also.

Eine halbe Stunde später hatten sie sich zum zweiten Mal

geliebt, und Tanja hatte gefragt, ob er nicht mit zum Laufen kommen wolle. »Ich kann die Verabredung nicht sausen lassen, wirklich nicht. Aber wenn du magst, kannst du mitjoggen.« Sie lachte zärtlich, kniff ihn sanft in die Seite, in die Andeutung eines Rettungsrings. Roman ärgerte sich schon wieder. Er war schlank, aber nicht ganz so straff, wie er mit ein bisschen Training hätte sein können, das wusste er sehr wohl. »Dann lernst du auch Mascha kennen. Sie liegt mir sowieso schon dauernd in den Ohren, dass sie dich unbedingt mal treffen will.«

»Ich denke, ihr seht euch nie?«

Sie biss ihn ins Ohr. »Aber wir telefonieren miteinander, Dummer.«

Als Tanja nach unten gegangen war, stieg Roman unter die Dusche. Schlecht gelaunt überlegte er, dass er sich wohl noch Shorts kaufen musste und Laufschuhe. Er konnte ja schlecht in seinen italienischen Slippern über den Trimmpfad traben.

Der Trimmpfad, auf den die Stadtväter sehr stolz waren, verlief oberhalb einer wenig befahrenen Bahnstrecke. Wochentags ratterte zwischen sechs Uhr morgens und acht Uhr abends stündlich der Sülztalexpress vorbei, der Schüler und Berufstätige aus den Dörfern entlang der Sülz nach Westernfelde oder Bad Hertzsprung und wieder zurückbrachte. An den Wochenenden verkehrte der Zug im Zweistundentakt und stellte am frühen Nachmittag den Betrieb ganz ein.

Wer sich körperlich ertüchtigen wollte, lief erst ein Stück neben dem schotterbestreuten, steilen Bahndamm entlang und bog dann rechts ab in einen lichten Mischwald. Nach ungefähr fünf Kilometern über gepflegte Waldwege, die Gelegenheit boten, sich an Hangelgerüsten zu vergnügen, über Baumstämme zu hüpfen oder sich mit Klimmzügen und Rumpfbeugen zu beschäftigen, kam man wieder am Ausgangspunkt an, einer langen Holzbank am Bahndamm. Wer sich zu sehr verausgabt hatte, konnte dort Platz nehmen und den Blick über die bewaldeten Hügel ringsum schweifen lassen, während er wieder zu Atem kam.

Auf Brettschneider, der just mit seinem Passat Kombi auf den Parkplatz fuhr, als Roman, sportlich in Adidas-Shorts, Netzhemd und sehr neu aussehenden Laufschuhen, seinem BMW entstieg, übten die zu Füßen des Bahndamms verlaufenden Schienen eine morbide Faszination aus.

Im letzten Jahr hatte sich ein Selbstmörder vor den Fünfuhrzug geworfen. Es war ein älterer, abgerissen aussehender Mann gewesen, wohl ein Landstreicher. Er hatte lange auf der Bank gesessen, Rotwein aus der Flasche getrunken und eine Zigarette nach der anderen geraucht, berichteten Augenzeugen später.

Man war peinlich berührt gewesen, dass er sich nicht einen anderen Ort für diese ungesunden Tätigkeiten ausgesucht hatte, dachte sich aber nichts weiter dabei. Als der sich nähernde Sülztalexpress pfiff, stand der Mann auf und trat an den Rand des Bahndamms. Ein junges Pärchen, das an ihm vorübergelaufen war, hatte ihn zuletzt lebend gesehen. Das, was von ihm übrig geblieben war, nachdem er auf die Schienen gesprungen war, wurde noch ein ganzes Stück mitgeschleift, ehe der Zugführer den Zug zum Stehen bringen konnte.

Der Mann konnte nie identifiziert werden, auch nicht anhand der Leichenteile, die man entlang der Bahnstrecke gefunden hatte. Auf der Bank ließ er eine leere Flasche billigen

Rotwein, ein leeres Päckchen mit Zigarettentabak, Blättchen zum Drehen und ein grünes Einwegfeuerzeug zurück. Seine Zigarettenstummel hatte er ordentlich in einen Abfalleimer daneben geworfen.

Seitdem ging Brettschneider nie an der Bank vorbei, ohne dem Mann Frieden zu wünschen. Manchmal setzte er sich hin und versuchte nachzuvollziehen, was wohl in dem Selbstmörder vorgegangen sein mochte. Es gelang ihm nicht. Kein Leid der Welt erschien ihm groß genug, dass man dafür sein Leben fortwarf. Auch wenn man zuweilen im dunklen Tunnel steckte und nicht mehr ein noch aus wusste, es gab doch immer ein Licht am anderen Ende, für das es sich zu leben lohnte.

Roman, mit dem er sich einmal darüber unterhalten hatte, war anderer Meinung gewesen. »Selbstmord ist ein ehrenwerter Ausweg, wenn man an der Welt verzweifelt«, sagte er ernst. »Ich bewundere jeden, der den Schneid hat, sich aus dem Leben zu verabschieden, wenn er es nicht mehr ertragen kann.«

Brettschneider war entsetzt und widersprach aufs Energischste, aber Roman ließ sich nicht beirren. »Ich kann mir diese Lösung für mich durchaus vorstellen«, beharrte er.

»Roman!«, rief Brettschneider jetzt erfreut. »Das finde ich aber toll, dass du deinem inneren Schweinehund einen Tritt verpasst hast!«

Roman grinste. »Tja. Es geschehen noch Zeichen und Wunder.«

Tanja stand neben der Bank und unterhielt sich mit einer kräftigen jungen Frau mit weißblonder Igelfrisur. Tanja sah umwerfend aus in ihren knappen Shorts und dem eng anliegenden Trägerhemd, was man von ihrer Freundin Mascha nicht so ohne weiteres behaupten konnte. Roman fand ihre Hüften zu breit, die Beine zu kurz und zu stämmig.

»Viel Spaß dann«, sagte Brettschneider und lief winkend davon. Roman war dankbar, dass er sich so taktvoll verabschiedet hatte. Es hätte gerade noch gefehlt, wenn Norbert nebenher getrabt wäre und ihn – ganz der Sportlehrer – mit guten Ratschlägen versorgt hätte.

Tanja küsste Roman und stellte ihn Mascha vor. Mascha schüttelte kurz und energisch seine Hand und lächelte ihn an. Amüsiert stellte er fest, dass sie ihn ungeniert von oben bis unten musterte. »Von mir aus kann's losgehen«, sagte er.

Er war davon ausgegangen, trotz eines gewissen Konditionsmangels locker mit Tanja und Mascha Schritt halten zu können. Jetzt musste er feststellen, dass er anscheinend viel zu schnell losgelaufen war, denn nach rund hundert Metern den Bahndamm entlang hatte er schon Seitenstechen und Atemprobleme. Er blieb stehen und bückte sich, um an seinem Schnürsenkel zu hantieren, aber Tanja ließ sich nicht täuschen. »Langsam, Roman«, mahnte sie. »Das hier ist kein Wettrennen.«

»Man sollte sich noch unterhalten können beim Laufen«, ergänzte Mascha.

Was, so langsam Roman auch lief, ein Ding der Unmöglichkeit war. Er schnaufte wie eine defekte Lokomotive, und an den Füßen schien er Bleigewichte zu haben. Aber er hielt verbissen durch, obwohl Mascha Gehpausen vorschlug und Tanja immer wieder besorgt fragte: »Geht's noch, Roman? Willst du dich nicht einen Moment auf die Bank da drüben setzen?« Nein, das wollte er nicht. Er nutzte die Fitness-

Stationen zum Verschnaufen. Während Mascha und Tanja sich an einem Gerüst entlanghangelten, Klimmzüge machten oder über Baumstämme hopsten, sah Roman an einen Baum gelehnt zu.

Er hatte nie sportlichen Ehrgeiz besessen. Auf Leute, die sich zu ihrem Vergnügen so lange abhetzten, bis ihnen der Schweiß aus allen Poren brach, hatte er stets mit leiser Verachtung herabgesehen. Aber dass er mit Tanja und ihrer Freundin nicht Schritt halten konnte, erschütterte ihn doch. Er kam sich vor wie ein Tattergreis neben den beiden, die jetzt mit sichtlichem Vergnügen zehn Liegestützen hinter sich brachten.

Also fasste er einen Entschluss. Ab morgen würde er heimlich trainieren, jeden Morgen um sechs, egal bei welchem Wetter. Allein und unbeobachtet, denn sicher waren um diese Tageszeit noch nicht viele Freizeitsportler unterwegs. Und wenn er richtig Kondition hatte, würde er lässig zu Tanja sagen: »Wie wär's, wollen wir ein Stündchen joggen heute Abend?«

Er freute sich schon auf ihr verblüfftes Gesicht, wenn er ihr davonlief.

»Und? Wie findest du ihn?«, fragte Tanja. Sie hatten sich von Roman am Parkplatz verabschiedet und saßen in Tanjas Auto, einem auberginefarbenen Ford Ka.

»Ziemlich unsportlich«, neckte Mascha.

»Mascha!«

Mascha lachte. »Na gut. Er sieht nicht übel aus, auch wenn er nicht mehr der Allerjüngste ist. Und er ist offensichtlich verrückt nach dir. Zufrieden?«

Für Maschas Verhältnisse war das höchstes Lob.

Sie duschten nacheinander in Maschas winzigem Badezimmer und zogen sich um. Dann setzten sie sich mit einem Glas Apfelsaftschorle auf die Terrasse hinter dem Haus. Maschas Hund – ein schwarzer Schäferhundmischling – lag schlafend unter dem Tisch. Togo, der Graupapagei, plapperte in seinem Käfig zufrieden vor sich hin, während er von einem dicken schwarzen Kater scharf beobachtet wurde. Mascha hatte die Tarotkarten aus dem Wohnzimmer geholt. Tanja warf einen lustlosen Blick auf das in dunkelblaue Seide eingehüllte Päckchen. »Lass gut sein, Mascha«, meinte sie. »Heute hab ich überhaupt keine Lust, etwas über meine Zukunft zu erfahren.«

Mascha fiel aus allen Wolken. »Na so was. Und dabei bist du meine treueste Kundin. Bist du krank?«

Tanja grinste. »Schon komisch, was? Aber seit ich mit Roman zusammen bin, bin ich völlig zufrieden mit der Gegenwart. Es soll bloß alles so bleiben, wie es ist. Mehr will ich gar nicht.«

Mit anderen Worten: Tanja wollte ihr Glück halten wie die drei weisen Affen. Nur nichts Schlechtes hören, sehen oder reden. Maschas Devise lautete zwar: Gewarnt sein heißt gewappnet sein, aber auch: Jedem das Seine. Da sie es trotzdem für ihre Pflicht hielt, Tanja auf den Lauf der Welt aufmerksam zu machen, sagte sie: »Nichts bleibt jemals so, wie es ist, weißt du …«

Aber Tanja hatte sie nicht gehört. Sie sah verträumt einem Tagpfauenauge nach, das auf der Suche nach Nektar über Maschas kleine, unkrautüberwucherte Wiese flatterte.

13

Roman war stolz auf sich, dass er seinen Entschluss so eisern in die Tat umsetzte. Tapfer stieg er jeden Morgen um halb sechs aus den Federn. Wenn er bei Tanja übernachtet hatte, fuhr er schnell nach Hause, um seine Sportsachen anzuziehen und einen Becher Instant-Kaffee herunterzustürzen.

Als Tanja, die sich nie vor sieben erhob, ihn einmal schläfrig fragte, warum er sich so früh davonschleiche, behauptete er, neuerdings morgens Zeit für sich allein zu brauchen, um nachzudenken und zu meditieren. Manchmal schreibe er vor der Schule sogar ein Gedicht. Sie war voller Bewunderung. »Wahnsinn. So früh könnte ich nicht denken, geschweige denn dichten.« Woraufhin sie sich auf die andere Seite drehte und weiterschlief.

Auch bei Roman reichte es um diese Uhrzeit nur dazu, sich ins Auto zu setzen, zum Fitness-Parcours zu fahren und eine Stunde zu trainieren. Wenn er erst mal in Schwung war, machte ihm die Sache sogar ein bisschen Spaß. Kurz nach sieben war er wieder zu Hause, duschte, frühstückte und machte sich für die Schule fertig. Er kam sich sehr sportlich und diszipliniert vor und war fest entschlossen, sein Fitnessprogramm über die Sommerferien beizubehalten. Wegfahren würde er nicht – wegen Tanja. Darüber war es zu ihrem ersten Streit gekommen. Er hatte vorgehabt, mit ihr in die Provence zu fahren, vier Wochen lang, hatte sie sogar einladen wollen. »Die Familie meiner Mutter stammt da her, ich kenne die Gegend wie meine Westentasche. Ich zeige dir Arles, Nîmes, Orange, Les Baux, Cavaillon, und dann geht's an die Côte d'Azur – Nizza, Cannes, St. Tropez.« Allein die Aufzählung der vertrauten Namen ließ sein Herz höher schlagen.

»Oh, Roman, was für eine herrliche Idee!«, rief Tanja begeistert. Dann zog sie eine Schnute. »Aber es geht nicht. Leider. Vielleicht im nächsten Jahr …«

»Was heißt das, es geht nicht?«, fuhr er auf. Er hatte sich alles so schön ausgedacht. Anstelle des ursprünglich geplanten Candlelight-Dinners hatte er ihre erste Nacht im Süden für seinen Heiratsantrag ins Auge gefasst. Unter einem klaren, sternenübersäten Himmel, umweht vom Duft nach Thymian, Lavendel und Rosmarin, wollte er sie fragen, ob sie seine Frau werden wollte.

Tanja schlang die Arme um seinen Hals und küsste ihn. »Glaub mir, ich würde schrecklich gern mitfahren, ich wollte immer schon mal in die Provence … aber ich kann den Laden nicht vier Wochen dicht machen. Ich kann mir noch nicht mal EINE Woche Urlaub erlauben.«

Er explodierte. »Der Laden, immer nur dieser gottverdammte Laden. Kannst du nicht irgendeine Aushilfe reinsetzen, bloß einen einzigen Monat lang?«

»Das kann ich mir nicht leisten, das weißt du genau«, sagte sie. »Jede Mark zählt.«

Er hatte mit Engelszungen auf sie eingeredet, hatte ihr angeboten, Geld zu leihen, alles umsonst.

Am Ende hatten sie sich angeschrien. Sie warf ihm vor, nur an sich und sein Vergnügen zu denken, kein Verständnis für ihre geschäftlichen Ambitionen zu haben. Er warf ihr vor, egoistisch und lieblos zu sein. Das Geschäft sei ihr wichtiger als er. Tanja sagte, er nehme ihr die Luft zum Atmen, sie könne und wolle nicht ausschließlich für ihn da sein. Sie sei nicht sein Eigentum.

Roman war wie vor den Kopf geschlagen. Eine solche Tirade aus Tanjas Mund – es war, als sei Anna von den Toten auferstanden. Er drehte sich auf dem Absatz um und ging. Die Versuchung, die Wohnungstür hinter sich zuzuknallen, war groß, aber er beherrschte sich. Als er im dunklen Treppenhaus stand, kam die Ernüchterung. Seine Wut war verraucht. Am liebsten hätte er die letzte halbe Stunde aus dem Kalender gestrichen. Dann wurde die Tür aufgerissen, und Tanja flog in seine Arme und stammelte: »Es tut mir Leid. Ich will nicht mit dir streiten, ich liebe dich doch …«

»Ich liebe dich auch«, flüsterte er in ihr Haar. »Über alles.«

»In den Herbstferien fahre ich eine Woche mit dir weg. Wohin du willst. Versprochen. Ja?«

Spontan kam ihm Venedig in den Sinn, die Stadt der Verliebten. *Flitterwochen* war sein zweiter Gedanke, wir verbringen unsere Flitterwochen in Venedig.

Plötzlich war er sehr glücklich. Es würde eben beim Candlelight-Dinner bleiben. Freitag, der letzte Schultag vor den großen Ferien, war ein guter Termin. Anfang Oktober würden sie dann heiraten. Ohne großes Aufheben, Annas Tod lag ja noch nicht lange zurück. Eine standesamtliche Trauung und anschließend eine kleine Feier im engsten Familienkreis.

Er war sicher, dass seine Eltern sich mit Tanja wesentlich besser verstehen würden als mit Anna, die kein Hehl daraus gemacht hatte, dass sie ihre Schwiegereltern spießig und zum Gähnen langweilig fand. Dann Venedig und die Heimkehr in eine neue, gemeinsame Wohnung. Die Wohnung, die er mit Anna geteilt hatte, war zwar groß genug, kam aber nicht in Frage. Er wollte ganz neu anfangen in einem Viertel, wo ihn nichts an die Vergangenheit erinnern konnte. Er würde die Sommerferien zur Wohnungssuche nutzen. Undenkbar, ohne Tanja in Urlaub zu fahren. Er könnte es nicht ertragen, sie auch nur einen Tag nicht zu sehen.

Miriam fiel auf, dass Roman sie im Lehrerzimmer beobachtete. Und nicht nur sie, sondern auch Bruno, der neben ihr saß und in eine Wanderkarte vertieft war. Als Bruno jetzt aufsah und fragte, ob sie am Wochenende lieber im Sülztal oder zur Alten Mühle im Hickengrund wandern wolle, legte sie, als sie antwortete, das überlasse sie ganz ihm, demonstrativ ihre Hand auf seine Hand. Sie glaubte, Eifersucht in Romans Augen aufblitzen zu sehen. Kühl fragte sie sich, ob es ihr noch etwas bedeuten würde, wenn Roman wirklich eifersüchtig wäre. Sie kam zu dem Schluss, dass die Frage bedeutungslos war. Sie hatte losgelassen. Roman stand ihr ungefähr so nahe wie der Mond.

Später begegneten sie sich im Gang. Er sagte lächelnd: »Was hört man da? Du bist mit Bruno zusammen?«

»Ja.«

Zum ersten Mal, seit sie sich kannten, sah er sie mit echter Neugier an. Registrierte, wie schon im Lehrerzimmer, ihr blasses, ausdrucksloses Gesicht – ungeschminkt, bis auf eine Spur rosa Lippenstift – und den resignierten Zug um den fein geschnittenen Mund.

»Bist du glücklich?«

»Sehr«, gab Miriam ruhig zurück.

Glatt gelogen, dachte Roman. Eine Frau, die verliebt und

glücklich ist, sieht anders aus. Strahlend, gelöst – Tanja war das beste Beispiel dafür. Miriam wirkte steif; sie wich seinem Blick hartnäckig aus.

Plötzlich wusste er, dass der gute Schuster ihr herzlich gleichgültig war. Sie hatte ihn sich an Land gezogen, um sich über ihre große, unglückliche Liebe zu ihm, Roman, hinwegzutrösten. Es war ihr nicht gelungen, er spürte es genau. Wenn er jetzt sagen würde: »Mit Tanja ist es aus, lass es uns noch einmal miteinander versuchen«, würde sie Bruno fallen lassen wie eine heiße Kartoffel.

Er war peinlich berührt, weil er in ihr gelesen hatte wie in einem Buch. Aber er empfand auch so etwas wie Stolz – oder war es Genugtuung? –, dass Bruno Schuster es nicht geschafft hatte, ihn, Roman, aus ihrem Herzen zu vertreiben.

»Ich wünsche euch alles Gute«, sagte er. Es klang gönnerhaft, er hörte es selbst.

Sie presste die Lippen zusammen, was ihr etwas Altjüngferliches gab.

»Ja. Danke.« Mit schnellen Schritten ging sie davon. Seufzend entfernte sich Roman in die entgegengesetzte Richtung, zum Klassenzimmer der 9b, wo ihm eine Doppelstunde Französisch bevorstand. Warum, fragte er sich voller Melancholie, mussten menschliche Beziehungen nur so kompliziert sein? Warum konnte man mit einer Frau, deren Liebe man nicht erwiderte, die man aber mochte und schätzte, nicht einfach kameradschaftlich befreundet sein? Beinahe wehmütig dachte er an Miriams frühere Wärme, ihr Verständnis, ihre absolute Konzentration auf seine Stimmungen und Gefühle. Sie war die perfekte Zuhörerin, daran gab es nichts zu rütteln. Davon profitierte jetzt Schuster.

Brettschneider und Mechthild hatten Miriam unabhängig voneinander Komplimente gemacht, wie sehr Bruno sich doch zu seinem Vorteil verändert habe, seit er mit ihr zusammen sei. Richtig aufgeblüht sei er. Miriam hatte gelächelt und bei sich gedacht, dass Brunos Wandlung nicht allein ihr Verdienst war. Wenn Bruno mit Miriam wanderte, Ausflüge unternahm, ins Theater und Kino ging, sie küsste und mit ihr Händchen hielt, bewegte er sich auf nostalgischen Pfaden der Erinnerung, die ihn seiner toten Bettina nahe brachten. Hier, in diesem Ausflugslokal am Sülzsee, wo er jetzt mit Miriam Kaffee trank und Erdbeerkuchen aß, hatte er vor vielen Jahren Bettina zum ersten Mal geküsst. Dort, auf diesem holprigen Waldweg, hatte sie sich einmal den Knöchel verknackst, und Bruno hatte sie das letzte Stück zum Auto tragen müssen. Bettina hatte Shakespeare geliebt, also sah Bruno sich mit Miriam eine Aufführung von »Der Widerspenstigen Zähmung« an. Bettina war sehr musikalisch gewesen, also fragte Bruno in aller Unschuld, ob Miriam nicht Klavierstunden nehmen wolle, damit das Piano in seinem Wohnzimmer endlich wieder genutzt werden würde …

Miriam nahm es ihm nicht übel. Manchmal wünschte sie sich zwar, dass er etwas weniger ausdauernd über seine verstorbene Frau gesprochen hätte. Aber nicht aus Eifersucht, sondern weil Bettina eine ausnehmend langweilige Person gewesen war, jedenfalls in Miriams Augen. »Zu gut für diese Welt« – etwas anderes fiel ihr zu einem Menschen nicht ein, dessen einziges Laster anscheinend eine Schwäche für Nougatstangen gewesen war. Mittlerweile hätte sie die Verstorbene – klein, rundlich, mit feinen, kurz geschnittenen blonden Haaren und blauen, leicht erschrocken dreinblickenden

Augen – im Schlaf zeichnen können, so viele Fotoalben hatte sie mit Bruno durchgesehen. Was sie über Bettinas Leben, ihre Vorlieben und Abneigungen wusste, hätte ein biografisches Werk füllen können.

Wenigstens verfolgte Bettina die beiden nicht bis ins Bett, was vielleicht daran lag, dass Bruno und Miriam noch nicht miteinander ins Bett gegangen waren. Bruno war nicht der Typ, der drängelte, und Miriam hatte sich bisher nicht aufraffen können, ihm ein eindeutiges Signal zu geben. Manchmal fragte sie sich, ob er in sie verliebt war oder nur froh, dass die Zeit der Einsamkeit vorbei war. Er sprach nicht davon, ihr die Sterne vom Himmel holen zu wollen, versicherte ihr aber immer wieder, wie gern er mit ihr zusammen sei, wie hell und schön das Leben wieder für ihn sei, nur durch sie. Er schien sie körperlich anziehend zu finden, was man umgekehrt von ihr nicht behaupten konnte. Es war aber nicht so, dass es sie Überwindung kosten würde, mit ihm zu schlafen. Sie wusste im Voraus, dass Sex mit Bruno nett und kuschelig sein würde, und mit etwas Glück würde er sogar kein Wort über Bettina verlieren.

Ihren Eltern hatte sie bisher nichts von Bruno erzählt. Doch ihre Mutter hatte irgendwas gewittert:

»Du bist so still und blass in letzter Zeit, Kind«, sagte sie besorgt. »So lustlos. Du wirst mir doch nicht krank werden?«

Miriam war milde überrascht. »Ich? Krank? Mir geht's gut, Mutter. Wirklich.«

Ihre Mutter ließ nicht locker. »Dein Vater macht sich auch Gedanken«, behauptete sie.

Miriam lächelte. »Vater macht sich Gedanken um mich? Mir hat er davon nichts gesagt.«

Ihre Mutter runzelte die Stirn. »Du weißt doch, wie dein Vater ist. Solche Sachen überlässt er mir. Jedenfalls ... hast du Liebeskummer?«

Es klang hoffnungsvoll, als sei Liebeskummer immer noch besser als gar keine Liebe.

»Nein, Mutter«, gab Miriam geduldig zurück. »Ich habe auch keinen Liebeskummer.« Sie überlegte kurz, ob sie mehr verraten sollte und kam zu dem Schluss, dass sie irgendwann ja doch damit herausrücken musste, und fuhr fort: »Tatsächlich bin ich seit einiger Zeit mit einem sehr netten Mann zusammen.«

Die Augen ihrer Mutter wurden rund vor Überraschung. »Wirklich? Seit wann? Und wann stellst du ihn uns vor?«

Es schloss sich ein längeres Kreuzverhör an, das Miriam gelassen über sich ergehen ließ, so wie sie seit einiger Zeit alles gelassen über sich ergehen ließ. Sie hatte ein inneres Gleichgewicht gefunden, das nichts und niemand mehr erschüttern konnte.

An einem verregneten Nachmittag brachte Miriam Bruno zum Kaffee mit. Frau Neunzerling hatte russischen Zupfkuchen gebacken und fragte den Gast schamlos aus. Nicht, dass das nötig gewesen wäre, denn von Miriam wusste sie schon alles, was es zu wissen gab. Herr Neunzerling ließ seine Frau die Ermittlungen führen und stellte gegen halb fünf eine Flasche Cognac auf den Tisch, was Miriam dahingehend interpretierte, dass Bruno Gnade vor seinen Augen fand.

»Ein netter, solider Mann«, verkündete Frau Neunzerling, als sie mit ihrer Tochter das Geschirr abwusch, während Bruno und Miriams Vater im Wohnzimmer eine Partie Schach spielten. »Er erinnert mich an Horst, auch wenn er natürlich wesentlich älter ist. Deinem Vater gefällt er auch, das ist ganz offensichtlich. Höre ich Hochzeitglocken läuten?« Miriam gab keine Antwort.

Roman hörte Hochzeitsglocken, laut und süß und klar.

Fröhlich den Hochzeitsmarsch vor sich hin pfeifend, legte er in der Küche letzte Hand an den festlich gedeckten Tisch. Das Leben war wunderbar: Heute hatten die Ferien begonnen, sechs herrliche, lange, vogelfreie Wochen lagen vor ihm. Gleich würde Tanja kommen.

Während er liebevoll die Sektgläser polierte, schrieb er im Geiste in sein »Tagebuch der Liebe« (er hatte beschlossen, es später, wenn er mit seinem Gedichtzyklus über Liebe und Tod Furore gemacht hatte, einmal einem Verlag zur Veröffentlichung anzubieten):

»*Freitag, der erste Juli. Dies ist der bisher denkwürdigste Tag für uns, meine geliebte Tanja, der Tag, an dem ich dich bat, meine Frau zu werden. Ich bereitete ein Menü vor: Crevettencocktail, Räucherlachs mit Senf-Dillsoße und Baguette, zum Nachtisch frische Erdbeeren mit Schlagsahne …*«

Tanja ließ auf sich warten. Um seine Ungeduld und Nervosität zu bekämpfen, machte sich Roman in der Wohnung zu schaffen wie eine schwäbische Hausfrau: Obwohl er den ganzen Nachmittag mit Putzen und Aufräumen zugebracht hatte, wischte er imaginäre Staubflöckchen weg, stellte noch mehr Kerzen auf, rückte das Besteck gerade, überprüfte die Temperatur von Champagner und Weißwein im Kühlschrank.

Gerade, als er sich eine wohlverdiente Zigarette anzünden wollte, klingelte es. Tanja, die eine rote Rose in der Hand hielt, und in ihrem kurzen, kobaltblauen Kleid bezaubernd aussah, fiel ihm eine halbe Stunde verspätet um den Hals. »Entschuldige die Verspätung, aber heute ging alles drunter und drüber, und dann rief auch noch der Steuerberater an …«

Sie tranken Champagner und gingen dann zu Weißwein über. Tanja wirkte nervös. Sie rauchte und trank mehr als sonst. Das Gespräch drehte sich ein wenig steif um das wunderbare Essen und den schön gedeckten Tisch. Als sie sich entschuldigte, um zur Toilette zu gehen, versenkte Roman den Verlobungsring in ihrem Weinglas. Er war aufgeregt wie ein Kind und konnte es gar nicht erwarten, ihr Gesicht zu sehen, wenn sie den Ring fand. Als sie sich wieder hinsetzte und nach dem Glas griff, hatte er einen Moment lang Angst, sie würde nichts bemerken. Aber sie fischte den Ring gleich lachend heraus und sprang auf. »Oh, Roman! Wie wunderschön. Ein Geschenk für mich! Aber ich hab doch gar nicht Geburtstag …«

Und von da an ging alles schief.

Er hatte alles genau so gemacht, wie er es in seiner Fantasie tausendmal durchgespielt hatte. Er zog die rote Rosenknospe aus dem Tischväschen, die er eigens zu diesem Zweck hingestellt hatte, und überreichte sie ihr. Er rezitierte sein Gedicht. Es hieß *Tanja mon amour,* er hatte tagelang darüber gebrütet und sein ganzes Herz, all seine Gefühle hineingelegt. In den letzten Zeilen steckte die Frage wie eine kostbare Perle in einer Auster.

Tanja stand mit feucht schimmernden Augen vor ihm. Er konnte sehen, wie ergriffen sie war, wie sie nach Worten suchte. Später erinnerte er sich, dass er sie in die Arme genommen und gesagt hatte: »Du brauchst nichts zu sagen. Küss mich einfach nur, mon amour …«

Aber Tanja küsste ihn nicht. Sie löste sich sanft aus seinen Armen und sagte: »Ach, Roman. Wie romantisch, wie zauberhaft …«

Er lachte. »Komm, ich stecke dir den Ring an …«

Sie schüttelte den Kopf. »Ich kann dir noch keine Antwort geben. Heute nicht. Lass mir noch ein bisschen Zeit. Bitte …«

Er starrte sie entgeistert an. »Warum denn?«

Tanja wurde rot. »Ich … ich bin einfach noch nicht so weit«, stotterte sie. »Bitte sei nicht böse.«

Die Wahrheit war, dass kurz bevor sie zu Roman fahren wollte, nicht etwa der Steuerberater angerufen hatte, sondern Mascha. Tanja hatte wahrheitsgemäß gesagt, leider überhaupt keine Zeit zum Telefonieren zu haben, sie sei unterwegs zu Roman. Geplant sei ein Candlelight-Dinner, und Roman habe sie gebeten, nur ja pünktlich zu sein.

»Keine Entscheidungen, Tanja!«, rief Mascha drängend in den Hörer. »Hörst du? Die Sterne sagen, du darfst dich heute Abend auf nichts einlassen.«

»Ja, aber wieso denn nicht?«, rief Tanja erschrocken.

»Weiß ich auch nicht«, gab Mascha zu. »Du musst dir so schnell wie möglich die Karten legen lassen, dann sehen wir hoffentlich klarer.«

»Soll ich lieber zu Hause bleiben?«, fragte Tanja ängstlich.

Worauf Mascha nach kurzem Überlegen verkündete, im Horoskop stehe nichts darüber, dass heute ein ungünstiger Tag zum Ausgehen sei. Nur Entscheidungen müssten unter allen Umständen vermieden werden, da sie großes Unglück nach sich ziehen könnten.

Tanja war erleichtert. Wenn Roman sie fragen würde, ob

sie lieber Rotwein oder Weißwein zum Essen trinken wolle, würde sie einfach lächelnd sagen, sie sei offen für alles, und genauso würde sie es mit allem anderen halten.

Aber jetzt hatte er auf so süße romantische Art um ihre Hand angehalten. Und Tanja durfte weder Ja noch Nein sagen, wenn sie nicht großes Unglück auf sich ziehen wollte. Im letzten Moment war ihr eingefallen, dass »Ich bin offen für alles« in diesem Zusammenhang ein »Ja« bedeutet hätte. Also biss sie sich auf die Zunge und stotterte herum wie eine dumme Göre.

Roman sah so wütend und enttäuscht aus, dass sie in ihrer Verzweiflung anfing zu weinen. Roman zog ein angewidertes Gesicht und drehte ihr demonstrativ den Rücken zu. Tanja legte den Ring, der ein Loch in ihre Hand zu brennen schien, auf den Tisch. Durch einen Tränenschleier sah sie die dicke Perle in der antiken, mit Brillantsplittern besetzten Fassung. Perlen bringen Tränen, dachte sie, das hat schon meine Oma immer gesagt …«

»Bitte sei nicht so. Ich ertrag's nicht.«

»Willst du mich jetzt heiraten, ja oder nein?«, fragte er kalt.

Tanja wischte sich die Tränen ab. Ihr Gehirn arbeitete auf Hochtouren. Sollte sie Maschas Warnungen in den Wind schlagen und einfach Ja sagen? Vorsichtig, wie man einen schmerzenden Zahn mit der Zunge betastet, untersuchte sie, wie sich ein Ja anfühlte. Es schmeckte eher nach *Vielleicht*, vermischt mit einem Tröpfchen *Später*. Die Herznote wurde von *Ich-weiß-es-einfach-Nicht* gebildet. Die Sterne hatten nicht gelogen, sie war heute überhaupt nicht *fähig*, eine Entscheidung von solcher Tragweite zu treffen. Egal, was sie unter diesen Umständen geantwortet hätte, das Unglück wäre vorprogrammiert. Wie gut, dass Mascha sie im letzten Moment gewarnt hatte.

Roman hatte sich wieder an den Tisch gesetzt. Sein Gesicht war maskenhaft starr, seine Augen glitzerten. Er hatte die Arme über der Brust verschränkt. »Ich will eine Antwort. Ja oder nein?«

Plötzlich war sie sehr ruhig, es war die Ruhe der Verzweiflung. »Ich kann dir heute keine Antwort geben. Bitte lass mir noch etwas Zeit.« Es klang, selbst in ihren eigenen Ohren, wie auswendig gelernt.

Mit einer einzigen Handbewegung fegte er Teller und Gläser vom Tisch. Schrie, sie habe ihn an der Nase herumgeführt, liebe ihn nicht, habe ihn nie geliebt. Tanja stand mit entsetzt aufgerissenen Augen da und zitterte am ganzen Körper. Romans Verwandlung in eine Furie hatte etwas Albtraumhaftes, nie hätte sie gedacht, dass er so die Beherrschung verlieren könnte.

Ich muss hier raus, dachte sie voller Angst, aber ihre Füße klebten am Boden. Sie fühlte sich wieder so hilflos wie als Kind, wenn ihr Vater, der ein hitziges Temperament besaß, sie wegen irgendeiner Kleinigkeit angebrüllt hatte. Einmal hatte sie aus lauter Angst sogar in die Hose gemacht.

Romans Wutanfall endete so plötzlich, wie er begonnen hatte. Er schlug die Hände vors Gesicht, seine Schultern zuckten. Weinte er etwa? Die Erstarrung fiel von Tanja ab. Auf Zehenspitzen schlich sie sich aus der Wohnung.

Ihr Wagen stand vor der Haustür. Erleichtert über die Zuflucht, die er bot, stieg sie ein und fuhr zu Mascha.

Als Roman die Hände vom Gesicht nahm, war Tanja fort. Sofort packte ihn wieder ohnmächtige Wut. Was fiel ihr ein, einfach abzuhauen? Mit einem Ruck riss er am Tischtuch. Das, was noch nicht am Boden lag, folgte mit lautem Scheppern und Klirren. Kaputt, sagte er sich voller Triumph, alles kaputt, so kaputt wie unsere Liebe, und sie ist Schuld … Mitten im Scherbenhaufen entdeckte er den Ring, den sie verschmäht hatte. Er hob ihn auf und warf ihn aus dem Küchenfenster. Ein Schmerz zerriss ihn, als habe er sein Herz fortgeworfen. Erschöpft lehnte er die Stirn an die kühle Scheibe. Ich bin verrückt, schoss es ihm durch den Kopf, verrückt, verrückt … Mit weichen Knien ging er zum Kühlschrank und öffnete die zweite Flasche Wein. Er holte sein Tagebuch aus dem Arbeitszimmer und schrieb: *Aus. Vorbei. Mein Leben ist sinnlos ohne dich. Ich will sterben.*

Er schrieb weiter, rekapitulierte die schreckliche Szene bis in kleinste Detail.

Als er gegen zehn aus dem Haus ging, war er nicht mehr nüchtern, aber weit davon entfernt, betrunken zu sein. Er hatte den Wein hinuntergestürzt, in der Hoffnung, vergessen zu können, wenigstens für ein paar Stunden. Doch seltsamerweise blieb die Wirkung des Alkohols aus, das Vergessen lag in weiter Ferne. Er fühlte sich grenzenlos traurig und einsam, und sein Bedürfnis, sich einem verständnisvollen Menschen mitzuteilen, war so stark, dass er beinahe Brettschneider angerufen hätte. Im letzten Moment überlegte er es sich anders. Die Vorstellung, Norbert ausgeliefert zu sein, der wohlmeinend, aber gänzlich unsensibel auf wunde Punkte drücken würde, war zu schrecklich. Allein zu Hause hielt er es aber auch nicht aus. Die Decke zeigte eine fatale Neigung, jeden Augenblick auf ihn herabzustürzen.

Er wanderte durch die Altstadt. Der Abend war warm, der Himmel dämmrigblau. Liebespaare flanierten im Sommerzwielicht über das Katzenkopfpflaster, Hand in Hand oder eng umschlungen, ihr Anblick verursachte Roman Übelkeit. Es gab ihm einen Stich, als er an der Glockengasse vorbeikam. Er betrachtete das in Frakturschrift bemalte Straßenschild und stellte sich vor, wie Tanja jetzt auf ihrem Bett lag und sich vor lauter Reue und Verzweiflung die Seele aus dem Leib schluchzte. Der Gedanke tröstete ihn nicht. Nichts konnte ihn trösten. *Ich will sterben,* hatte er eben ins Tagebuch geschrieben, und in gewisser Weise stimmte das. Ein Toter fühlte den Schmerz nicht mehr, und genau das war es, wonach er sich sehnte. Er erinnerte sich, einmal mit Brettschneider über Selbstmord gesprochen zu haben, kurz nachdem sich seinerzeit dieser arme Teufel vor den Zug gestürzt hatte. Norbert war entsetzt gewesen, dass Roman eine solche Tat als letzten Ausweg gutheißen, sogar für sich selbst in Betracht ziehen konnte. Was Norbert nicht wissen konnte, war, dass Roman gelogen hatte. Selbst in Zeiten tiefster Depression hatte er immer gewusst, dass ihm letzten Endes der Schneid fehlte, sich das Leben zu nehmen. Selbstmord war so *gewalttätig*. Er würde seinen Körper nie vergiften, ertränken, erhängen, erschießen, von einer Autobahnbrücke stürzen oder von einem Zug zermalmen lassen können.

In der Webergasse reihte sich Kneipe an Bistro, Kellerbar an Weinstube. Viele Lokale hatten draußen Tische aufgestellt. Überall saßen Menschen, glückliche Menschen, die miteinander redeten und lachten. Er kam sich vor wie ein Aussätziger. Plötzlich entdeckte er Miriam. Sie saß mit einer attraktiven, dunkelhaarigen Frau, die ihm unter normalen Umständen vielleicht einen kleinen Flirt wert gewesen wäre, draußen an einem Tisch, der zu einer Weinstube gehörte. Die Dunkelhaarige redete und gestikulierte. Miriam saß sehr still, völlig auf ihr Gegenüber konzentriert.

»Guten Abend, Miriam«, sagte Roman.

Sie sah zu ihm auf, ihr Gesicht zeigte keine Regung. »Ach, guten Abend.«

Die Dunkelhaarige hatte sich mitten im Satz unterbrochen und strahlte ihn jetzt an. »Oh, Hal – loo! Sind Sie ein Freund von Miriam?«

»Nein«, sagte Miriam.

»Ja«, sagte Roman. Und setzte sich auf den freien Stuhl.

»Wir wollten gerade gehen«, sagte Miriam.

»Ach wo«, sagte die Dunkelhaarige verschmitzt. »Nur ICH muss los, leider. Morgen früh um vier geht mein Flieger nach Lanzarote, und ich muss noch packen.«

Sie stand auf und küsste Miriam auf die Wange. »Einen schönen Abend noch euch beiden!«

Weg war sie, nicht ohne Miriam noch einmal verschwörerisch zuzuzwinkern.

Miriam unterdrückte ein Lächeln. Selbst frisch verliebt, konnte Doris der Versuchung nicht widerstehen, Miriams legendärem Granitherzen Gelegenheit zum Schmelzen zu verschaffen.

Miriam hatte ihr von Bruno erzählen wollen, es war sowieso beinahe ein Wunder, dass die Sache nicht längst herausgekommen war. Aber Doris war so erfüllt gewesen von ihrem neuen Glück – ein geschiedener Architekt, den sie über eine Anzeige kennen gelernt hatte –, dass Miriam nicht zum Zuge gekommen war.

Roman hockte zusammengesunken auf seinem Stuhl.

»Trink was mit mir. Bitte.«

Miriam betrachtete ihn mit einem Anflug von Ärger. Sie hatte bezahlt, sie wollte gehen. Warum saß er hier, ganz offensichtlich angetrunken und unglücklich, und hielt sie auf?

Ohne auf ihre Antwort zu warten, winkte Roman der Kellnerin und bestellte eine Karaffe Chardonnay und zwei Gläser.

Miriam stand auf. Flehend schaute Roman zu ihr auf. »Bitte bleib. Ich muss einfach mit dir reden. Mit Tanja ist es aus.«

Wortlos setzte sich Miriam wieder hin.

Auch im Nachhinein wusste sie nicht, was sie getrieben hatte zuzuhören. Mit einer Mischung aus Faszination und Abscheu vor sich selbst, weil sie sich wieder als Kummerkastentante missbrauchen ließ von dem Mann, der sie bitter enttäuscht hatte, trank sie den Wein, den Roman bestellt hatte, und lauschte, wie er ihr hemmungslos sein Herz ausschüttete.

Sie wurde nicht recht schlau aus seinem Redefluss. Anscheinend hatte Tanja ihn tief verletzt, ihn zurückgestoßen, seine Liebe mit Füßen getreten. Sie sei egoistisch und seicht, lieblos, kalt und unreif, liebe ihn nicht, habe ihn nie geliebt. Sie habe ihn nur ausgenutzt. Er wolle sie nie wieder sehen. Aber wie genau es zu dem Zerwürfnis gekommen war, wollte oder konnte er nicht erklären.

Miriam betrachtete den inzwischen dunklen, sternenklaren Himmel über sich und ließ Roman reden. Flüchtig dachte sie an Bruno, der jetzt wohl schon in seinem einsamen Bett lag und schlief.

Schließlich verstummte Roman. Erschöpft stützte er den Kopf in die Hände.

»Warum erzählst du das alles ausgerechnet mir?«, hörte sich Miriam sagen.

»Weil ich weiß, dass du mich verstehst«, gab er schlicht zurück.

»Ich verstehe, dass du unglücklich bist. Was erwartest du von mir? Einen Rat?«

Er schüttelte den Kopf. »Ich danke dir, dass du mir zugehört hast«, sagte er. Es klang demütig. »Ich weiß, dass ich eigentlich kein Recht habe, mich bei dir auszuweinen.«

Sie nickte. Etwas nagte an ihrer Gelassenheit. Es war ein beängstigendes Gefühl. »Lass uns gehen, Roman.«

Ihre Stimme zitterte leicht. »Ich bin müde und will nach Hause.«

Schweigend gingen sie nebeneinander her. Roman hatte darauf bestanden, sie nach Hause zu bringen. Vor der Haustür sagte sie, obwohl sie es eigentlich nicht hatte sagen wollen: »Weißt du, ein Streit mit Tanja ist nicht das Ende der Welt ...«

Er sah sie merkwürdig an. Und plötzlich lag sie in seinen Armen, und er küsste sie, und es war, als bräche ein Damm, und alle Gelassenheit wurde in einer Flutwelle fortgespült.

Sie hatten sich geliebt, schnell und hitzig. Die Initiative war von Miriam ausgegangen. Sie hatte sich genommen, was sie haben wollte. Dass sie so aggressiv war, nur auf ihre eigene Befriedigung aus, hatte ihn gereizt. Sie kniete über ihm, nicht mehr die Miriam, die er kannte, sondern ein fremder, schweißfeuchter Körper im gedämpften Licht der Nachttischlampe. Sie kamen gleichzeitig zum Höhepunkt; er stumm, sie mit einem vogelähnlichen Schrei, der beinahe triumphierend klang. Danach war er gleich eingeschlafen.

Miriam lag neben ihm, auf ihren Ellbogen gestützt, und betrachtete sein entspanntes Gesicht. Ein schönes Gesicht, weich und jung im Schlaf. Sie hatte dieses Gesicht so lange geliebt, es wäre ein Leichtes, es wieder zu tun. Vielleicht tat sie es bereits. Hatte losgelassen und eben wieder zugegriffen, ihn ein für alle Mal in Besitz genommen. Wie würde es weitergehen?

Sie zog Romans kurzärmeliges Jeanshemd über und trat ans offene Fenster. So viele Sterne am nächtlichen Himmel. Sie versuchte, die Zukunft aus ihnen zu lesen. Sie und Roman ein Paar – war das möglich, nach allem, was gewesen war?

»Möglich ist alles«, flüsterte Miriam trotzig den Sternen zu. »Oder?«

Eine Stimme meldete sich zu Wort. Es war eine bösartige, schrille Stimme in ihrem Hinterkopf, die so laut war, dass Miriam beinah fürchtete, Roman könne sie auch hören, selbst im Schlaf.

»*Du bist eine dumme Gans, Miriam. Er wird dich wieder sitzen lassen, das ist so sicher wie das Amen in der Kirche. Einmal Verräter, immer Verräter.*«

»Menschen können sich ändern«, sagte Miriam leise in die Dunkelheit hinein. Ein verächtliches Schnauben war die Antwort.

»Jeder hat eine zweite Chance verdient …«

»*Und Bruno? Was ist mit Bruno?*«, zischelte die Stimme boshaft.

»Ich werde ihm alles erklären. Er wird mich verstehen …«

»*Verstehst du dich selbst?*«

Miriam schüttelte den Kopf. Sie hatte das Gefühl, Kräften ausgeliefert zu sein, die sie nicht steuern konnte. Vor langer Zeit schon war ein Prozess in Gang gesetzt worden, damals, als sie Roman zum ersten Mal gesehen und ihm auf der Stelle ihr Herz geschenkt hatte. Was geschehen würde, würde geschehen. Sie war auf alles vorbereitet.

14

Kurz nach fünf wachte Roman auf. Bis auf leichte Kopfschmerzen fühlte er sich gut, entspannt und ausgeruht. Allerdings war ihm im ersten Moment nicht klar, wo er sich befand. Das ordentliche, blassblau gestrichene Schlafzimmer mit den schlichten Kiefernholzmöbeln und den Blumenaquarellen an den Wänden schien ihm fremd. Dann sah er Miriam neben sich liegen, und die Erinnerung kehrte zurück. Sie lag auf dem Rücken und schlief; ihr glattes, halblanges Haar war zerzaust. Er fühlte Dankbarkeit und Zärtlichkeit in sich aufsteigen. Sie hatte ihm geholfen, als er verzweifelt gewesen war. Sie hatten miteinander geschlafen, daran erinnerte er sich auch. Sie hatten sich gegenseitig gegeben, was sie in diesem Moment brauchten, es war ein einmaliger, fairer Austausch unter Freunden gewesen. Völlig harmlos. Bruno wäre zwar sicher anderer Meinung, aber was er nicht wusste, konnte er nicht falsch verstehen. Das Gleiche galt für Tanja.

Im blassen Licht des frühen Morgens sah alles rosig aus. Das Zusammensein mit Miriam hatte Roman nicht nur getröstet, es hatte ihm auch die Augen geöffnet. Ein Streit mit Tanja ist nicht das Ende der Welt, hatte Miriam gesagt, bevor sie ihn mit nach oben genommen hatte. Zu diesem Zeitpunkt hatte er die Weisheit ihrer Worte nicht erkennen können. Wenn die Welt in Scherben liegt, ist man blind und taub für die Stimme der Vernunft. Jetzt wusste er, was Miriam gemeint hatte: Ein Streit war nicht das Ende der Welt, weil es die Möglichkeit gab, sich wieder zu versöhnen. Wenn man jemanden liebte, so wie er Tanja liebte – immer noch –, musste man Zugeständnisse machen. Hatte er selbst nicht einmal zu Miriam gesagt: ›Liebe heißt, niemals um Verzeihung bitten zu müssen?‹

Er stand auf und zog sich an. Seine Kopfschmerzen waren verflogen. Miriam rührte sich nicht. Er überlegte, ob er sie wecken sollte, um sich von ihr zu verabschieden und ihr zu danken. Aber sie schlief so friedlich, dass er es nicht übers Herz brachte, sie zu stören. Er würde ihr später Blumen vorbeibringen. Er ging in die Küche und schrieb eine Nachricht auf ihren Notizblock:

Liebe Miriam,
ich bin früh los zum Joggen, wie jeden Morgen, und wollte dich nicht wecken.
Bis später, Dein Roman.

Die Luft war frisch und klar, als er durch die stillen Straßen zu seiner Wohnung ging.

Um viertel nach sieben stand er frisch geduscht mit einer Tüte Brötchen vor Tanjas Haustür und klingelte. Der Perlenring steckte in seiner Hosentasche, er hatte ihn aus dem Gebüsch gefischt. Sie öffnete sofort.

Sie trug den seidenen, rosa geblümten Kimono, der ihm so gefiel, und war trotz der frühen Stunde geduscht und geschminkt, als habe sie seinen Besuch erwartet. Aber sie war blass unter dem Make-up, und ihre Augen waren geschwollen. Er roch ihr Parfüm; einen leichten, blumigen Duft.

Sie gab die Tür frei und ging voraus in die Küche. Auf dem Tisch stand ein Becher mit Kaffee. Sie setzte sich hin und trank einen Schluck. Er sah, dass ihre Hand zitterte. Er legte die Brötchentüte hin, zog Tanja zu sich hoch und nahm sie in die Arme. Erst machte sie sich steif, dann schmiegte sie sich an ihn.

»Ach, Tanja … Wenn ich gestern Abend ungeschehen machen könnte, würde ich's tun.«

Sie nickte. »Ich auch. Aber ich konnte dir keine Antwort geben. Ich *durfte* nicht.«

Mascha, die so schnell nichts erschüttern konnte, war die Ruhe selbst geblieben, als Tanja völlig aufgelöst bei ihr hereinschneite und erzählte, was passiert war. »Nimm's nicht so schwer. Von einem Streit geht die Welt nicht unter.«

»Es war aber ein ganz furchtbarer Streit. Am Ende hatte ich beinahe Angst vor ihm.«

Wieder einmal beglückwünschte sich Mascha zu der Tatsache, dass es keinen Mann in ihrem Leben gab. Egal, wie verliebt und glücklich man auch war am Anfang, Komplikationen und Konflikte waren vorprogrammiert.

Nach zwei Zigaretten und einer Bacardi-Cola war Tanja ruhiger. Mascha zog die Karten zu Rate und prophezeite eine Versöhnung. »Alles im grünen Bereich. Ich wette, morgen in aller Herrgottsfrühe steht er vor deiner Tür.«

Tanja war so erleichtert, dass sie sich einen Anflug von Trotz erlaubte. »Im Moment bin ich mir gar nicht sicher, ob ich eine Versöhnung will«, behauptete sie. »Mal ehrlich: Dass ich gesagt habe, ich brauche noch ein bisschen Bedenkzeit – das war doch kein Grund, gleich so auszuflippen, oder?«

Mascha zuckte die Schultern. »Für ihn anscheinend doch. Liebst du ihn noch?«

»Natürlich liebe ich ihn noch. Er ist doch der Mann meines Lebens, oder? Aber heiraten …ich weiß nicht. Ich bin so durcheinander.« Mascha ließ Tanja die Karten neu mischen und legte sie neu. Sie zog die Augenbrauen hoch. »Seltsam … eine ganz neue Konstellation.«

Tanja runzelte die Stirn. »Und was heißt *das* jetzt wieder?«

»Die Entscheidung, die du nicht treffen solltest, ist dir schon abgenommen worden. Es kommt so, wie es kommen muss. Mehr kann ich dir auch nicht sagen.«

Seltsamerweise beruhigte diese vage Auskunft Tanja ungemein. Was für eine Erleichterung, sich nicht mehr selbst den Kopf zerbrechen zu müssen. Sie war dem Schicksal regelrecht dankbar.

Zögernd berichtete Tanja Roman jetzt von Maschas Anruf, dem Horoskop und der Warnung. »Ich hätte es dir erzählen sollen«, schloss sie und ließ den Kopf hängen. »Aber ich kam mir irgendwie, na ja, kindisch vor … Ich hatte Angst, du machst dich über mich lustig.«

Roman schüttelte den Kopf. Sich über Wahrsagerei zu mokieren lag ihm fern. Es gab mehr Dinge zwischen Himmel und Erde, als man sich träumen ließ. Gestern war offensichtlich der falsche Termin für einen Heiratsantrag gewesen, und wer konnte wissen, wofür es gut gewesen sein mochte. Heute hatte Tanja sich entschieden, er sah es an ihrem Gesicht. Wortlos zog er den Ring aus der Hosentasche und steckte ihn an den Ringfinger ihrer linken Hand. Er passte genau.

Verliebt, verlobt, verheiratet. So einfach war das also,

wenn man alles auf sich zukommen ließ. »Schicksal …«, sagte Tanja ehrfürchtig.

Roman lachte. »Es hat ein paar Haken geschlagen, aber Ende gut, alles gut. Was hältst du von Flitterwochen in Venedig?«

Statt zu frühstücken, waren sie miteinander ins Bett gegangen, um ihre Verlobung zu feiern. Als Tanja anschließend im Bad verschwand, um sich frisch zu machen, knurrte Romans Magen, aber er war so glücklich, dass er am liebsten auf den Kirchturm geklettert wäre, um lauthals ganz Westernfelde zu verkünden, dass er und Tanja im Herbst heiraten würden. Im Überschwang seiner Gefühle nahm er es Tanja nicht einmal übel, dass sie den Laden wie gewohnt um neun öffnen wollte, obwohl doch heute ein ganz besonderer Tag war.

»Aber heute Abend fahren wir zu meinen Eltern«, sagte sie. »Die werden vielleicht Augen machen. Und Mechthild erst!«

»Wir bringen Champagner mit!«, sagte Roman und küsste sie.

Er ging mit ihr hinunter ins Geschäft und orderte einen schönen, bunten Strauß für dreißig Mark.

»Für meine Mutter?«

»Nein, nicht für deine Mutter. Für deine Mutter hätte ich gerne etwas Bombastisches – fünfzig rosa Prachtrosen. Weil sie eine so wunderbare Tochter wie dich zustande bekommen hat.«

Tanja lachte. »Wird gemacht, Herr Berghäuser«, sagte sie übermütig. »Gleich kommt der Blumenwagen aus Holland vorbei, ich werde ihn plündern. Sie können die Blumen um vier abholen. Mich auch. Und wer soll nun den bunten Strauß bekommen?«

»Der ist für eine besonders nette Kollegin«, sagte Roman warm. »Als kleines Dankeschön für einen Freundschaftsdienst.«

Tanja stellte geschickt gelbe Rosen, Sonnenblumen, blaues Sedum und weiße Chrysanthemen zusammen und verschwand im Räumchen.

Miriam würde die Erste sein, die von seiner Verlobung erfuhr. Sie hatte es verdient, denn es war ihr zu verdanken, dass aus einem Weltuntergang ein Happy End geworden war. Mit dem in Folie verpackten Strauß sprang Roman noch mal beim Bäcker gegenüber vorbei und besorgte Croissants, dazu eine Schachtel Pralinen. Er verspürte ein großes Bedürfnis, Miriam Gutes zu tun. Sie war ein wunderbarer Mensch, eine wunderbare Freundin. Er beschloss, sie zu fragen, ob sie seine Trauzeugin sein wollte. Damit würde zwar der Rahmen einer Familienfeier im kleinsten Kreise gesprengt werden, aber wenn schon, denn schon. Natürlich mussten sie dann Bruno auch zur Feier einladen, und wenn Bruno kam, durfte man Norbert nicht übergehen, er wäre sonst gekränkt. Man konnte ihn an der Tafel in den »Westernfelder Ratsstuben« neben Mechthild platzieren, die ja ebenfalls solo war.

Als Miriam die Tür öffnete, fiel ihm als Erstes auf, wie blass sie war. Sie trug ein dunkelblaues T-Shirt, das ihre fahle Gesichtsfarbe betonte, und einen Jeansrock. Als sie ihn sah – mit Blumen, einer Brötchentüte und Pralinen bewaffnet – erstrahlte sie. Es ist so leicht, sie glücklich zu machen, dachte er gerührt und küsste sie liebevoll auf beide Wangen.

»Guten Morgen! Du hast doch hoffentlich noch nicht gefrühstückt?«

Lächelnd schüttelte sie den Kopf.

Sie summte leise vor sich hin, während sie den Tisch deckte, Kaffee kochte und die Blumen in eine Vase stellte. Eben noch hatte sie mit einem Becher Kamillentee am Küchentisch gesessen, und allein beim Gedanken an Kaffee und einem Stück Brot hatte es ihr den Magen umgedreht.

Als sie aufgewacht war, war Roman fortgewesen. »*Was hab ich dir gesagt?*«, flüsterte die kleine Stimme in ihrem Kopf. »*Es gibt nichts Neues unter der Sonne. Er ist abgehauen. Den siehst du erst nach den Ferien wieder. In der Schule.*«

»Sei still!«, fauchte Miriam und ging in die Küche, in der sicheren Erwartung, dort eine Nachricht von Roman vorzufinden. Er mochte abgehauen sein, aber nicht, ohne einen Zettel zu hinterlassen. Das hatte er bisher immer getan.

Romans hingekritzelte Botschaft – was hatte sie zu bedeuten? Er war joggen gegangen. *Joggen*? Ausgerechnet Roman, der völlig unsportlich war? Lüge oder Wahrheit? *Bis später* – was war später? Der Sankt-Nimmerleinstag? Der Tag, an dem Weihnachten und Ostern gleichzeitig gefeiert wurden? *Dein Roman* … Nur eine leere Floskel?

Sie duschte, zog sich an. Kochte sich Kamillentee, um ihren Magen zu beruhigen, setzte sich an den Tisch. Und wartete. Die Stimme in ihrem Kopf wartete schweigend mit.

Und dann war er gekommen. Er war tatsächlich gekommen, um gemütlich mit ihr zu frühstücken, hatte ihr Blumen mitgebracht und Croissants und Pralinen. Er saß am Küchentisch und sprudelte geradezu über vor guter Laune, während der Kaffee durchlief und die Küche mit Wohlgeruch erfüllte. Er entschuldigte sich dafür, sich heimlich, still und leise davongemacht zu haben und erzählte stolz von seinem selbst auferlegten Trainingsplan, den er neuerdings jeden Morgen in aller Herrgottsfrühe am Fitness-Parcours absolvierte, ganz klammheimlich, was ihm zu seiner eigenen Überraschung sogar Spaß machte. Er fühle sich nach der kurzen Zeit bereits um zehn Jahre verjüngt. Was ein bisschen Sport doch ausmache! Miriam hörte staunend zu. Sie kannte den Fitness-Parcours, sie war ein paar Mal mit Inga da gewesen. Aber Laufen machte *ihr* keinen Spaß, sie fand es stumpfsinnig, durch den Wald zu traben. Lieber fuhr sie Fahrrad, ging ins Schwimmbad oder zum Aerobic.

Sie goss Kaffee ein und setzte sich. Er griff nach einem Croissant und strahlte sie an. »Übrigens hast du mich zum glücklichsten aller Männer gemacht, Miriam, weißt du das?«

Ihr Herz machte einen Satz. Gerade, als es hüpfen wollte vor Freude, das dumme Ding, erstarrte es, denn Roman redete weiter, und was er sagte, ließ ihr Herz zu Granit werden.

Lots Frau hatte sich umgedreht auf der Flucht aus dem lasterhaften Sodom, das dem Untergang geweiht war. Sie hatte gesehen, was ihr verboten worden war zu sehen, und war zur Strafe für ihren Ungehorsam in eine Salzsäule verwandelt worden. Was hatte sie gesehen? Es konnte nicht schlimmer sein als das, was Miriam zu hören bekam.

Sie spürte die Härte, die sich in ihr ausbreitete, bis nichts mehr warm und lebendig war. Sie war ein Stein. Ein Stein, der so tat, als sei er ein menschliches Wesen. Ein Stein, der einen Schluck Kaffee trinken und ruhig sagen konnte: »Herzlichen Glückwunsch.«

»Danke!« Er beugte sich vor und sagte vertraulich: »Ich bin sehr froh, dass wir wieder Freunde sind, Miriam. Und ich hoffe, du wirst mit Bruno genauso glücklich wie ich mit Tanja.«

»Warum nicht?«, sagte Miriam und lächelte.

Als er gegangen war, sagte die Stimme ironisch: »*Jeder hat eine zweite Chance verdient. Menschen können sich ändern ...*«

»Du hast vollkommen Recht«, sagte Miriam, die sich so sehr verändert hatte, dass sie sich selbst nicht wieder erkannte. Sie sah Anna vor sich, wie sie in ihrer orangefarbenen Windjacke an Landwirt Knapps Rapsfeld vorbeiradelte. Sie sah Anna leblos auf der Straße liegen, sah sie zum Himmel emporstarren, mit Augen wie Murmeln. Ich habe es ganz falsch angefangen, dachte Miriam. Ich habe alles falsch gemacht, was man nur falsch machen kann. Niemand hat eine zweite Chance mehr verdient als ich.

Kurz vor halb sechs wachte Roman auf. Sein Schädel brummte. Es war spät geworden gestern, sein Schwiegervater in spe hatte eine Flasche Wein nach der anderen aufgemacht, nachdem er sich von dem Schock erholt hatte, dass seine jüngste Tochter sich holterdiepolter verlobt hatte. Tanjas Mutter, entzückt über Romans Rosen und seinen Charme, telefonierte Mechthild herbei, die aus allen Wolken fiel, ganz wie Tanja gehofft hatte. Es war dann noch ein sehr netter Abend geworden. Erst kurz vor zwei hatte ein Taxi Roman vor seiner Haustür abgesetzt. Allein. Tanja war so beschwipst gewesen, dass sie beschlossen hatte, ihr Auto stehen zu lassen und bei ihren Eltern zu übernachten.

Roman drehte sich auf die andere Seite und versuchte wieder einzuschlafen. Er hatte keine Lust aufzustehen, einen

Tag Urlaub vom Training konnte er sich ruhig gönnen. Aber es war wie verhext: Trotz seines nicht unbeträchtlichen Katers war er hellwach. Also konnte er genauso gut zum Fitness-Parcours fahren. Bewegung und frische Luft konnten ihm nur gut tun.

In der Nacht hatte es geregnet. Der Morgen war grau und unfreundlich, ein kühler Wind blies von Westen her. Es sah aus, als könnten sich die Schleusen des Himmels jeden Moment wieder öffnen. Als Roman am Parkplatz aus seinem Auto stieg, war er froh, seine lange Trainingshose und eine Regenjacke angezogen zu haben. Sein BMW stand allein auf weiter Flur, wie meistens. Ab und zu war er schon anderen Frühaufstehern begegnet, aber an diesem unwirtlichen Sonntagmorgen hatte sich außer ihm noch niemand aus den Federn gewälzt. Dass er trotz seines angeschlagenen Zustands Disziplin bewiesen hatte, hob Romans Stimmung. Wenn er so weitermachte, würde er sich noch in Marathon-Form bringen, wie Joschka Fischer.

Tief ein- und ausatmend machte er ein paar Dehnübungen. Als er den Parkplatz hinter sich gelassen hatte, sah er, dass er doch nicht allein war. Eine Frau saß mit dem Rücken zu ihm auf der Bank am Bahndamm, dahinter stand ein blaues Rad. Als er näher kam, drehte sich die Frau um, und zu seiner Verblüffung erkannte Roman Miriam.

»Miriam! Was machst du denn hier?«

Sie stand auf. Sie trug schwarze Leggings, eine dunkelgrüne Regenjacke und sehr neu aussehende Joggingschuhe von Nike. »Ich hab auf dich gewartet. Ich wollte ein Stück mit dir laufen.«

Roman bereute auf der Stelle, dass er ihr – als einzigem Menschen auf Gottes weiter Erde – von seinem morgendlichen Training erzählt hatte. Aber wie hätte er ahnen können, dass sie hier aufkreuzen würde? Er legte prinzipiell keinen Wert auf Gesellschaft beim Laufen, und heute erst recht nicht. Sein Schädel brummte immer noch, obwohl er auf nüchternen Magen ein Aspirin geschluckt hatte, und er war sich sicher, noch eine Menge Restalkohol im Blut zu haben.

»Ich wusste gar nicht, dass du auch joggst«, meinte er lahm, während er krampfhaft überlegte, wie er sie loswerden konnte, ohne sie zu kränken.

»Tu ich auch nicht«, sagte sie mit einem Lächeln. »Ich wollte es einfach mal ausprobieren. Mit dir.«

Und was, wenn sie auf den Geschmack kommt und jeden Morgen mit mir joggen will, dachte Roman entsetzt. Er beschloss, kein Risiko einzugehen. Mit einem nur halb gespielten Ächzen ließ er sich auf die Bank fallen. »Nimm's mir nicht übel, wenn ich dir einen Korb gebe. Mir steckt noch der gestrige Abend in den Knochen. Und im Kopf. Wir haben Verlobung gefeiert mit Tanjas Eltern und Mechthild.«

»Verstehe. Der Champagner ist wohl in Strömen geflossen?«

»So ungefähr«, gab Roman zu. Es war nur eine Flasche gewesen, aber sie hatte sich wohl nicht mit dem badischen Weißherbst vertragen, den Tanjas Vater serviert hatte.

Sie stand immer noch vor ihm. Ihre Wangen waren gerötet, sie sah ein bisschen verfroren aus. Er fragte sich, ob sie wohl schon lange hier wartete.

»Also, ich fahre jetzt nach Hause und lege mich noch ein Stündchen aufs Ohr«, sagte er in der Hoffnung, dass sie ihr Rad besteigen und wegfahren würde. Dann könnte er, wo er nun einmal hier war, doch noch in Ruhe ein bisschen laufen oder wenigstens spazieren gehen, falls sich herausstellen sollte, dass der Alkohol seine Kondition beeinträchtigt hatte.

Sie lächelte, ein bisschen spöttisch, wie er fand. Er fühlte sich durchschaut, was ihm einerseits unangenehm war, andererseits aber das kleinere Übel darstellte.

»Na denn ... tschüss«, sagte sie leichthin und ging zu ihrem Rad.

Erleichtert registrierte er, dass sie nicht gesagt hatte: »Bis morgen.« Anscheinend hatte sie gespürt, dass er lieber allein trainieren wollte.

»Ja, tschüss, Miriam«, gab er freundlich zurück. »Schönen Sonntag noch.«

Weil ihn ein bisschen sein Gewissen plagte (schließlich hatte sie kein Verbrechen begangen, indem sie hier überraschend aufgetaucht war), nahm er sich vor, nächstens mit ihr und Bruno irgendwo ein Glas Wein trinken zu gehen.

Der Schlag traf ihn aus heiterem Himmel. Eben hatte er noch überlegt, ob Tanja sich wohl gut mit Miriam und Bruno verstehen würde, und war zu dem Schluss gekommen, dass sie die beiden wohl zu gesetzt und langweilig finden würde. Im nächsten Moment krachte etwas gegen seine Schläfe, und die Welt versank in Dunkelheit.

Er sackte bewusstlos in sich zusammen. Die Schläfenwunde – durch Romans dichte, lockige Haare kaum zu sehen – blutete nur sehr wenig. Sie hatte den richtigen Stein ausgesucht gestern, er war nicht zu groß, hatte eine glatte Oberfläche und passte gut in ihre Hand. Sie steckte ihn wieder in die Tasche ihrer Windjacke. Es war überraschend leicht, den schlaffen Körper vollends von der Bank herunterzuziehen und über den asphaltierten Weg zum Bahndamm zu rollen. Den Abhang hinunter kullerte er beinahe von selbst. Es gab ein paar winzige Blutspuren auf dem nassen Asphalt, die nur zu erkennen waren, wenn man genau hinschaute, und sicher hatte auch der Schotter des Bahndamms etwas abbekommen, aber damit konnte sie sich jetzt nicht belasten. Wenn sie Glück hatte, würde der mit Sicherheit bald wieder einsetzende Regen alles fortwaschen. Wenn nicht, wenn die Polizei aus irgendeinem Grund Verdacht schöpfen würde und ein Team der Spurensicherung sich an Ort und Stelle zu schaffen machen würde, würde Miriam wohl zur Rechenschaft gezogen werden. Sicher hatte sie noch andere Spuren hinterlassen: Fingerabdrücke, Textilflusen auf der Bank, Reifenabdrücke im nassen Gras, als sie ihr Rad zur Bank geschoben hatte. Es war ihr vollkommen gleichgültig. Wichtig war nur, dass sie die Chance, die sich ihr so schnell geboten hatte, entschlossen genutzt hatte. Sie hatte gestern das Terrain erkundet. Es bot viele gute Gelegenheiten: Bänke in Hülle und Fülle, auf denen sich ein Mann zum Ausruhen niederlassen konnte; Fitness-Stationen, bei denen man Übungen liegend oder sitzend absolvieren musste … Irgendwann, irgendwo wäre der Stein zum Einsatz gekommen. Ein Schlag hätte wahrscheinlich nicht ausgereicht, sie hätte öfter zuschlagen müssen, um ihn vom Leben zum Tode zu befördern. In ihrer Vorstellung war sie von einem Jogger ertappt worden, der entsetzt mitansehen musste, wie sie zum letzten Mal den Stein gegen Romans Schädel krachen ließ.

Die Aussicht, die nächsten zwanzig Jahre im Gefängnis zu verbringen, hatte sie nicht im Geringsten erschüttert. Nichts konnte sie mehr erschüttern.

Roman lag nicht richtig. Miriam kletterte den Bahndamm hinunter und rückte ihn auf den Schienen zurecht. Er war immer noch bewusstlos. Er hatte noch eine Chance, auch wenn er sie nicht verdiente: Wenn er rechtzeitig zu sich kam und schnell reagierte, würde er mit dem Leben davonkommen. Allerdings musste er sich mit dem Aufwachen beeilen; in genau fünf Minuten würde laut Fahrplan, den Miriam sich gestern am Bahnhof von Westernfelde besorgt hatte, der Sechsuhrzug hier vorbeidonnern.

Als sie wieder hinaufgeklettert war, war sie außer Atem. Sie hatte beinahe damit gerechnet, dass inzwischen jemand aufgetaucht war, der alles beobachtet hatte, jemand, der ein Handy besaß und schon die Polizei alarmiert hatte. Aber weit und breit war keine Menschenseele zu sehen.

Als sie auf ihr Rad stieg, fing es heftig an zu regnen. Eine wahre Sturzflut ergoss sich vom Himmel. Miriam setzte die Kapuze auf, zurrte sie so fest, dass man von ihrem Gesicht fast nichts mehr erkennen konnte, und radelte davon. Nach wenigen Metern war sie trotz Regenjacke bis auf die Haut durchnässt. Als sie die Landstraße nach Westernfelde kreuzte, um auf den Fahrradweg zu gelangen, der zum Sülzsee führte, glaubte sie, ein lang gezogenes Pfeifen zu hören.

Nach einer Viertelstunde hatte sie ihr Ziel erreicht. Vor ihr lag das dicht bewachsene Ostufer des Sees, das zum Vogelschutzgebiet erklärt worden war. Es lag verlassen da. Himmel und See waren so düstergau, dass sie ineinander übergingen. Als Miriam den Stein ins Wasser plumpsen ließ, flatterte eine Ente aus dem Schilfgürtel auf.

Zwei Anzeigen im »Westernfelder Echo« beklagten Roman Berghäusers Tod. Eine stammte von Tanja. WARUM? stand oben rechts zu lesen. Miriam, die mit einem Wollschal um den Hals am Frühstückstisch saß, weil sie bei ihrer Radtour zum Sülzsee in den Regen gekommen war und sich erkältet hatte, hätte es ihr nicht recht erklären können. Sie bezweifelte, dass Tanja verstanden hätte, dass Miriam auf die einzige Art, die ihr noch möglich schien, ihren Frieden gesucht und gefunden hatte.

Es hatte eine Zeit gegeben, in der Roman Anna ans Ende der Welt gewünscht hatte, um *seinen* Frieden zu finden. Miriam erinnerte sich, dass sie ihn gefragt hatte: »Aus den Augen, aus dem Sinn?« »Was weiß denn ich!«, hatte er geschrien.

Miriam hatte einen großen Fehler gemacht damals. Aber da hatte sie auch noch ein Herz besessen, das sie voller Hoffnung an den falschen Mann gehängt hatte. Sie hätte sich viel Kummer und Schmerz ersparen können, wenn sie Roman schon damals so hätte sehen können, wie er war, und die richtigen Konsequenzen daraus gezogen hätte.

Hinterher ist man immer schlauer, sagte sich Miriam und angelte in der Tasche ihres Bademantels nach einem Tempotuch. Aber es schien doch so etwas wie eine höhere Macht zu geben, die ihr, spät zwar, aber immerhin, Einsicht und eine zweite Chance beschert hatte.

Am Donnerstag würde das Wenige, was von Roman übrig geblieben war, nachdem der Zug ihn zerfetzt hatte, beerdigt werden. In »tiefstem Schmerz« blieb seine Verlobte Tanja zurück. In der zweiten Anzeige betrauerten die Schulleitung und das Kollegium des Gymnasiums einen »hoch geschätzten, fähigen, allseits beliebten Kollegen, der – unfassbar für alle – uns für immer verlassen hat.«

Alles hatte sich wunderbar gefügt. Im strömenden Regen hatte der Zugführer das Hindernis auf den Schienen erst bemerkt, als es zu spät war. Niemand hatte etwas gesehen, und niemand glaubte an etwas anderes als an Selbstmord: Die Erinnerung an den armen Teufel, der sich im vergangenen Jahr auf die Schienen gestürzt hatte, war noch zu frisch. Als sich der Verdacht bestätigte, dass der Selbstmörder identisch war mit dem von seiner Verlobten als vermisst gemeldeten Besitzer eines auf dem Parkplatz des Fitness-Parcours abgestellten Wagens, und die Polizei sich Zugang zu seiner Wohnung verschafft hatte, fand man neben einer Fülle selbst verfasster, melancholischer Liebeslyrik auch Roman Berghäusers überaus düsteren, unvollendeten Gedichtzyklus »Liebe und Tod – Tod und Liebe« sowie ein in rotes Leder gebundenes »Tagebuch der Liebe«.

Besonders die beiden letzten Eintragungen im Tagebuch ließen die Beamten ein Fremdverschulden an Berghäusers Tod endgültig ausschließen. In seinen Gedichten und Aufzeichnungen offenbarte sich der Pädagoge als emotional labiler Mensch mit einem ausgeprägten Hang zu Depressionen; eine psychologische Einschätzung, die alle, zu denen er näheren Kontakt gehabt hatte, bestätigten.

Nur seine Verlobte war anderer Meinung gewesen. »Er war nicht deprimiert! Wir wollten heiraten!«, schluchzte sie bei der Befragung. »Er *kann* sich nicht umgebracht haben!«

Nichts deutete jedoch darauf hin, dass er es nicht getan hatte. Sein Tagebuch, in dem er sämtliche Höhen und Tiefen seiner Beziehung zu Tanja Selzer minuziös festgehalten hatte, schloss mit den Worten: *Ich bin überglücklich. Gestern Abend, geliebte Tanja, war ich so verzweifelt, dass ich sterben wollte. Heute könnte ich sterben vor reinem Glück.*

Anfangs weigerte sich Tanja zu glauben, dass es sich hierbei um eine Ankündigung seines Selbstmords handeln könnte. Sie gab an, sich regelmäßig von einer Freundin die Karten legen zu lassen, und absolut nichts habe darauf hingedeutet, dass ihr Verlobter einen solchen Schritt plane. Er sei sehr romantisch gewesen und sensibel, ein Dichter eben. Die Zeilen im Tagebuch seien rein metaphorisch zu verstehen. Es gäbe für Liebende immer Momente, in denen sie glaubten, vor Glück sterben zu können, auch ihr sei es schon so gegangen. Aber das hieß noch lange nicht, dass man sich mir nichts, dir nichts vor einen Zug stürzte. Ihre Schwester, Mechthild Pfannenschmidt, gab ihr zwar insofern Recht, als Berghäuser am letzten Abend seines Lebens, bei seiner Verlobungsfeier, einen ausgeglichenen Eindruck gemacht habe, mochte aber nicht ausschließen, dass das Pendel an jenem Sonntagmorgen Richtung Freitod ausgeschlagen sei. Roman sei in Gefühlsdingen unberechenbar gewesen. »Und eine andere Erklärung für seinen Tod gibt es ja schließlich nicht«, fügte sie traurig hinzu.

Was Tanja endlich akzeptierte. Obwohl es ihr beinahe das Herz brach, dass er sie ohne Vorwarnung und ohne Angabe von Gründen allein gelassen hatte. Dazu kamen nagende Schuldgefühle. Bestimmt hatte sie sich die Karten nicht oft genug legen lassen. Ob alles anders gekommen wäre, wenn sie nicht so sicher gefühlt hätte, dass alles blieb, wie es war? Die Karten hätten sie vor der bevorstehenden Katastrophe warnen können, und irgendwie hätte sie Roman vielleicht vor sich selbst beschützen können. Mascha schüttelte den Kopf und nahm die weinende Tanja in den Arm. Sie hatte die Sterne für Tanja im Auge behalten, und nichts habe auf so etwas hinge-deutet. »Nichts und niemand ist unfehlbar«, sagte Mascha traurig.

Norbert Brettschneider, ein Kollege und Freund, erwähnte ein Gespräch mit Berghäuser im vergangenen Jahr, in dem es um Selbstmord gegangen sei. »Er hat damals mit dem Freitod kokettiert, ich kann es nicht anders beschreiben.«

Alle, die Berghäuser gekannt hatten, erwähnten den gähnenden Abgrund der Depression, in den der Lehrer gestürzt war, nachdem seine mittlerweile verstorbene Frau ihn verlassen hatte.

Miriam Neunzerling, eine Kollegin und gute Bekannte, die ihm in dieser Zeit intensiven seelischen Beistand geleistet hatte, äußerte, dass sie sich damals große Sorgen um ihn gemacht und ihn gebeten habe, professionelle Hilfe in Anspruch zu nehmen, was er jedoch weit von sich gewiesen habe. Und tatsächlich habe es ja auch so ausgesehen, als habe er sich aus eigener Kraft geheilt. Dass er aus anscheinend heiterem Himmel, mitten im größten Glück mit der Frau, die er liebte und heiraten wollte, seinem Leben ein Ende gesetzt hatte, habe jeden, der ihn gekannt und gemocht hatte, zutiefst erschüttert. »Es ist so traurig, dass man nie wirklich wissen kann, was in einem anderen Menschen vorgeht«, sagte sie. »Auch wenn man glaubt, den anderen noch so gut zu kennen.«

Bruno Schuster, ein Kollege und guter Bekannter von Berghäuser, nahm ihre Hand. Sie lehnte den Kopf an seine Schulter.